IVY PAUL
MÖRDERISCHE TEATIME

MÖRDERISCHE TEATIME

EIN IRLAND-KRIMI
VON
IVY PAUL

DRYAS

Paul, Ivy: Mörderische Teatime. Ein Irland-Krimi. Hamburg, Dryas Verlag 2020

2. Auflage 2020
ISBN: 978-3-940258-83-0

Dieses Buch ist auch als eBook erhältlich und kann über den Handel oder den Verlag bezogen werden.
ePub-eBook: ISBN 978-3-940258-84-7

Herstellung: Dryas Verlag, Hamburg
Lektorat: Kristina Frenzel, Berlin
Korrektorat: Birgit Rentz, Itzehoe
Umschlaggestaltung: © Guter Punkt, München (www.guter-punkt.de) unter Verwendung eines Motivs von Shutterstock
Grafik: Rabe – Vector raven or crow in grunge style © LHF Graphics – fotolia.com
Illustrationen: © Dipl.-Des. (FH) Tatjana Rabe, Hameln
Satz: Dryas Verlag, Hamburg
Gesetzt aus der Bookmania
Druck: CPI books GmbH, Ulm

Bibliografische Information der Deutschen Nationalbibliothek: Die Deutsche Nationalbibliothek verzeichnet diese Publikation in der Deutschen Nationalbibliografie; detaillierte bibliografische Daten sind im Internet über https://dnb.d-nb.de abrufbar.

Der Dryas Verlag ist ein Imprint der Bedey Media GmbH, Hermannstal 119k, 22119 Hamburg.

*»Tee ist die Lösung
für jedes Problem.«*

IRISCHE REDENSART

Kapitel 1

»Ob ich morgen leben werde,
weiß ich freilich nicht.
Aber dass ich, wenn ich morgen lebe,
Tee trinken werde, weiß ich gewiss.«
Gotthold Ephraim Lessing (1729–1781)

»Sie wollen, dass ich mit Anne Cleary spreche! Ausge-rechnet mit dieser verlogenen Natter, diesem Furunkel am Arsch einer dreibrüstigen Missgeburt, dieser bösartigen Hexe!«, zeterte Mae in den Hörer.

Rabia, ihre jüngste Tochter, seufzte am anderen Ende der Leitung. »Mammy, ist es möglich, dich gewählter aus-zudrücken?«

»Wieso? Wegen Anne? Ich würde ihr am liebsten die Nase blutig schlagen, und ich bin weiß Gott kein aggres-siver Mensch!«

»Gott bewahre, du doch nicht«, entgegnete Rabia trocken. »Bevor du jetzt weiter deinen Tobsuchtsanfall pflegst: Was hast du mit Anne Cleary zu schaffen, und wer will, dass du dich mit ihr unterhältst?«

»Wenn es nur das Unterhalten wäre!«, schnaubte Mae entrüstet. Ihr Herz begann zu stechen und sie rieb darüber, während sie ihrem Spiegelbild einen finsteren Blick zuwarf. Wenn sie wegen dieser Ziege Anne einen Herzschlag bekäme, wäre sie wirklich zornig. »Du weißt doch, dass der Verlag will, dass ich für Interviews zur Verfügung stehe.«

»Moment mal! Geht es hier um das, was ich denke?«, wollte Rabia wissen. »Meine Mutter, Mae Pennywether, Bestsellerautorin eines Teekompendiums, in einer Vorabendshow? Du veralberst mich!«

»Hab ich nicht nötig«, brummte Mae. »Mein Verlag hat beschlossen, es wäre angebracht, wenn die Leser mich besser kennenlernen würden – im Rahmen eines Interviews bei Teatime with Annie ...«

Rabia begann aufgeregt zu kreischen.

»Meine Güte, Rabia, reiß dich zusammen! Du bist siebenunddreißig Jahre alt, kein Grund, auszuflippen wie ein Teenager«, sagte Mae augenrollend, sobald sie die Gelegenheit dazu hatte.

Ihre Tochter führte sich ja auf, als sei Anne Cleary ein Superstar. Dabei war sie nur eine drittklassige Fernsehtante, die das Glück hatte, die beliebteste Vorabendshow Irlands zu moderieren. Rabia dagegen hatte viel mehr vorzuweisen: Sie war mit achtzehn ausgebüxt, um eine Weltreise zu unternehmen, dann als Friseurin in Hollywood gelandet, später mit einem Hippie nach Goa ausgewandert und in den folgenden Jahren nicht weniger abenteuerlustig gewesen als Mae früher selbst. Irgendwann hatte es sie dann wieder in die Heimat zurückgezogen ...

»Aber Annie interviewt dich, Mammy!«, unterbrach Rabia Maes Gedanken. »Du bist berühmt.«

»Übertreib mal nicht, Liebes!«, sagte Mae verlegen. Dennoch fühlte sie sich geschmeichelt. Sie lächelte ihr Spiegelbild an.

»Auf jeden Fall ist es eine große Ehre, dass sie dich für ein Interview wollen. Überleg mal, Ireland Channel ist der größte Fernsehsender Irlands! Und wahrscheinlich hast du mit Anne Cleary gar nichts zu tun, außer vor der Kamera mit ihr zu sprechen.«

Rabia war eine fabelhafte Tochter! Bestimmt hatte sie recht. Anne Cleary hatte sich schon immer für etwas Besseres gehalten und würde sich gewiss nicht dazu herablassen, mehr Kontakt als nötig mit Mae oder den Leuten hier aus der Gegend zu haben. Für sie waren das doch sowieso nur unzivilisierte Bauern.

Kapitel 2

»Tee als ständiger Begleiter
stimmt auch an miesen Tagen heiter.«
Deutsches Sprichwort

Mae kniete auf einem Kissen vor den Blumenrabatten in ihrem Vorgarten und zupfte Unkraut. Eigentlich war sie der Ansicht, dass es sinnvoller wäre, eine Sense oder gar einen Flammenwerfer zu benutzen. Da ihr aber weder das eine noch das andere zur Verfügung stand und sie zudem eine Beschäftigung für ihre Finger benötigte, hatte sie sich an die Arbeit gemacht. Sie hatte schon ein ganzes Stück geschafft, als Brandon seinen altersschwachen Geländewagen vor dem Zaun parkte und ausstieg.

»Granny, was treibst du da?«

Verbissen zerrte Mae an einem Büschel rebellischen Gestrüpps, ehe es nachgab und sich samt Wurzeln dem Boden entreißen ließ. Die Erdbrocken rieselten herab, während Mae sich mühsam erhob.

Brandon musterte sie nachdenklich. »Geht es dir gut?«, fragte er.

Ärgerlich schüttelte Mae ihre Hand, dann warf sie das Grünzeug in den bereitstehenden Eimer. »Ich muss mich feinmotorisch betätigen, sagt der Arzt. Ist gut gegen die Polyarthrose in den Fingern«, behauptete sie. »Wolltest du nicht abreisen?«

»Ich wollte dir persönlich tschüss sagen, ehe ich fahre.«

Mae spürte einen Kloß im Hals, ließ sich aber nichts anmerken. Dass es ihrem Enkel hier auf dem Land als Detective Inspector zu langweilig geworden war, konnte sie nachvollziehen. Schließlich hatte sie früher als Ethnologin auch die halbe Welt bereist. Und er hatte sich nur nach Galway versetzen lassen. Nun ja, immerhin war es deutlich größer als Badger's Burrow, das beschauliche Dörfchen, in dem sie lebte. Aber inzwischen wollte sie auch gar nicht mehr irgendwo anders sein ...

Brandon riss sie aus ihren Gedanken. »Möchtest du mich nächstes Wochenende besuchen kommen? Vielleicht mit Tante Rabia?«, fragte er und umarmte sie.

Mae befreite sich. Zu viel Gefühlsduselei machte sie immer nervös und gab ihr das Gefühl, alt zu sein. Alt und tattrig. Sie sah auf ihre erdverschmierten, faltigen Hände. Gut, taufrisch war sie nicht mehr, aber sie würde den Teufel tun und zugeben, dass sie alt war.

»Brady, nichts lieber als das!«, antwortete sie. »Aber das Fernsehteam für mein Interview trudelt irgendwann am Freitag ein, und gedreht wird die Chose am Samstag oder Sonntag. Normalerweise hätten sie mich einfach für die Aufzeichnung ins Studio geholt, aber es ist die Abschiedssendung von Anne Cleary, und die soll was Besonderes werden.« Das Ganze passte ihr immer noch nicht, doch was sollte sie tun? Sie hatte ihre Zusage erteilt, und eine Mae Pennywether stand zu ihrem Wort. »Lass uns reingehen, ich koch uns Tee!«, schlug sie vor. »Oder ist dir eher nach einem Whiskey?« Hoffnungsfroh sah sie Brandon an.

Der schüttelte lachend den Kopf. »Grandma, du weißt doch: kein Alkohol vor dem Fahren!«

»Dann trinken wir eben Tee«, bestimmte Mae, während sie auf das Haus zugingen. »Und du nimmst eine Flasche O'Mulligan's Green mit – damit du uns nicht vergisst.«

»Euch vergessen? Bestimmt nicht! Außerdem ziehe ich nur nach Galway, nicht nach Nowosibirsk«, erwiderte Brandon und öffnete Mae die Haustür. »Und mein Angebot steht: Lass das Interview sausen und komm mich am Wochenende besuchen!«

»Geht nicht, meine Verlegerin zieht mir die Hammelbeine lang, wenn ich das tue«, brummelte Mae. Sie trat ein und ging direkt in das kleine Badezimmer neben der Haustür, um sich die Hände zu waschen.

Unterdessen sprach Brandon weiter: »Ich werde ständig an euch denken.« Er seufzte. »Versprich mir nur, nichts zu tun, was ich nicht auch täte.«

»Du verlangst viel von mir, aber wenn du so anfängst: Ich hatte nicht vor, zur Superverbrecherin Irlands zu mutieren. Ich hatte überhaupt nicht vor, irgendetwas zu tun, was die Verbrechensstatistik in unserem County versaut, immerhin ist sie die niedrigste in ganz Irland. Wäre es nicht so, hättest du dich nicht in die große Stadt versetzen lassen«, entgegnete Mae.

Brandon schnalzte mit der Zunge. »Du weißt genau, was ich meine, Grandma. Letztes Jahr diese Sache mit Loreena – das hätte wirklich schiefgehen können. Und auch sonst deine verrückten Einfälle.«

Mae funkelte ihn an. »Vorsicht, mein Junge!«

»Ich will einfach nicht, dass dir was passiert. Bitte versprich mir, dass du keinen Unsinn anstellst, jetzt, wo ich weg bin!«, beschwor Brandon sie.

Mae lenkte ein: »Also gut, Brady – ich verspreche dir, gut auf mich aufzupassen. Und jetzt lass uns Tee trinken! Ich hab da einen neuen Lieferanten für Teeblumen aufgetan. Jasmin und Schwarztee, du wirst begeistert sein.«

Brandon verzog das Gesicht. »Vielleicht muss ich gehen, um nicht Gefahr zu laufen, um meine Geschmacksnerven gebracht zu werden. Ständig tischst du mir deine Spezialitäten auf. Das ist jetzt aber nicht wieder etwas, was mir den Magen verdirbt, oder?«

Kapitel 3

»Tee ist Ruhe und nicht Eile.«
Tibetisches Sprichwort

Dass die Fernsehleute angekommen waren, erfuhr Mae, noch bevor sie das Tae agus Ceapaire in Ballymahon betreten hatten. In dem Tearoom ihrer Freundin Clarissa Nelson sollten das Vorgespräch und später auch das Interview stattfinden, zudem würden Anne Cleary und ihre Kollegen in den vier Pensionszimmern über dem Gastraum übernachten. Orla Kanturk, eine weitere gute Freundin Maes, hatte auf ihrem Heimweg einen Geländewagen mit Dubliner Nummernschild auf der kurzen Landstraße von Badger's Burrow nach Ballymahon gesehen. Sie hatte sofort im Tearoom angerufen, um Mae und Clarissa Bescheid zu sagen.

Mae trank gerade eine Tasse Grüntee und knabberte dazu asiatische Cracker. Sie konnte es nicht erwarten, dass dieses Wochenende, vor allem aber das unsägliche

Interview, endlich hinter ihr lagen. Auch Clarissa wirkte an diesem Tag in sich gekehrt, und Mae ahnte, dass ihre Freundin ähnlich begeistert von Annes Abstecher in die alte Heimat war wie sie selbst.

Sie seufzte und sah sich im Tearoom um. Auf einem Regal neben dem Tresen stand Clarissas Sammlung verschiedener Zuckerdosen, jede etwas anders gestaltet und mit unterschiedlichen Zuckerarten befüllt. Wenn Mae sich nicht irrte, gab es ein paar neue. Clarissa liebte die originellen Behälter – und ihre Gäste offenbar auch. Gelegentlich kam es vor, dass eine der Zuckerdosen nach dem Besuch fremder Gäste verschwunden war, daran änderten auch die im Gastraum ausliegenden Flyer mit der Kontaktadresse der Töpferin nichts. Clarissa nahm es mit stoischer Ruhe, was Mae schon so manches Mal gewundert hatte, war ihre Freundin doch sonst immer bereit, ihren Tearoom zu verteidigen. Das kleine Lokal war ihr Lebensinhalt, nicht erst seit dem tragischen Unfall ihres Mannes.

Maes Aufmerksamkeit wurde von einem Geländewagen abgelenkt, der gerade vorfuhr und parkte. Das musste das Auto des Fernsehteams sein, von dem Orla gesprochen hatte. Maes Magen verkrampfte sich. Schnell drehte sie ihren Stuhl so, dass sie einen besseren Blick aus dem Fenster hatte, ohne aufstehen zu müssen. Als sie sah, dass zwar zwei Frauen aus dem Auto ausstiegen, doch keine von ihnen Anne Cleary sein konnte, weder vom Alter noch vom Aussehen her, entspannte sie sich wieder.

Die Frau, die am Steuer gesessen hatte, war eine lässig gekleidete Blondine mit Pferdeschwanz. Sie schlug die Fahrertür zu und sagte etwas zu ihrer Begleiterin. Die betrachtete den Tearoom und strahlte. Dann holten beide ihr Gepäck aus dem Wagen und gingen zur Eingangstür. Sie traten ein und schauten sich um. Clarissa lief zu ihnen und begrüßte sie. Obwohl die Teestube nicht sonderlich groß und der Geräuschpegel niedrig war, konnte Mae nur ein paar Wortfetzen ihres Gesprächs aufschnappen. Nun ja, sie würde schon noch früh genug alles Wichtige erfahren. Gelassen trank sie den letzten Schluck ihres grünen Tees. Als sie die Tasse abstellte, wusste sie, dass sie nun bereit für eine Begegnung mit ihrer Erzfeindin war.

Clarissa kam an Maes Tisch, die beiden jungen Frauen folgten ihr. »Mae, ich möchte euch miteinander bekannt machen«, sagte Clarissa und deutete auf die Blondine. »Das ist Siobhan Mowbray von Ireland Channel.«

Die Frau streckte Mae die Hand entgegen. »Bitte nennen Sie mich Siobhan, Mrs Pennywether!«

Mae erhob sich. »Aber nur, wenn Sie Mae zu mir sagen«, erklärte sie und schüttelte ihr die Hand. »Keiner hier in der Gegend nennt mich Mrs Pennywether.« Dann lächelte sie der anderen, brünetten Frau mit der sportlich-eleganten Kurzhaarfrisur zu. Irgendwie kam sie ihr bekannt vor, und plötzlich fiel es ihr ein: »Sie müssen Ruby Keegan sein, die Co-Moderatorin von Teatime.« Mae reichte ihr ebenfalls die Hand.

Die Frau nickte. »Für Sie Ruby«, sagte sie und lachte. Sie hatte etwas ungeheuer Sympathisches an sich. »Wir beide werden uns nachher auch ein wenig unterhalten, und Siobhan wird ...«

»Probeaufnahmen machen«, beendete die Blondine ihren Satz. »Dann kann ich heute Abend einen Drehplan ausarbeiten.«

Etwas verwirrt schaute Mae sie an.

»Oh, bitte entschuldigen Sie, das hatte ich noch gar nicht erwähnt«, sagte Siobhan schnell. »Ich bin Mrs Clearys Assistentin und verantwortlich für die Kameraaufnahmen.

Wenn Sie irgendwelche Fragen oder Probleme haben, können Sie jederzeit gern zu mir kommen.«

Mae nickte stumm.

»Auch Sie würde ich gerne interviewen, Mrs Nelson«, wandte Ruby sich an Clarissa. »Vielleicht können wir das als Einleitung für die Sendung verwenden.«

»Natürlich, gerne«, antwortete Clarissa und wollte noch etwas ergänzen.

Doch in diesem Moment ertönte lautes Reifenquietschen von draußen, und sofort richteten sich alle Augen auf ein rotes Sportcoupé, das gerade vor dem Tearoom einparkte. Ein Mann sprang aus dem Wagen, holte eine Reisetasche von der Rückbank und betrat dann den Tearoom. An der Tür blieb er zunächst stehen, schaute sich um und kam schließlich auf die Frauen zu.

»Einen schönen guten Tag«, sagte er, trat zwischen Clarissa und Ruby und stellte seine Tasche auf dem Boden ab. Er war etwa Mitte vierzig und Mae zutiefst unsympathisch mit seiner Solariumbräune und seinem breiten, strahlend weißen Zahnpastalächeln. »Ich bin Fergal Thurnpike, Moderator von Teatime«, stellte er sich vor und musterte Mae. »Und Sie müssen unser Interviewgast für die Jubiläumssendung sein, Mae Pennywether, nicht wahr?«

»Stimmt auffallend, junger Mann.«

Fergal Thurnpike legte den Arm um Rubys Schultern. »Du hättest mit mir fahren sollen! Eine hübsche Frau wie du gehört in einen Sportflitzer und nicht in diesen klobigen Landstraßenpanzer.«

»Eine Frau wie ich gehört als Allererstes auf ihr Zimmer, um sich frisch zu machen«, entgegnete Ruby, nahm Fergal Thurnpikes Hand von ihrer Schulter und rückte ein Stück von ihm ab. »Mrs Nelson, wir haben zwar nur

Bed & Breakfast gebucht, aber gibt es später vielleicht auch die Möglichkeit, bei Ihnen etwas zum Abendessen zu bestellen?«

»Der Schuppen hier ist doch viel zu altjüngferlich, Ruby«, mischte Fergal Thurnpike sich ein und musterte die Einrichtung des Tearooms mit deutlichem Missfallen. »Lass uns drüben in Longford zu Abend essen oder noch besser in Athlone, nur wir zwei!«

Mae musste Clarissa gar nicht ansehen, um zu wissen, dass sie vor Wut kochte. Fergal Thurnpike dagegen schien davon nichts mitzubekommen – oder es war ihm egal. Auffordernd blickte er Ruby an.

»Nein danke, Fergal«, sagte die. »Wir haben hier noch einiges zu tun.« Dann wandte sie sich wieder Clarissa zu: »Bitte entschuldigen Sie! Also, wie sieht es mit einem kleinen Abendessen aus? Anne – Mrs Cleary – wird sicher Hunger haben, wenn sie eintrifft.«

»Es tut mir leid, aber mehr als Sandwiches kann ich Ihnen und Ihrem Team nicht anbieten. Wenn Sie hier in der Nähe essen gehen wollen, empfehle ich Ihnen den Pub in Badger's Burrow. Mit dem Auto sind es nur zehn Minuten, und Aileen kocht wirklich hervorragend«, erklärte Clarissa.

Fergal Thurnpike rümpfte die Nase. Interessiert stellte Mae fest, dass Siobhan ihn ebenfalls nicht zu mögen schien. Sie wirkte auf einmal genervt, ihr Lächeln gekünstelt, besonders wenn sie Fergal ansah. In Momenten wie diesen dachte Mae sich, dass sie ihre Feldforschungen über soziale Interaktionen jetzt im Alter mit nicht weniger Faszination in der Heimat fortsetzen konnte. Als Ethnologin hatte sie viele Jahre lang die gesellschaftlichen Strukturen verschiedener Stämme studiert, jedes ihrer vier Kinder war in einem anderen Land geboren worden. Mae lächelte und konzentrierte sich wieder auf die Unterhaltung.

»Ich will lieber vor Ort bleiben, schließlich sind wir nur zwei Nächte hier«, sagte Ruby gerade.

Fergal Thurnpike trat wieder näher an sie heran. »Okay, wir riskieren den Pub drüben in Badger's Burrow. Lass uns gemeinsam essen gehen, nur wir zwei!«

Ruby legte ihre Hand auf seinen Unterarm. »Es tut mir leid, Fergal, aber soweit ich weiß, will Anne mit uns den Abend verbringen und noch letzte Details besprechen.« Sie sah zu Mae. »Werden Sie uns beim Abendessen Gesellschaft leisten?«

Mae zuckte zusammen. Mit Anne auch noch dinieren? Bloß nicht! Also schüttelte sie den Kopf.

Da ihr die Frauen jedoch sympathisch waren und sie nicht wusste, wie sie zu Anne standen, nahm sie Zuflucht in einer Höflichkeitslüge: »Meine Liebe, in meinem Alter isst man abends kaum noch etwas und geht früh schlafen. Wenn es nicht zwingend notwendig ist, ziehe ich es vor, daheimzubleiben.«

Ruby nickte verständnisvoll. »Machen Sie sich keine Sorgen! Wenn Sie sich vorher noch mit Anne und uns zusammensetzen und alles besprechen, können wir morgen die Aufzeichnung machen und gegebenenfalls am Sonntag nachdrehen.«

»Das klingt wunderbar«, sagte Mae erleichtert und ließ sich wieder auf ihren Stuhl sinken.

Clarissa räusperte sich. »Also gut, dann werde ich Ihnen mal Ihre Zimmer zeigen. Bitte kommen Sie mit!« Sie ging hinüber zur Theke, nahm drei Schlüssel, die dort bereitlagen, und händigte sie den Fernsehleuten, die ihr gefolgt waren, aus.

Bevor sie alle in dem Gang verschwanden, von dem aus

20

eine Treppe nach oben zu den Pensionszimmern führte, sah Siobhan noch einmal zu Mae herüber und nickte ihr zu. Mae lehnte sich auf ihrem Stuhl zurück und wartete geduldig darauf, dass Clarissa wieder herunterkam und ihr eine weitere Tasse Tee machen konnte, bevor Anne im Tae agus Ceapaire erschien. Ihr Anblick würde Mae den Appetit ganz sicher verderben. Eigentlich hatte sie nicht erwartet, Anne jemals wiederzusehen, nachdem die ihren Heimatort Ballymahon verlassen hatte, um beim Fernsehen Karriere zu machen.

Mae seufzte. Hieß es nicht, man sah sich immer zweimal im Leben? Vielleicht hatte Anne sich ja geändert und bereute, was sie Mae, aber vor allem Clarissa angetan hatte. Nein, so naiv war Mae nicht. Genauso wenig, wie Kühe Tunnel gruben, würde Anne sich in irgendeiner Weise schuldig fühlen.

Clarissa kehrte zurück in den Gastraum, doch bevor sie sich Mae zuwenden konnte, musste sie ein Pärchen abkassieren und deren Tisch abräumen. Erst danach kam sie zu Mae und setzte sich ihr gegenüber. Sie nestelte an ihrer Kameebrosche herum.

»Die beiden jungen Frauen sind sehr nett, nicht wahr?«, begann sie.

»In der Tat«, bestätigte Mae, beugte sich vor und legte ihrer Freundin die Hand auf den Unterarm. »Was beunruhigt dich, meine Liebe? Ist es wegen der Sendung?«

»Wegen Anne!«, platzte Clarissa heraus, sah sich erschrocken um und vergewisserte sich, dass niemand in Hörweite war. Dann flüsterte sie: »Warum kommt sie nach all den Jahren plötzlich wieder zurück? Ich will sie nicht hierhaben!« Sie strich sich fahrig über den akkuraten Dutt.

»Ich glaube nicht, dass es ihre Entscheidung war, und noch weniger, dass sie gern hierher zurückkommt«, versuchte Mae sie zu beruhigen. »Sie ist nicht dumm – sie weiß, dass sie nicht willkommen ist.« In diesem Moment bemerkte sie, wie die Eingangstür geöffnet wurde und eine mondän gekleidete Dame mit einem riesigen Trolley eintrat. Mae runzelte die Stirn. Clarissa und sie mussten so vertieft in ihre Unterhaltung gewesen sein, dass sie gar nicht mitbekommen hatten, wie ein weiteres Auto vorgefahren war.

Die Dame nahm ihre Sonnenbrille ab und schaute sich um. Geringschätzung spiegelte sich auf ihrem Gesicht, das noch immer Ähnlichkeit mit dem des jungen Mädchens von damals hatte. Mae erkannte sie sofort: Anne Cleary. Die zog sich das Tuch, das sie um den Kopf gebunden hatte, herunter und stopfte es in ihre teure Handtasche. Mit dem rechten Zeigefinger wischte sie über die Theke neben sich, als wolle sie die Sauberkeit testen, und hob dann den Blick. Als sie zu Mae und Clarissa herübersah, weiteten sich ihre Augen und sie rümpfte kaum merklich die Nase.

»Meine Güte, seid ihr beide alt geworden! Ich hätte euch auf der Straße nicht mehr erkannt«, rief sie aus und kam auf sie zu. Den Trolley ließ sie neben der Theke stehen.

»Nicht jede kann sich den Luxus leisten und ihren Lebenslauf frisieren, damit sie offiziell noch mal mitten in den Wechseljahren steckt«, erwiderte Mae grimmig. Sie kannte die Version des Fernsehsenders, aber auch Annes wahres Alter.

Anne betrachtete sie von oben bis unten. »Sehr witzig, Mae.« Sie rollte mit den Augen und wandte sich dann Clarissa zu.

Die stand auf und verschränkte die Arme vor der Brust. »Ich hätte wirklich nicht erwartet, dass du die Nerven hast, dich noch mal nach Ballymahon zu wagen!«

»Der Sender hielt es für eine gute Idee, im Tae agus Ceapaire zu drehen«, entgegnete Anne ungerührt und betastete ihre Frisur. »Sie fanden, ein klassischer Tearoom, in dem eine Autorin aus der Nachbarschaft verkehrt, die einen Schinken über verschiedene Teesorten und die Teezeremonien der Welt verfasst hat, wäre der richtige Aufhänger für die Jubiläumssendung.« Sie sah sich erneut um. »Ganz passabel für ein Lokal in der Provinz.«

Mae konnte Clarissas Gesicht nicht sehen, doch sie wusste, dass jemand wie Anne das Tae agus Ceapaire gewiss nicht kritisieren durfte. Sie straffte sich, um gegebenenfalls dazwischengehen zu können, denn es stand zu befürchten, dass die beiden gleich wie die Bullterrier aufeinander losgingen.

Tatsächlich hatte Clarissas Stimme deutlich an Schärfe gewonnen, als sie sagte: »Meinetwegen kannst du sofort umdrehen und wieder fahren, wenn es dir nicht gefällt.«

Anne zog die Augenbrauen hoch. »Mach dich nicht lächerlich, Clarissa Nelson! Du kannst mir nachher mein Zimmer zeigen. Aber erst muss ich noch ein paar Worte mit der guten alten Mae sprechen.« Sie setzte sich.

Clarissa holte tief Luft. »Kann ich dich mit ihr alleine lassen?«, fragte sie Mae. Die nickte stumm, und so ging Clarissa hinüber zu einem anderen Tisch, um dort die Bestellungen aufzunehmen.

»Die Zeit hat es wirklich nicht gut mit dir gemeint, Mae«, sagte Anne spöttisch.

»Immer noch dasselbe Biest wie früher!« Mae versuchte, sich nichts anmerken zu lassen. Es war erstaunlich, doch all die Jahrzehnte, die seit Annes Verrat vergangen waren, reichten tatsächlich nicht aus, ihn vergessen zu machen. Der Schmerz stach noch immer in ihrem Herzen. Gern hätte sie Anne die Faust ins Gesicht gerammt, aber sie war nun mal kein gewalttätiger Mensch.

»Wir müssen ein paar Details wegen des Interviews besprechen. Bist du später noch hier? Wenn ich's recht bedenke, möchte ich doch zuerst auf mein Zimmer gehen und mich frisch machen.«

»Nur zu, ich werde in der Zwischenzeit eine weitere Tasse Tee trinken«, entgegnete Mae gelassen, obwohl sie Anne am liebsten an die Gurgel gegangen wäre.

Anne schnippte mit den Fingern. »Clarissa!«

In diesem Moment öffnete sich die Eingangstür, und eine Gruppe von fünf Leuten trat ein. Sie schauten sich um, nickten zustimmend und setzten sich. Kurz darauf kam Clarissa und legte einen Schlüssel mit einem gro-ßen Anhänger, auf dem eine Zahl stand, vor Anne auf den Tisch.

»So was Dummes aber auch, Anne, ich muss mich jetzt leider um die neuen Gäste kümmern. Du wirst allein nach oben gehen müssen.« Sie deutete auf den Gang. »Da hi-nein und die Treppe hinauf.« Dann ging sie zu der Gruppe hinüber.

Anne starrte ihr ungläubig hinterher. »Also, das ist doch ...«

Mae kümmerte sich nicht weiter um sie, sondern zog es vor, die anderen Gäste zu beobachten. Nachdem Anne offenbar eingesehen hatte, dass ihr nichts anderes übrig blieb, erhob sie sich ohne ein weiteres Wort, holte ihren Trolley und zerrte ihn hinter sich her in den Gang hinein.

Als Clarissa wenig später an Maes Tisch vorbei-kam, hielt sie kurz inne. »Was darf ich dir noch bringen, Mae?«

»Ein Kännchen Earl Grey, einen deiner Schokomuffins und einen Whiskeylikör. Ich brauch das, um das Gespräch

24

mit Anne zu überstehen«, sagte Mae und rieb sich die Stirn.

»Wer nicht?«, entgegnete Clarissa. »Ich bring dir gleich alles.« Sie trat hinter die Theke, goss sich verstohlen einen großen Schluck Whiskey in eine Teetasse und trank. Dann lehnte sie sich für einen Moment an, holte tief Luft und seufzte.

Mae hatte sich den Likör und den Muffin schmecken lassen. Gerade spülte sie die letzten Krümel mit ein paar Schlucken Tee hinunter, als sich Anne zu ihr setzte. Sie hatte sich umgezogen und sah mit ihrer schwarzen Hose und der weißen Bluse sehr schick aus – ganz im Gegensatz zu Mae, die man in ihrer Aufmachung ebenso im Reitstall hätte antreffen können.

Anne legte ihre gefalteten Hände auf die Tischplatte und ließ ihren Blick schweifen. »Es sind in der Zwischenzeit einige Gäste gekommen.«

»Das ist jeden Tag so: Um die Mittagszeit ist es eher ruhig, davor und danach wird es recht voll«, gab Mae zur Antwort.

»Erstaunlich«, meinte Anne.

Ihr Tonfall erinnerte Mae daran, dass ihr in ihrem langen, abwechslungsreichen Leben niemand je so unsympathisch gewesen war wie diese Frau.

Anne winkte Clarissa zu und deutete auf Maes Tasse, dann sagte sie: »Ich spreche mit dir nur das Interview durch, alles andere klären Ruby und Siobhan mit dir ab.«

Mae antwortete nicht, denn in diesem Augenblick sah sie Fergal Thurnpike herankommen. Er schlenderte lässig auf sie zu, legte Anne die Hand auf den Arm und beugte sich zu ihr herunter, um ihr einen Kuss auf die Wange zu drücken.

»Anne, meine Liebe, du siehst wie immer fabelhaft aus.«

Anne kicherte wie ein Mädchen. »Fergal, schön, dass du schon da bist! Wir trinken zusammen einen Kaffee, wenn ich hier fertig bin, ja?« Sie wartete seine Antwort nicht ab, sondern wandte sich wieder Mae zu. »Du hast Fergal Thurnpike, meinen Nachfolger bei Teatime, schon kennengelernt?«

Verwundert sah Mae sie an. »Er wird der neue Moderator? Und was ist mit Ruby? Ich dachte ...«

»Da hast du wohl falsch gedacht«, unterbrach Anne sie. »Aber das macht nichts, in deinem Alter verwechselt man schon mal das eine oder andere.« Sie lächelte Fergal Thurnpike zu. Dennoch hatte ihr Gesichtsausdruck etwas Boshaftes an sich.

Fergal Thurnpike holte eine Schachtel Zigaretten aus seiner Jackentasche. »Ich gehe ein wenig an die frische Luft.«

»Nur zu!«, sagte Anne und wedelte mit der Hand, als wolle sie ein lästiges Insekt verscheuchen. »Wir besprechen noch kurz das morgige Interview.«

Die folgende halbe Stunde verlangte Mae einiges ab. Ihre Befürchtung bestätigte sich leider: Anne hatte sich kein bisschen geändert, im Gegenteil. Sie stichelte und lästerte die ganze Zeit. Mae war kurz davor, die Nerven zu verlieren, als sie bemerkte, wie Fergal Thurnpike zurück in den Tearoom gehastet kam. Er wirkte irgendwie angewidert und verschwand direkt in dem Gang, der zu den Pensionszimmern führte. Mae, die mit Anne beschäftigt war, dachte nicht weiter darüber nach.

Eben lehnte Anne sich zurück und schnalzte missbilligend mit der Zunge, während sie Mae musterte. »Weißt du, Mae, es ist wirklich lächerlich. Du trägst mir immer noch die Sache mit Padraic nach.«

Mae zuckte zusammen. Diese Aussage war völlig aus dem Nichts gekommen, sie hatten das Thema nicht einmal ansatzweise gestreift. Mae hätte es auch gern vermieden, nur daran zu denken. Padraic Kelly war ihre erste große Liebe gewesen, bis fast zum Ende ihres Studiums waren sie ein Paar gewesen. Dann hatte Anne sich eingemischt. Wie sollte sie je vergessen, was Anne ihr angetan hatte?

»Ich werde dir deinen Verrat nie vergeben, Anne!«

Anne schnaubte. »Himmel, er war doch nur ein Bauer! Wie ich gehört habe, bist du in der Welt umhergereist, zu den exotischsten Plätzen, die man sich vorstellen kann. Du solltest mir dankbar sein.« Jedes ihrer Worte triefte vor Hohn und Herzlosigkeit. Natürlich, jemand wie Anne, die nur um sich selber kreiste, konnte nicht verstehen, was es hieß, den Mann, den man liebte, zu verlieren. Für sie war Padraic nichts als ein Zeitvertreib, eine Trophäe gewesen.

Maes Herz stach, und zugleich kroch Wut in ihr hoch. Sie fühlte einen Druck in der Kehle, den sie tapfer zu bekämpfen versuchte.

»Padraic und ich hätten geheiratet, wärst du nicht gewesen«, erklärte sie, und ihre Lippen fühlten sich taub an. Am liebsten hätte sie Anne geohrfeigt. Um sich davon abzuhalten, griff sie nach ihrer Tasse und umklammerte sie wie einen Rettungsanker. Sie trank einen Schluck, doch der Tee war inzwischen längst kalt.

»Sei froh, dass ich das verhindert habe!«, sagte Anne arrogant. »Padraic war der langweiligste Mensch, dem ich je begegnet bin. Was du oder irgendeine andere Frau an ihm hätte finden können, verstehe ich bis heute nicht.«

Mit einem erstickten Aufschrei sprang Mae auf, und ehe sie darüber nachdenken konnte, was sie tat, hatte sie Anne den Inhalt ihre Teetasse ins Gesicht geschüttet.

Anne keuchte erschrocken und blinzelte. Sekundenlang starrten die beiden Frauen einander an, dann stand Anne auf. Ein Tropfen, der an ihrer Nasenspitze hing, löste sich und fiel auf die Tischplatte. Anne griff nach einer Serviette und begann ungerührt, sich den kalten Tee abzutupfen. Vermutlich passierte ihr so etwas öfter. Verwunderlich war das nicht.

Mae ballte die Hände zu Fäusten und stopfte sie in ihre Westentaschen. »Ich wünsche dir einen langsamen und bestialischen Tod, Anne Cleary!«, fauchte sie. Dann drehte sie sich um, ließ Anne einfach stehen und stapfte aus der Teestube.

Als Mae eine halbe Stunde später zu Hause eintraf, war sie immer noch wütend. So sehr, dass sie Herzschmerzen hatte. Noch bevor sie die Haustür aufgemacht hatte, hörte sie das Klingeln ihres Telefons. Sie ahnte, dass die Gerüchteküche bereits auf Hochtouren lief und irgendjemand wegen des Vorfalls mit Anne anrief. Ohne Eile öffnete sie die Tür, ging zum Telefon und nahm das Gespräch an.

»Mammy, was hast du schon wieder angestellt?«, fragte Rabia entnervt.

»Was soll ich getan haben?« Mae warf die Schlüssel auf die Kommode neben den Schrumpfkopf, so wie sie es immer tat.

»Willa Greening hat mich angerufen, sie hat es von Geoff O'Reilly gehört, der das Ganze beobachtet hat«, erzählte Rabia.

»Anne hat mich zur Weißglut getrieben, und bei Gott, sie kann froh sein, dass ich nicht zur Gewalt neige!«

»Du hast sie mit dem Tod bedroht!«

»Hab ich nicht, ich hab ihr nur einen bestialischen Tod

auf den Pelz gewünscht.« Jetzt im Nachhinein tat es Mae leid, dass sie derart die Fassung verloren hatte. »Vermutlich überlebt sie uns alle. Beruhigt dich das?«

Rabia seufzte gequält. »Geht es dir gut?«

»Bestens.«

Als Mae das Gespräch beendete, hatte sich ihre Laune gebessert, weil sie sich eines bewusst gemacht hatte: Achtundvierzig Stunden, dann war alles vorbei, und sie würde Anne nie wiedersehen.

Nachdem Mae die Toiletten geputzt und sie in einen Zustand von frühlingsfrischer Hygiene versetzt hatte, war sie so weit beruhigt, dass sie sogar etwas Appetit verspürte. Sie machte sich ein Fertiggericht heiß, und während sie es verspeiste, wanderten ihre Gedanken in die Vergangenheit. War das alles tatsächlich schon so lange her? Ganze fünfzig Jahre? Die Zeit war verflogen, und sie hatte es gar nicht richtig mitbekommen. Sie seufzte und beschloss, ein wenig in Erinnerungen zu schwelgen – Erinnerungen an eine Zeit, bevor sie ihren späteren Mann Dorian kennengelernt hatte, aber auch an ihn. Sie hatte es ihm wirklich nicht leicht gemacht, sie zu erobern, denn sie hatte nicht glauben wollen, dass er es ernst mit ihr meinte. Doch das hatte er getan, sie hatten zusammen ein wundervolles Leben gehabt, die Welt bereist und ihre Kinder großgezogen.

Mae holte ihre Fotoalben heraus, blätterte darin und dachte an Personen und Ereignisse zurück, die ihr schon lange nicht mehr durch den Kopf gegangen waren. Ab und zu blinzelte sie eine Träne fort und genehmigte sich schließlich einen Whiskey. Nachdem sie das Nosingglas geleert hatte, brühte sie sich einen Silver Needle Yin Zhen in ihrer gläsernen Teekanne auf. Die sogenannte kaiserliche Pflückung war einer der berühmtesten weißen Tees der Welt und so selten, dass Mae ihn nur ergattert hatte, weil sie Beziehungen hatte. Während sie andächtig eine Tasse genoss, beobachtete sie, wie sich die Teeblätter, die wie Maiglöckchenblätter geformt waren, in der Kanne aufrecht stellten.

Als sie von der anderen Straßenseite her Stimmen, Türenschlagen und Schritte hörte, sah sie auf die Uhr. Es war mittlerweile kurz vor zweiundzwanzig Uhr, der ganz normale Abendbetrieb im gegenüberliegenden Pub hatte also begonnen. Mae stand auf und trat ans Fenster, um nachzusehen, wer sich dort draußen herumtreiben würde. Als Erstes fiel ihr Blick auf die Person, die sie am allerwenigsten hatte sehen wollen: Anne Cleary. Sie stand unter einem der erhellten Fenster des Pubs im Kreis ihrer drei Kollegen. Die Gruppe schien in eine leidenschaftliche Diskussion verstrickt zu sein.

Anne lachte, und mit einem Anflug von Neid bemerkte Mae, wie toll sie noch aussah. Sie konnte sich offenbar nicht nur teure Pflegeprodukte leisten, sondern hatte von Mutter Natur auch gute Gene erhalten. Mae riss sich von ihr los und widmete ihre Aufmerksamkeit nun den anderen Fernsehleuten. Fergal Thurnpikes Miene strotzte nur so vor eitler Selbstgefälligkeit, während Siobhan eher säuerlich und irgendwie außen vor wirkte, so als wäre sie nicht wirklich Teil des Gesprächs. Ruby hingegen sah unglücklich aus, zumindest schloss Mae das aus ihren hängenden Schultern. Doch als die junge Frau kurz in Maes Richtung blickte, erkannte Mae Wut, die das Gesicht verzerrte.

Durchaus verständlich, dachte Mae, wenn man es mit Anne zu tun hat.

Ob die zur Schau gestellte Harmonie in der Sendung

tatsächlich echt war? Mae hatte sich nicht dazu durchringen können, sich eine Folge anzusehen, doch sie hatte Orla Kanturk und Rabia darüber ausgefragt, und beide hatten behauptet, die Show wirke so, als säßen Freunde beisammen, die zwanglos plauderten. Freundschaft und entspannte Unterhaltung in Verbindung mit Anne kamen Mae unglaubwürdig vor, aber offenbar empfand der Rest Irlands das anders. Andererseits kannte der Großteil der Zuschauer Anne, das intrigante Biest, auch sicherlich nicht persönlich.

Mae konzentrierte sich wieder auf die kleine Gruppe, die immer noch vor dem Pub stand. Fergal Thurnpike ließ den Ring seines Autoschlüssels auf seinem Zeigefinger kreisen. Dabei betrachtete er Ruby auf eine Art, die Mae nicht deuten konnte. Siobhan berührte Ruby kurz am Oberarm, und die beiden lächelten sich flüchtig an, ehe sie sich wieder Anne zuwandten. Die hielt offenbar einen Monolog, dem vor allem Siobhan mit verkniffenem Mund lauschte. Anne schien zumindest eine Person in ihrem Team zu haben, die sie nicht anbetungswürdig fand.

Mae wandte sich ab. Sie hatte genug gesehen. Spontan beschloss sie, sich den restlichen Abend mit einem schönen alten Krimi zu versüßen und dabei ihren Tee zu genießen. Sie goss sich noch etwas nach, trank einen Schluck und atmete das blumige Aroma ein. Plötzlich vermisste sie Brandon ganz besonders heftig. Ihr Enkel war nach der Arbeit oft vorbeigekommen, um mit ihr zu essen, und wenn seine Schicht bis in die Nacht hineingegangen war und er bei ihr noch Licht gesehen hatte, so wie es heute der Fall war, hatte er sich zu ihr gesellt, mit ihr ferngesehen und Tee getrunken. Und wenn sein Tag besonders hart gewesen war, hatten sie gemeinsam einen Whiskey genossen.

Wer würde ihren Brady nun umsorgen – jetzt, wo er weit entfernt in der großen Stadt lebte? Sicher, mit Anfang dreißig war er alt genug, sich um sich selbst zu kümmern, aber das hieß ja nicht, dass Mae als Großmutter nicht ein wenig fürsorglich sein durfte. Sie stieß einen tiefen Seufzer aus und beschloss, dass heute sie diejenige war, die einen harten Tag hinter sich hatte und einen weiteren Schluck Whiskey vertragen konnte.

Kapitel 4

»Das erste Glas ist bitter wie das Leben,
das zweite stark wie die Liebe
und das dritte sanft wie der Tod.«
Marokkanisches Sprichwort

Müde schlurfte Mae am nächsten Morgen in die Küche, gähnte herzhaft und beschloss, sich einen Matcha Latte zu machen, den sie als Wachmacher schätzte. Sie schäumte Milch auf, rührte echten Matcha darunter und trank das Ganze noch im Stehen, während sie aus dem Fenster auf den Hinterhof sah. Ein Blick auf die Uhr zeigte ihr, dass sie noch zwei Stunden Zeit hatte, ehe sie ins Tae agus Ceapaire fahren musste, um sich mit den Fernsehleuten zu treffen. Die Teestube befand sich zwar am Rand des Nachbarorts Ballymahon, sodass sie auch gut hätte zu Fuß gehen können, wie sie es oft tat, aber dazu fühlte sie sich an diesem Tag nicht in der Lage.

Sie bereitete sich eine Kanne starken Schwarztee für

das Frühstück zu, deckte gemütlich den Tisch und setzte sich. Gerade hatte sie sich eine Tasse Tee eingeschenkt und eine Scheibe Toast mit Butter bestrichen, als das Telefon klingelte. Sie trank hastig einen Schluck und lief in den Flur. Noch bevor sie das Gespräch annehmen konnte, klopfte es an der Haustür.

Mae zögerte und entschied sich dann, den Anrufer zu übergehen, um stattdessen nachzusehen, wer draußen stand. Sie riss die Tür auf und sah sich einem jungen Mann in einem Trenchcoat gegenüber. Sein schwarzes Haar streifte den Hemdskragen und wirkte insgesamt etwas zerzaust und vernachlässigt. Mae starrte ihn sekundenlang an und überlegte, wer er sein könnte, doch er war und blieb ihr unbekannt. Dass er sie ebenso stumm und irritiert musterte, verwirrte sie ein wenig, bis ihr einfiel, dass sie nur ein langes T-Shirt und Pantoffeln mit Häschenohren trug, aber keine Hose. Zugegeben, ihr Aufzug war weder ihrem Alter noch der Situation angemessen, aber wenn sich jemand einen feuchten Kehricht um so etwas scherte, dann sie. Ungerührt begrüßte sie ihn mit einem großmütterlichen »Guten Morgen, mein Lieber, was kann ich für Sie tun?«, was ihm offenbar den Rest gab. Er wirkte leicht benommen, als er in die Tasche seines Jacketts griff, das er unter dem Mantel trug, und ihr dann einen Gardaausweis entgegenstreckte.

Mae sah auf den Ausweis, noch einmal in das Gesicht des Mannes und zog die Augenbrauen hoch. Was wollte die Polizei von ihr?

»Vielleicht gehen wir erst mal rein und Sie ziehen sich was an?«, schlug der Mann vor.

»Ja und nein«, entgegnete Mae und winkte einladend. »Ich habe noch nicht gefrühstückt, und ohne morgendliche Stärkung bin ich nicht in der Verfassung, unter die Dusche zu steigen. Sie werden also entweder meinen Anblick ertragen oder zu einem späteren Zeitpunkt wiederkommen müssen.«

Der Mann stand ein wenig hilflos im Gang. Mae schlug die Haustür zu und führte ihn dann in die Küche.

»Setzen Sie sich doch!« Sie deutete auf einen Stuhl. »Darf ich Ihnen einen Tee anbieten?«

»Nein danke, machen Sie sich keine Mühe, Mrs Pennywether«, antwortete er und nahm Platz.

Auch Mae ließ sich nieder. »Wie war doch gleich der Name?«, fragte sie, denn ihr war eingefallen, dass er sich noch gar nicht vorgestellt hatte.

»Detective Inspector Andrew O'Malley, Polizeirevier Longford.« Er schien sich wieder gefangen zu haben und wirkte nun etwas selbstsicherer als eben an der Tür.

Mae nickte und trank einen Schluck Tee. »In Ordnung, Inspector O'Malley, dann erzählen Sie mal, was Sie herführt!«

Im Flur klingelte erneut das Telefon. Ganz bestimmt der Anrufer von vorhin. Mae zwang sich, das Läuten zu überhören und sich ganz auf ihr Gegenüber zu konzentrieren, während sie von ihrer Scheibe Toast abbiss.

»Sie kannten Anne Cleary gut?«, fragte er, zog sein Smartphone hervor und begann darauf zu tippen. Er sah kurz hoch. »Entschuldigen Sie, das ist meine Art, Notizen zu machen.«

Mae zuckte mit den Schultern und schluckte das Brot hinunter. »Wir kennen uns von früher. Sie war Mitglied in der Jugendgruppe der Pfarrei in Ballymahon, und ich habe die eigentliche Gruppenleiterin immer wieder mal vertreten«, erklärte sie und trank noch einen Schluck Tee. Kurz dachte sie an damals, doch das war schon ewig her. Interessanterweise war Clarissa die Gruppenleiterin gewesen, Mae konnte es kaum mehr glauben. Sie riss sich von der Vergangenheit los. »Was soll die Frage? Und warum sind Sie hier? Doch nicht, um mich über meinen Bekanntschaftsgrad zu Anne Cleary auszuhorchen!«

Erneut schenkte Inspector O'Malley seine Aufmerksamkeit dem Smartphone, um sich dann wieder Mae zuzuwenden. »Anne Cleary wurde heute Morgen tot in ihrem Bett aufgefunden.«

Die Information schockierte Mae so sehr, dass sie ihre Tasse fallen ließ. Klirrend kam sie auf dem Frühstücksteller auf, der in der Mitte auseinanderbrach. Die Tasse dagegen blieb ganz, doch der Tee ergoss sich über den Tisch und bildete eine goldbraun schimmernde Pfütze. Mechanisch wischte sich Mae Teespritzer mit der flachen Hand von den Oberschenkeln, ehe sie fluchend aufstand und ein Küchentuch über das Malheur warf. Eine kleine Pfütze hatte sich auch auf dem Boden gebildet, aber um die wollte Mae sich später kümmern.

Ungläubig starrte sie Inspector O'Malley an und wartete darauf, dass er ihr weitere Details mitteilte, doch er schwieg. Was sollte das? Maes Gehirn lief auf Hochtouren. Da er in offizieller Funktion bei ihr aufgetaucht war, konnte das nur eins bedeuten: Anne war einem Verbrechen zum Opfer gefallen.

»Nun reden Sie schon, Inspector, was ist geschehen? Und was wollen Sie von mir? Wenn Anne einfach im Schlaf gestorben wäre, wären Sie kaum hergekommen, um mir das zu sagen. Da hätte mich stattdessen der Dorftratsch informiert.«

Wie zum Beweis schrillte abermals das Telefon. Mit einem Knurren sah Mae in Richtung Flur und hoffte, Inspector O'Malley würde endlich sein Schweigen brechen und sie über alles informieren. Sie ahnte, warum er da war, nicht umsonst hatte sie einen Enkel bei der Garda. Oft genug hatte sie ihn erzählen lassen und dabei aufmerksam zugehört. Die Polizei dachte, Mae könne wertvolle Hinweise liefern. Und das konnte wiederum nur bedeuten, dass jemand Anne, das Biest, ermordet hatte. Ausgerechnet in der Nacht, nachdem Mae ihr einen grauenvollen Tod gewünscht hatte. Mit einem Mal hatte sie ein ungutes Gefühl. Was, wenn sie sich täuschte und der Inspector nicht gekommen war, um sie nur als Zeugin zu befragen, sondern weil man sie für die Täterin hielt? Ihre Kehle fühlte sich eng an.

»Anne wurde umgebracht, und Sie denken, ich war es«, stieß sie hervor.

»Waren Sie es?«, fragte Inspector O'Malley.

Entrüstet schob Mae ihren Stuhl zurück und schnaubte. »Gewiss nicht! Wie können Sie mir das nur unterstellen? Anne Cleary ging mir so was an meiner Kehrseite vorbei, dass sie mir nicht mal den Gedanken an Mord wert war! Also: Nein, ich habe sie nicht umgebracht!« Sie rieb sich über die Brust. Wieder stach ihr Herz – eindeutig ein Zeichen dafür, dass sie sich zu sehr aufregte.

Der Inspector ließ sein Smartphone sinken und sah sie forschend an. »Sie verstehen sicher, dass ich Sie dennoch befragen muss.«

Sein Blick machte sie wirklich wütend. Wenn Brandon noch in Longford wäre, könnte sie sich bei ihm über O'Malley beschweren, andererseits wäre der junge Schnösel in dem Fall gar nicht bei ihr aufgetaucht. Bestimmt war er der Neue, der Ersatz für ihren Brady, und wollte sich nun damit profilieren, dass er den Mord in Windeseile aufklärte. Und wenn er dabei eine verrückte alte Lady unschuldig hinter Gitter brachte, konnte ihm das ja egal sein.

»Haben Sie denn ein Alibi?«, fragte der Inspector unbeirrt weiter.

»Für wann? Ich müsste erst mal wissen, wann Anne gestorben ist.«

»Zwischen elf Uhr gestern Abend und etwa drei Uhr morgens, Genaueres erfahre ich in den nächsten Tagen«, erwiderte er.

»Da war ich in meinem Bett. Allein. Haben Sie noch andere Personen befragt, oder bin ich in Ihrer Verzweiflung die Einzige, die Sie verdächtigen? Falls ja, dann lassen Sie sich gesagt sein, dass Anne Cleary vermutlich mehr Feinde hatte, als ich Finger an den Händen«, fauchte Mae.

»Sie sind aber im Moment die Einzige, die Mrs Cleary in einem voll besetzten Lokal den Tod gewünscht hat«, erklärte Inspector O'Malley und runzelte die Stirn.

Er wirkte unsicher – Mae hätte nur zu gern gewusst, weshalb. Hatte er sie doch lediglich der Ordnung halber aufgesucht? Oder verwirrte ihn, dass sie keine typische Großmutter war, weder vom Erscheinungsbild noch vom Auftreten her?

»Was war der Grund dafür?«

Mae würde ihm ganz sicher nicht erzählen, weshalb sie so aufgebracht gewesen war. Das ging ihn überhaupt nichts an! Aber irgendeine Antwort musste sie ihm geben.

»Nun«, sagte sie ausweichend, »Anne konnte ziemlich herablassend sein. Sie dachte wohl, sie sei was Besseres, nur weil sie 'ne relativ erfolgreiche Moderatorin ist – war.« Das war zumindest nicht gelogen.

Der Inspector schien es zu schlucken. »Und was haben Sie nach Verlassen des Tae agus Ceapaire gemacht?«, fragte er weiter.

»Ich bin nach Hause gegangen. Als Erstes habe ich mit meiner Tochter Rabia telefoniert. Dann habe ich die Toiletten geputzt, um meine Nerven zu beruhigen, weil ich mich so über Anne geärgert hatte. Später hab ich zu Abend gegessen und mich anschließend ins Wohnzimmer gesetzt und in alten Fotoalben geblättert. Irgendwann zwischen halb zwölf und zwölf bin ich zu Bett gegangen.«

»Dann haben Sie Mrs Cleary gestern Nachmittag im Tearoom das letzte Mal gesehen?«

Mae verschränkte die Arme vor der Brust. Sie hatte keine Lust mehr auf die Fragen des Inspectors, denn sie ahnte schon, worauf das letztendlich hinauslief: Eine Frau, die unter ungeklärten Umständen gestorben war, und eine andere, die ihr die Pest an den Hals gewünscht hatte, das schrie nach Mordverdacht.

»Gesehen hab ich sie das letzte Mal hier durchs Fenster, gestern Abend, da stand sie mit ihren Kollegen draußen vor dem Pub. Das muss so gegen zehn gewesen sein.« Sie erhob sich langsam. »Ich nehme an, das war dann alles. Es ist bereits später Vormittag, und ich habe noch einiges vor. Wenn Sie weitere Fragen an mich haben, müssen Sie eben ein anderes Mal herkommen oder mich in Ihr Büro bestellen.«

»Nein, für den Moment reicht das erst einmal.« Inspector O'Malley stand ebenfalls auf. »Ich danke Ihnen für das Gespräch, Mrs Pennywether! Und für den Fall, dass Ihnen noch etwas einfällt ...« Er holte eine Visitenkarte aus seiner Manteltasche und legte sie auf den Tisch.

Mae sagte nichts dazu. Sie begleitete ihn zur Haustür und öffnete sie.

Er ging hinaus und drehte sich noch einmal zu ihr um. »Es wäre besser, wenn Sie in nächster Zeit keine Reise unternehmen würden.«

»Sehe ich so aus, als hätte ich vor, mich auf und davon zu machen?«, blaffte Mae ihn an und knallte die Tür zu. Ihre Nerven waren durch den Besuch des Polizisten deutlich strapaziert worden. Eine Weile verharrte sie bewegungslos im Flur, dann ging sie zu ihrem Telefon und wählte Brandons Nummer.

Nach dem dritten Klingeln nahm er ab. »Granny!« Er klang erfreut über ihren Anruf.

Mae holte tief Luft und zwang sich zur Ruhe. »Brady, mein Lieber, wie geht es dir?«

»Bestens! Die Kollegen sind prima, tolles Arbeitsklima, und meine Wohnung liegt direkt an einem Park. Wie geht's dir?«

Mae wechselte das Telefon in die andere Hand und lief in die Küche zurück. »Kennst du einen Andrew O'Malley? Er ist der neue Inspector hier.«

»Klar kenne ich ihn. Ihr seid euch also schon begegnet?« Brandon räusperte sich. »Was hast du angestellt, Grandma?«, fragte er misstrauisch.

»Ich?«, rief Mae und wechselte erneut das Telefon in die andere Hand. »Dein sauberer Nachfolger stand eben hier in meinem Haus und hat mich beschuldigt, Anne Cleary ermordet zu haben!« Kurz schilderte sie ihm, was sie über den Fall wusste.

»Grandma, reg dich nicht auf! Das war doch nicht böse gemeint, er musste dich das alles fragen.«

»Und mich indirekt des Mordes beschuldigen? Dieser Jungspund hat doch gar keine Ahnung von Polizeiarbeit!«

»Also wirklich, Grandma! Er ist ein erfahrener Detective Inspector, er war vorher in Dublin«, nahm Brandon ihn in Schutz. »Nachdem du diese Anne Cleary so angegangen hast, ist es kein Wunder, dass er auf den Gedanken gekommen ist, du hättest etwas mit ihrem Tod zu tun.

Sogar ich würde dich in diesem Fall erst mal verdächtigen. Außerdem – ist es denn schon sicher, dass es wirklich Mord war? Vielleicht war es ja nur ein tragischer Unfall.«

Mae schnappte nach Luft. »Willst du mich für dumm verkaufen, Brady? Wenn's nur ein Unfall gewesen wäre, hätte sich doch sicherlich nicht die Garda eingeschaltet, oder?«

»Leider ja. Aber vermutlich hast du recht. Jedenfalls ist es Routine, alle Leute zu befragen, die die Tote in den letzten Stunden noch gesehen oder mit ihr gesprochen haben. Es ist also unnötig, sich aufzuregen. Du übertreibst wieder mal, das ist alles.«

»Ich sage dir, wer sich aufregen kann – dein feiner Polizistenfreund O'Malley«, erwiderte Mae empört. »Ich werde ihm nämlich keine Gelegenheit geben, mich weiter des Mordes zu beschuldigen. Ab sofort suche ich den Täter auf eigene Faust.«

»Das wirst du nicht, Grandma! Spiel nicht verrückt, das ist Aufgabe der Garda! Andrew wird dich schon nicht weiter belästigen, nachdem sich rausgestellt hat, dass du unschuldig bist. Also lass die Finger von der Sache!«

Mae sagte nichts darauf. Sie hatte sich entschieden.

Brandon seufzte. »Grandma, bitte, wenn es wirklich um Mord geht, will ich nicht, dass der Täter als Nächstes dich ins Visier nimmt, weil er denkt, du seist eine Gefahr für ihn!«

»Mach dir keine Sorgen, Brady, ich weiß genau, was ich tue!«, entgegnete Mae kämpferisch.

»Genau das glaube ich eben nicht«, rief er.

Mae beschloss, dass es nun genug war. »Ich muss Schluss machen, mir brennt das Essen an«, behauptete sie und legte auf.

Sie wusste, dass Brandon das nicht so hinnehmen würde, dafür kannte sie ihn zu gut. Er würde vermutlich Kontakt zu seiner Tante Rabia aufnehmen, sich obendrein mit sämtlichen anderen Familienmitgliedern in Verbindung setzen oder den Pfarrer anrufen, bis er jemanden gefunden hatte, von dem er glaubte, dass er sie zur Räson bringen konnte. Der gute Junge! Er war viel zu nervös und traute ihr einfach zu wenig zu.

Das Klappern der Tastatur zerrte an Andrews Nerven. Er wusste nicht, weshalb seine Kollegin Emma Dobbs auf diesem alten Ding tippen musste, sie hatte sie sich sogar extra von zu Hause mitgebracht und die modernere Tastatur in ihrer Schublade verschwinden lassen. Sie sei einfach an die andere gewöhnt, hatte sie erklärt – da konnte er nichts machen. Gern hätte er ein eigenes Büro gehabt oder sich dieses wenigstens mit einem anderen Kollegen geteilt, aber als Neuer, gerade eine Woche im Dienst, stand es ihm wohl nicht zu, Forderungen zu stellen. Also holte er tief Luft und beugte sich über die Akten. Erneut las er seine Notizen, die mittlerweile auf Papier ausgedruckt und ordentlich abgeheftet vor ihm lagen.

Anne Cleary, Fernsehmoderatorin und Publikumsliebling, war am Morgen tot in ihrem Pensionszimmer aufgefunden worden. Das Bed & Breakfast gehörte einer Mrs Nelson, die im selben Haus lebte und dort auch einen Tearoom betrieb. Nach ihrer Aussage waren die Türen stets unverschlossen, was in der Gegend durchaus üblich war. Ihre Einnahmen ließ sie sowieso niemals über Nacht im Laden. Am vergangenen Abend habe sie Mrs Cleary und ihren drei Kollegen, den einzigen anderen Pensionsgästen, wie gewünscht Tee in kleinen Thermoskannen und ein Sandwich auf einen Servierwagen gestellt, der unbeaufsichtigt im Flur gestanden habe. Gesehen habe sie die vier aber nur am Nachmittag, danach nicht mehr.

Wie es schien, war Mrs Cleary vergiftet worden, denn ihr zuvor robuster Gesundheitszustand, aber auch gewisse Umstände, in denen sie aufgefunden worden war, sprachen gegen eine natürliche Todesursache. Ihre Kollegen, vor allem aber ihr Hausarzt, hatten übereinstimmend ausgesagt, dass die Frau kerngesund gewesen war. Selbstmord konnte vermutlich ebenfalls ausgeschlossen werden – dafür sei Mrs Cleary »nicht der Typ gewesen«, auch in diesem Punkt waren sich die Kollegen und der Arzt einig gewesen. Außerdem hatte man keinen Abschiedsbrief gefunden.

Andrew seufzte. Er hatte gehofft, hier im beschaulichen Longford etwas zur Ruhe kommen zu können. Deshalb war er ja aus Dublin fortgegangen. Doch nun musste er wohl in einem Mordfall ermitteln. Der Coroner hatte diese Theorie auf jeden Fall befürwortet. Natürlich war es auch möglich, dass das Ganze ein Unfall gewesen war, doch das hielt Andrew für sehr unwahrscheinlich. Seines Wissens hatte Mrs Cleary zusammen mit ihren Kollegen im Pub von Badger's Burrow zu Abend gegessen, und niemand anderes zeigte auch nur Anzeichen einer möglichen Vergiftung. Nein, solange es keine Hinweise in diese Richtung gab, würde er die Sache als Mord behandeln. So war er auf der sicheren Seite.

Welches Gift verwendet worden war und ob es im Tee oder dem Sandwich, das Mrs Cleary vor dem Schlafengehen verzehrt hatte, gewesen oder ihr auf eine andere Art verabreicht worden war, stand noch nicht fest. Er hoffte, diese Information so bald wie möglich zu erhalten, und hatte deshalb bereits beim zuständigen Laborchef Druck gemacht. Wie er gehört hatte, war dieser Charlie ein etwas eigensinniger Mensch, aber fachlich ein Ass. Als er ihn angerufen hatte, war Charlies erste Aussage gewesen, dass das Labor wie immer überlastet sei und er nicht zaubern könne. Doch nachdem Andrew darauf verwiesen hatte, dass Anne Cleary eine Art Berühmtheit war, hatte Charlie versprochen, sein Möglichstes zu tun. Dennoch bedeutete das eine Wartezeit von mehreren Tagen, bis die Testergebnisse vorlagen. So lange musste Andrew in alle Richtungen ermitteln.

Er seufzte erneut. Dass es ausgerechnet so kurz nach seiner Ankunft hier einen Mord gab, war wirklich erstaunlich. Immerhin hatte sein alter Freund Brandon behauptet, in Longford und Umgebung passiere nur selten etwas, und wenn, dann erwische man den Schuldigen noch auf frischer Tat. Das war sicher übertrieben gewesen, aber Andrew hatte der Gedanke gefallen, einen leichten Job zu haben. Da hatte er sich wohl leider zu früh gefreut. Und auch die Wohnungssuche musste nun noch warten.

Das Klingeln des Telefons riss ihn aus seinen Überlegungen. »Detective Inspector O'Malley«, meldete er sich.

»Dia dhuit, Andrew!«

Andrew grinste. Diese Stimme hörte er nur selten, doch er erkannte sie sofort.

»Dia's muire dhuit, Brandon! Wie geht's dir in Galway? Hast du dich bereits eingelebt?«

»Na ja, ist schon was anderes als im kleinen Longford«, erwiderte Brandon.

»Tja, du wolltest es so, Kumpel«, stichelte Andrew. »Aber du rufst doch sicher nicht an, um mir von deinem neuen Job zu erzählen, oder?«

Brandon räusperte sich. »Du bist an der Sache mit dieser Moderatorin von Teatime dran, nicht wahr?«

»Du meinst Anne Cleary? Klar, aber woher weißt du

davon? Wir haben noch keine Informationen an die Presse gegeben.«

»Du erinnerst dich, dass ich Familie in Badger's Burrow und Longford habe?«

Hastig blätterte Andrew in seinen Unterlagen. »Sag jetzt nicht, dass Anne Cleary mit dir verwandt ist!« Er wappnete sich bereits für eine Beileidsbekundung.

»Ach, woher, sie ist mir völlig fremd.«

Andrew entspannte sich wieder.

»Mae Pennywether ist meine Großmutter«, erklärte Brandon.

»Oh verdammt!«, entfuhr es Andrew. Erschrocken sah er zu seiner Kollegin hinüber.

Sie hatte aufgehört, auf ihrer lärmenden Tastatur zu tippen, und sich zu ihm umgedreht. »Alles in Ordnung?«, schien ihr Blick zu fragen.

Andrew winkte ab, um ihr klarzumachen, dass nichts passiert war. »Sie ist deine Großmutter?«, fragte er etwas leiser in den Hörer und kehrte Emma Dobbs den Rücken zu.

»Ja«, bestätigte Brandon. »Granny ist etwas speziell, aber bestimmt keine Mörderin.«

»Moment mal!«, warf Andrew ein. »Ich habe mit keinem Wort erwähnt, dass es Mord war.«

»Aber meine Grandma ist davon überzeugt – und auch davon, dass sie deine Hauptverdächtige ist«, sagte Brandon. »Sie hat mich heute Vormittag angerufen und war sehr aufgebracht. Deshalb hat sie beschlossen, sich nun selbst auf die Suche nach dem Täter zu machen. Und glaub mir, Andrew, das wird sie tun!«

»Wie kommt sie auf solche Ideen? Dass es Mord war, ist noch gar nicht zweifelsfrei bewiesen.«

»Du hast sie offenbar beschuldigt«, meinte Brandon.

»Ich hab was?« Andrew war fassungslos. »Ich hab sie befragt, mehr nicht. Wenn du es ganz genau wissen willst ...«

Brandon unterbrach ihn: »Du musst dich nicht rechtfertigen. Ich kenne meine Grandma und weiß, dass sie gern mal übertreibt.«

Stirnrunzelnd schob Andrew die Papiere auf seinem Schreibtisch hin und her. Was wollte Brandon dann eigentlich von ihm?

Als hätte er seine Gedanken gelesen, fuhr Brandon fort: »Zunächst einmal würde ich gern wissen, ob du tatsächlich von einem Mord ausgehst.«

Andrew zögerte, aber Brandon war schließlich ein Kollege, also gab er sich einen Ruck. »Ja, es sieht ganz danach aus.«

»Verdammt, das hatte ich befürchtet«, fluchte Brandon.

Andrew wusste immer noch nicht, was er von ihm erwartete. »Hör mal, Kumpel, du weißt doch, dass ich in alle Richtungen ermitteln muss. Ich kann da keine Ausnahmen machen, auch für deine Granny nicht. Tut mir leid!«

»Das verlange ich ja auch nicht«, sagte Brandon schnell.

»Sondern?«

»Nimm sie einfach unter deine Fittiche, damit sie keinen Unsinn anstellt!«

Andrew wusste nicht, was er dazu sagen sollte, und auch Brandon schwieg für einen Moment.

»Tu so, als bräuchtest du ihre Unterstützung!«, fuhr er dann fort. »Lass sie denken, sie nimmt teil an den Ermittlungen, und behalt sie im Auge!«

»Spinnst du, Brandon? Sie ist eine Privatperson, ich kann sie doch nicht mit polizeilichen Ermittlungstätigkeiten betrauen. Außerdem ist sie immer noch eine Verdächtige in dem Fall.«

»Du weißt, dass ich dich nicht damit belästigen würde, wenn es nicht ernst wäre«, sagte Brandon eindringlich. »Granny Mae geht auf Mörderjagd, das ist so sicher wie das Amen in der Kirche. Du musst etwas unternehmen! Du musst sie beschützen und davon abhalten, sich in Gefahr zu bringen. Das bist du mir schuldig, Andrew! Schließlich hab ich damals das Messer des Junkies abbekommen, das für dich bestimmt war.«

Andrew stöhnte. Natürlich musste Brandon diese alte Geschichte aus der Zeit, als sie gemeinsam bei der Dubliner Garda gewesen waren, auf den Tisch bringen: Wäre er nicht gewesen, wäre Andrew heute tot. Brandons Sorge um seine Großmutter war nur zu verständlich, aber Andrew wollte auch nicht von ihm erpresst werden. Trotzdem war er ihm den Gefallen schuldig. Sein Hirn arbeitete fieberhaft. Vielleicht war es gar nicht so verkehrt, die alte Dame in seine Ermittlungsarbeit einzubeziehen – natürlich nur zum Schein. So konnte er sie leichter im Blick haben, auch für den Fall, dass sie tatsächlich etwas mit dem Tod von Mrs Cleary zu tun hatte. Abgesehen davon war das Letzte, was er im Moment gebrauchen konnte, eine nervige Seniorin, die sich einmischte und den Täter aufscheuchte.

»Also gut«, sagte er, »ich überleg mir was und kümmere mich um deine Grandma, soweit mir das möglich ist. Dir ist hoffentlich klar, dass wir danach quitt sind.«

»Natürlich!« Brandons Erleichterung war ihm deutlich anzuhören. »Also dann, mach's gut! Und vielen Dank noch mal!«

Nachdem er aufgelegt hatte, saß Andrew grübelnd über seinen Papieren. Wie sollte er dem Ganzen nur gerecht werden? Die Vorschriften befolgen, aber dennoch sein Versprechen Brandon gegenüber halten und die verrückte

Mrs Pennywether so beschäftigen, dass sie einerseits von ihm beobachtet werden konnte, andererseits aber vom Fall ferngehalten wurde und dies vor allem nicht mitbekam? Und dann war da auch noch seine verfahrene Wohnsituation: Das Wohnmobil, das ihm ein früherer Kollege aus Dublin leihweise überlassen hatte und in dem er momentan lebte, hatte eigentlich nur eine Zwischen-lösung sein sollen. Doch im Moment sah es so aus, als müsse er noch eine ganze Weile darin ausharren, da er einfach keine Zeit für die Wohnungssuche hatte. Dabei hatte er sich extra nach Longford versetzen lassen, um weniger Stress zu haben. Gut, zugegeben, auch weniger Brutalität und vor allem, um von Barbara, seiner Ex, loszukommen. Aufgebracht fuhr sich Andrew durchs Haar. Verdammt, seine Freunde hatten ihm vorausgesagt, dass das nichts werden konnte mit einer Protestantin.

Mae hatte keine Zeit verloren, nachdem Inspector O'Malley gegangen war. Sie hatte sich ins Auto gesetzt und war zum Tae agus Ceapaire gefahren, um mit Clarissa und den ver-bliebenen Fernsehleuten zu sprechen. Doch als sie dort angekommen war, hatte der Tearoom geschlossen. Ein vorbeilaufender Nachbar hatte ihr erzählt, dass Clarissa zur Garda nach Longford hatte fahren müssen. Immerhin hatte Mae noch kurz mit Annes Kollegen sprechen können, wobei die Zeit allerdings nur für ein paar organisatorische Fragen gereicht hatte, denn die drei waren ebenfalls in Inspector O'Malleys Büro gebeten worden.

Danach war Mae nach Hause zurückgekehrt und hat-te einige Telefonate erledigt. Sie hatte gehofft, nach Informationen bohren zu können, doch die meisten der Angerufenen hatten stattdessen sie mit Fragen gelöchert. Offenbar hatte die Nachricht von Annes Tod sofort die

Runde gemacht, und da Mae diejenige gewesen war, die ihr am Vorabend einen schrecklichen Tod gewünscht hatte, wollten nun alle Genaueres von ihr wissen.

Nachdem Mae gefühlt den halben Tag am Telefon verbracht hatte, war sie am Nachmittag so erschöpft gewesen, dass sie sich aufs Sofa legen und ausruhen musste. Sie entschied sich, gegen Abend eine zweite Telefonrunde zu starten. Oder vielleicht würde sie auch in den Pub hinübergehen und dort mit den anderen Dorfbewohnern plaudern. Nirgendwo sonst erfuhr man mehr und schneller, was sich in der Gegend zutrug.

Träge betrachtete Mae das Glas mit Selleriestangen vor sich auf dem Tisch, nahm sich schließlich eine und biss hinein. Irgendetwas fehlte. Eine Bloody Mary vielleicht? Mae grinste über ihren eigenen Scherz und blickte erstaunt auf, als es an der Tür klingelte. Wenig begeistert erhob sie sich. Wenn es jetzt losging, dass man vor ihrem Haus aufmarschierte, dann vergaß sie ihre gute Erziehung! Das Letzte, was sie wollte, war, zu Hause belästigt zu werden. Missmutig riss sie die Haustür auf und erstarrte.

»Holla Señor, was machen Sie denn hier?«

Sie hatte nicht damit gerechnet, Inspector O'Malley an diesem Tag noch einmal wiederzusehen. Da er jedoch allein kam, hatte er wohl nicht im Sinn, sie hinter Gitter zu bringen. Er schenkte ihr ein Lächeln, das allerdings zu verkniffen wirkte, als dass sie es ernst nehmen konnte. Unter den rechten Arm hatte er eine schwarze Mappe geklemmt, die er nun in die Hand nahm. Er deutete mit dem Kinn in den Flur.

»Können wir vielleicht hineingehen?«

Mae trat einen Schritt zur Seite und ließ ihn eintreten. Insgesamt schien er etwas entspannter als am Vormittag, was möglicherweise daran lag, dass sie bekleidet war. Mae trug eine Jeans und eine Hippiebluse, dazu ihr marokkanisches Ohrgehänge. Ihr war klar, dass ihr Outfit kaum dem entsprach, was man von einer Frau ihres Alters erwartete, aber sie hatte noch nie getan, was die Spießer für angebracht hielten.

Einen Moment lang standen sie im Flur und rührten sich nicht. Mae war immer noch wütend auf Inspector O'Malley wegen seiner Verdächtigung, etwas mit Annes Tod zu tun zu haben, und sie fand nicht, dass er ihre Gastfreundschaft verdient hatte. Dazu war sie ja nicht verpflichtet, schließlich war sie keine Orientalin, die damit gegen die ungeschriebenen heiligen Gesetze verstieß. Stattdessen war sie durchaus willens, ihm einen Tee mit Abführmittel zu kredenzen oder ihm Juckpulver ins Jackett zu streuen, falls sich die Gelegenheit ergab.

»Ich wollte, also ...«, begann der Inspector und räusperte sich. »Ich wollte mich bei Ihnen entschuldigen. Aber Sie verstehen sicherlich, dass ich Sie heute Morgen behandeln musste wie jeden anderen Verdächtigen, und gegen Sie gab es nun mal Verdachtsmomente.«

Mae winkte ab. Irgendwas kam ihr komisch vor, aber sie wusste nicht, was es war. Sie beschloss, sich erst einmal anzuhören, was er von ihr wollte.

»Ich habe den Eindruck, dass Sie viele Leute hier in der Gegend kennen«, sagte er vorsichtig. »Als Polizist und vor allem als Zugezogener habe ich dagegen einen schweren Stand. Man vertraut mir nicht. Deshalb dachte ich ... Na ja, vielleicht könnten Sie mich unterstützen.« Er hielt ihr die Mappe entgegen.

Verwirrt griff Mae danach. »Was soll ich damit?«

»Das ist Teil der Fallanalyse«, erklärte Inspector O'Malley. »Wir brauchen genaueste Informationen über das Opfer, deshalb habe ich eine Liste mit Personen erstellt«, er deutete auf die Mappe, »die Mrs Cleary von früher kannten und die wir nun befragen müssen. So können wir vielleicht herausfinden, wer einen Grund gehabt hätte, ihr etwas anzutun.«

Mae wurde hellhörig. Kein Polizist gab einfach so Details zu einer laufenden Ermittlung preis, schon gar nicht an eine potenzielle Verdächtige. Das musste ein Ablenkungsmanöver sein, oder sie sollte unter Kontrolle gehalten werden. Nun gut, sie würde das Spiel erst einmal mitspielen. Das Ganze war vermutlich auf Brandons Mist gewachsen. Da war der Junge ja schneller gewesen, als sie erwartet hatte, und dass er sich direkt an den Inspector gewandt hatte, hätte sie auch nicht gedacht. Noch weniger aber, dass der mitmachen würde.

»In Ordnung, und was für Leute sind das?«, fragte sie.

Inspector O'Malley schluckte heftig, offenbar fühlte er sich auch nicht ganz wohl in seiner Haut. »Verwandte von Mrs Cleary, soweit sie noch leben, und ehemalige Freunde und Schulkameraden.«

»Aha«, brummte Mae und legte die Mappe auf die Kommode neben den Schrumpfkopf. Hielt er sie für minderbemittelt? Soweit sie wusste, hatte Anne seit ihrem Weggang damals keinen ihrer Verwandten oder früheren Freunde hier in der Gegend besucht. Doch das würde sie ihm natürlich nicht unter die Nase reiben. Stattdessen beschloss sie, ihn ein wenig zappeln zu lassen. »Und was erhoffen Sie sich davon, Personen zu befragen, die Anne vermutlich seit Jahrzehnten nicht mehr persönlich getroffen haben?«

»Nun, ob Mrs Cleary wirklich keinen Kontakt mehr zu den Leuten hier hatte, möchte ich ja gerade herausfinden.

Und ich hoffe, dass Sie mich dabei unterstützen. Wissen Sie, selbst wenn wir unter diesen Personen«, er zeigte wieder auf die Mappe, »keinen Tatverdächtigen ausmachen können, so helfen Sie mir mit den Befragungen doch so weit, dass ich mir ein genaueres Bild von Mrs Clearys Charakter machen kann.«

Eins musste Mae ihm lassen: Er wurde zunehmend sicherer in den Ausschmückungen seiner Geschichte. Außerdem war es durchaus von Vorteil, wenn er sie für dumm genug hielt, ihm zu glauben. So würde er nicht mehr gegen sie, sondern im besten Fall mit ihr zusammenarbeiten.

»Kann ich in dieser Angelegenheit auf Sie zählen, Mrs Pennywether?«

Mae nickte. »Also gut, ich helfe Ihnen.« Sie klopfte auf die Mappe. »Gleich morgen beginne ich mit den Befragungen und werde Sie selbstverständlich auf dem Laufenden halten«, behauptete sie, obwohl sie sich sicher war, dass das Ganze die Mühe nicht wert war.

»In Ordnung, das klingt gut.« Umständlich sah Inspector O'Malley auf seine Armbanduhr.

»Sie müssen bestimmt wieder los«, sagte Mae, der es nur recht war, wenn er endlich ging.

»Ja«, antwortete Inspector O'Malley. »Allerdings hätte ich noch eine Frage: Was haben Sie heute Vormittag mit Mrs Clearys Kollegen besprochen?«

»Nun, ich wollte die organisatorischen Details meines Interviews klären, jetzt, wo Anne ... die Sendung nicht mehr moderieren kann.«

»Natürlich«, sagte Inspector O'Malley nachdenklich. Vermutlich überlegte er, ob sie etwas wusste, was er noch nicht in Erfahrung gebracht hatte. »Dann gehe ich mal, es wartet noch einiges an Arbeit auf mich.«

Mae verabschiedete ihn mit einem, wie sie hoffte, großmütterlichen Lächeln. Als sie die Tür hinter ihm geschlossen hatte, fiel ihr Blick auf die Mappe. Was für ein hanebüchener Unsinn, den er da von ihr verlangte!

Nachdem Mae die Namen auf der Liste durchgegangen war, kam sie zu dem Schluss, dass nicht eine Person darunter war, die ihr bei der Suche nach dem Mörder behilflich sein konnte. Eine Frau war letzte Woche beerdigt worden, eine andere dement, und von den weiteren wusste sie, dass sie keinen Kontakt mehr zu Anne gehabt hatten. Mit den meisten von ihnen hatte sie an diesem Tag bereits telefoniert.

Sie schlug die Mappe zu und lehnte sich seufzend zurück. Das war Zeitverschwendung. Stattdessen musste sie herausfinden, wer gestern Nachmittag im Tearoom gewesen war und wer am Abend im Pub. Vielleicht gab es da irgendwelche Verbindungen zu Anne. Also beschloss sie, erneut ins Tae agus Ceapaire zu fahren. Clarissa konnte ihr sicher eine Liste der Gäste vom Vortag erstellen. Im Moment war das Maes bester Ausgangspunkt, außerdem konnte sie vielleicht noch einmal mit Ruby und Siobhan sprechen, die gegen Abend nach Hause zurückfahren wollten. Fergal Thurnpike, so vermutete Mae, würde wohl ebenfalls abreisen.

Als Mae die Teestube erreichte, waren die vier Parklücken davor bereits belegt. Also stellte sie ihren Wagen an den Straßenrand und ging zum Haus hinüber. Zufällig sah sie zum ersten Stock hinauf und entdeckte Siobhan hinter einem der Fenster. Sie lief im Zimmer hin und her und packte offenbar ihre Sachen zusammen. Gut, dann hatte Mae ja noch Gelegenheit, sich mit ihr zu unterhalten. Sie erreichte den Eingang und betrachtete kurz das Beet daneben, in dem Pflanzen wuchsen, deren Blüten aussahen wie die Hüte von Elfen. Daneben standen ein paar Topfpflanzen mit rötlichen Blüten, die an den Zweigen hingen wie Trauben. Hübsch anzusehen, aber allein die Tatsache, dass man sie im Winter ins Haus schleppen musste, würde Mae nerven. Sie schüttelte den Kopf und betrat den Tearoom.

Clarissa eilte ihr entgegen. »Mae, wie schön, dass du vorbeikommst! Die Fernsehleute haben erzählt, dass du heute schon mal da warst.« Sie musterte Mae aufmerksam und griff nach ihren Händen. »Ich kann nicht fassen, dass das ausgerechnet in meinem Haus, in meinem Bed & Breakfast passiert ist! Sogar beim Sterben sorgt Anne noch für Ärger! Und wie geht's dir? Der Inspector war doch nicht allzu grob zu dir?«

Mae winkte ab. »Er macht nur seine Arbeit«, brummte sie und blickte sich um.

Die Tische waren allesamt besetzt. An einem der hinteren saß Ruby, die sich in ein Taschentuch schnäuzte. Ihre Augen waren rot gerändert, und sie wirkte so unglücklich, dass kaum ein Zweifel daran möglich war, dass sie Annes Tod bedauerte.

Clarissa gab Maes Hände frei und folgte ihrem Blick. »Sie ist schon den ganzen Nachmittag über so. Es scheint, als habe sie Anne wirklich gemocht.«

Geistesabwesend nickte Mae. »Es wundert mich, dass die Garda dir nicht den Tearoom geschlossen hat«, wechselte sie dann das Thema.

Empört runzelte Clarissa die Stirn. »Das wäre ja noch schöner! Nein, sie meinten, es sei ja oben passiert. Weil der Schlaf- und Frühstücksbereich für die Pensionsgäste komplett getrennt vom Tearoom sind, darf der Betrieb hier unten weitergehen.«

»Weißt du schon, woran Anne gestorben ist?«, fragte Mae vorsichtig.

»Nein, nur dass sie höchstwahrscheinlich ermordet wurde«, meinte Clarissa. »Der Inspector hat es mir gesagt, als ich zur Befragung auf dem Revier war. Aber ganz ehrlich – es wundert mich nicht.«

»Hat er sonst noch was gesagt?«, wollte Mae wissen.

»Er hat mir nur nahegelegt, künftig die Türen abzuschließen, aber ich weiß nicht so recht. Ich habe noch nie abgesperrt, wir sind hier auf dem Land. Hier passiert doch nichts.« Clarissa seufzte. »Zumindest habe ich das bisher immer gedacht.«

Da musste Mae ihr recht geben. Trotzdem schlug sie vor: »Vielleicht hältst du dich an seinen Rat und verschließt ab sofort die Türen.« Sie wandte sich um und sah sich noch einmal alle Gäste genauer an. »Clarissa, meine Liebe, kannst du dich erinnern, wer gestern alles hier war?«

»Ich denke schon«, antwortete Clarissa zögernd.

»Dann hätte ich eine Bitte an dich: Schreibst du mir die Namen auf?«

Clarissa sah sie irritiert an. »Sicher, aber wozu?«

»Weil ich hoffe, dass mir das dabei hilft, den Mörder ausfindig zu machen«, gestand Mae ihr leise, damit niemand im Gastraum es mitbekam.

Clarissa hob fragend die Augenbrauen, aber bevor sie etwas erwidern konnte, rief einer der Gäste nach ihr und sie drehte sich kurz um. »Ich bin gleich da!« Dann wandte sie sich wieder Mae zu und musterte sie. »Warum mischst du dich da ein? Überlass das der Garda!«

Mae wollte ihr nicht die Gründe darlegen, vor allem nicht im voll besetzten Lokal, und so sagte sie nur: »Je schneller der Mörder gefasst ist, desto besser für deine Pension und den Tearoom.«

Diesem Argument konnte auch Clarissa sich nicht verschließen, und so hoffte Mae, dass sie damit vorerst vollauf zufrieden sein würde.

Tatsächlich nickte Clarissa. »Ich verstehe. Aber jetzt muss ich weitermachen. Du siehst ja, was hier los ist. Die Liste mit den Gästen von gestern schreibe ich dir dann später.« Damit ging sie zu dem Gast hinüber, der nach ihr gerufen hatte.

Mae trat an Rubys Tisch. Die junge Frau schien sie erst zu bemerken, als sie vor ihr stand.

»Darf ich?« Mae deutete auf den Stuhl neben Ruby.

»Natürlich«, antwortete Ruby und tupfte sich mit einem frischen Taschentuch die Tränen aus den Augenwinkeln.

Mae setzte sich und sah Ruby mitfühlend an. »Annes Tod geht Ihnen ziemlich nah, nicht wahr, meine Liebe?«

»Ich hab sie bewundert, und sie war immer gut zu mir«, erklärte Ruby.

Mae runzelte die Stirn. Das konnte sie nur schwer glauben.

Schnell ergänzte Ruby: »Ich weiß, Anne hatte auch ihre schlechten Seiten, und viele Menschen mochten sie nicht. Aber der Gedanke, dass jemand sie so sehr hasste, dass er sie sogar umbrachte ... Das will mir einfach nicht in den Kopf.«

Einen Augenblick lang fragte sich Mae, ob Ruby das ernst meinte oder ob sie nur versuchte, nicht selbst verdächtigt zu werden. »Können Sie sich denn vorstellen, wer dazu in der Lage gewesen wäre?«

Wieder schossen Tränen in Rubys Augen. »Ich habe keine Ahnung, und ich will auch gar nicht glauben, so einen Menschen tatsächlich zu kennen.«

So kam Mae nicht weiter. »Wann haben Sie denn gestern Abend den Pub verlassen, und wann waren Sie wieder hier?«, versuchte sie eine andere Strategie.

Überrascht riss Ruby die Augen auf. »Woher wissen Sie, dass wir tatsächlich im Pub waren?« Sie schüttelte den Kopf, als habe sie die Antwort darauf selbst gefunden. »Ach, was frag ich denn, das Übliche am Dorfleben, stimmt's?«

Mae unterdrückte ein Lächeln. Bevor sie etwas antworten konnte, stand plötzlich Clarissa am Tisch und stellte ihr ein Kännchen und eine Tasse mit Untertasse hin.

»Jasmintee«, erklärte sie. »Ich dachte mir, du könntest etwas zu trinken vertragen.«

Mit einem Nicken dankte Mae ihr.

»Und Sie?«, wandte Clarissa sich an Ruby. »Kann ich Ihnen noch irgendetwas bringen?«

»Nein, vielen Dank!«, erwiderte Ruby. »Ich denke, wir reisen dann auch bald ab. Ich warte nur noch auf Siobhan.«

»Natürlich«, sagte Clarissa und ging weiter, um andere Gäste zu bedienen.

Ruby zupfte nervös an ihrem Taschentuch. Mae betrachtete ihre Hände. Die Nagelhaut war angeknabbert, das war ihr am Vortag nicht aufgefallen. Ruby schien ihren Blick zu bemerken, ballte die Finger zur Faust und nahm die Hände vom Tisch, um sie in ihrem Schoß zu verbergen.

»Um auf Ihre Frage zurückzukommen«, sagte Mae, »zum einen wird hier natürlich getratscht, da haben Sie ganz recht, und zum anderen wohne ich gegenüber des Pubs und habe Sie und Ihre Kollegen gestern davor gesehen.«

»Ach so.« Ruby lächelte höflich.

»Sind Sie zusammen zurückgefahren?«, wollte Mae nun wissen.

Vielleicht war das ja von Interesse, und wenn es die Garda nicht gefragt hatte, war ihnen unter Umständen etwas Wichtiges entgangen.

»Siobhan und ich waren mit dem Geländewagen unterwegs, und Fergal hatte Anne mitgenommen«, erzählte Ruby bereitwillig. »Wir sind irgendwann zwischen halb elf und elf hier angekommen und gleich auf unsere Zimmer gegangen. Das heißt, oben im Gang hatte uns Mrs Nelson wie versprochen einen Teewagen aufgestellt. Anne und ich haben – hatten – die Angewohnheit, noch Tee zu trinken, ehe wir schlafen gehen.« Sie räusperte sich. »Wir haben uns also jede ein Tablett genommen, uns eine gute Nacht gewünscht und sind zu Bett gegangen. Das war das letzte Mal, dass ich Anne lebend gesehen habe.« Erneut füllten sich ihre Augen mit Tränen.

»Ihr Verlust tut mir wirklich sehr leid«, sagte Mae mitfühlend.

»Danke, Mae, wir werden damit leben müssen.«

Mae wusste nicht, was sie darauf erwidern sollte. »Da bist du ja!«, ertönte plötzlich hinter ihr eine Stimme. Mae drehte sich um und erkannte Siobhan. Die deutete zur Theke, wo ihr und Rubys Koffer standen.

»Ich wäre so weit, wir könnten jetzt losfahren«, sagte sie zu Ruby. Dann wandte sie sich an Mae: »Es tut mir leid, Mae, dass das alles nicht so geklappt hat mit dem Interview. Ich habe in der Zwischenzeit mit dem Sender gesprochen, und sie wollen diesen Beitrag auf jeden Fall machen. Allerdings muss erst einmal intern besprochen werden, wie es nach Annes Tod nun weitergeht. Sobald ich etwas erfahre, melde ich mich bei Ihnen. Die Ausstrahlung war ohnehin erst nach der Sommerpause geplant. Also haben wir noch ein wenig Luft.«

»Nur keine Sorge, es wird schon alles in Ordnung

gehen«, wiegelte Mae ab. »Wenn es Neuigkeiten gibt, melden Sie sich einfach. Oder wenn Sie mal jemanden zum Reden brauchen. Ich leih Ihnen gern mein Ohr.«

»Vielen Dank, das ist sehr nett von Ihnen«, sagte Siobhan. »Na komm, Ruby, wir müssen los!«

Ruby erhob sich von ihrem Stuhl.

In diesem Moment fiel Mae etwas ein. »Hat Ihnen der Inspector erlaubt, heimzufahren?«

Siobhan nickte. »Ja, er weiß schließlich, wo er uns finden kann. Zum Glück gibt es keinen Grund, hierzubleiben.«

»Ich verstehe«, sagte Mae. »Und Mr Thurnpike? Ist er schon abgereist?«

Ruby sah Mae fragend an. »Fergal? Der ist vor rund einer Stunde gefahren.«

»Er konnte es gar nicht erwarten, von hier wegzukommen«, meinte Siobhan säuerlich, zwang sich dann aber zu einem Lächeln. »Wir alle werden froh sein, wenn wir diesen entsetzlichen Vorfall hinter uns gelassen haben.«

Die beiden jungen Frauen verabschiedeten sich von Mae, holten ihre Koffer und gingen. Mae setzte sich wieder an den Tisch und genoss den aromatischen Tee, den Clarissa ihr gebracht hatte. Im Tearoom herrschte eine gelöste Stimmung, trotz des entsetzlichen Vorfalls in der Nacht. Gespräche und leises Lachen plätscherten wie beständiges Meeresrauschen dahin und versetzten Mae in einen fast meditativen Zustand, aus dem sie abrupt gerissen wurde, als Clarissa sie ansprach.

»Wie schmeckt dir der Tee?«

Mae konnte nicht gleich antworten, so verdutzt war sie. Sie hatte gar nicht bemerkt, wie Clarissa an ihren Tisch getreten war.

»Ein Chung Hao«, erklärte die gerade.

Mae sah in ihre Tasse und bewunderte das zarte Grün des Tees. »Das bedeutet, die Teeblätter wurden über einem Jasminblüten-Wasserbad gedämpft.«

»Ach ja?« Clarissa ließ sich auf den Stuhl gegenüber von Mae sinken. »Steht das auch in deinem Buch? Ich kann mich gar nicht erinnern, das dort gelesen zu haben.«

»Selbstverständlich, obwohl ich gern noch mehr darüber geschrieben hätte«, antwortete Mae. »Aber das Lektorat hat mir damals die Hälfte des Textes rausgestrichen.« Kurz flammte rebellisches Gedankengut in ihr hoch. Hätte sie nicht auf das Lektorat vertraut, wäre ihr Buch vermutlich nie so erfolgreich geworden, und sie hätte sich nicht mit Anne auseinandersetzen müssen.

Clarissa schob ihr ein zusammengefaltetes Blatt Papier zu. Mae sah sie fragend an.

»Die Liste der Besucher von gestern«, half ihr Clarissa auf die Sprünge.

»Das ging ja schnell!«

»Schien dir wichtig zu sein.« Clarissa erhob sich. »Ich muss weitermachen.« Ihre Augen funkelten, und kurz sah sie wieder so lebendig und glücklich aus wie das junge Mädchen, das Mae vor langer Zeit kennengelernt hatte.

Mae nickte.

»Kann ich dir noch etwas bringen, Mae?«

»Nein, danke! Ich trink meinen Jasmintee aus und geh dann wieder. Und vielen Dank für die Namensliste!«

»Keine Ursache!«

Während Clarissa zu einem der Tische eilte, wo Kundschaft auf Bestellung oder Bezahlung wartete, entfaltete Mae das Notizblatt. Clarissa hatte die Namen der Gäste aufgeschrieben, die sie kannte. Es waren aber auch ein paar Touristen da gewesen, die sie lediglich mit Anzahl und Geschlecht notiert hatte. Da konnte Mae leider nichts machen. Für den Anfang würde sie die bekannten und ortsansässigen Besucher überprüfen.

Frustriert legte Andrew den Hörer auf. Er war so sehr mit dem Mordfall Anne Cleary beschäftigt gewesen, dass ihm erst am frühen Abend eingefallen war, dass er sich noch immer nicht um seine Wohnungssuche gekümmert hatte. Seufzend fuhr er sich durchs Haar.

Er könnte natürlich sämtliche Immobilienbüros des Umkreises kontaktieren, irgendjemand sollte doch ein passendes Objekt für ihn im Angebot haben. Wenigstens müsste er sich dann nicht selbst auf die Suche machen. Allerdings hatte er bereits feste Vorstellungen: Er hatte sich in Badger's Burrow verliebt und wollte unbedingt dort wohnen. Im Moment stand sein mobiles Zuhause bei ei- nem Bauern auf der Wiese, doch er wollte die Gastfreund- schaft des Mannes nicht zu lange in Anspruch nehmen, vor allem da es ihm nicht ganz so recht gewesen war und er Andrew wohl nur aus purer Menschenliebe die Erlaubnis gegeben hatte, sich dort niederzulassen. Des- halb musste Andrew sich so bald wie möglich einen neu- en Stellplatz suchen, wenn er schon keine Wohnung fand. Er würde bei Gelegenheit mal beim Pfarrer von Badger's Burrow nachfragen, ob er einen Grundstücks- besitzer kannte, den es nicht stören würde, wenn er sein Wohnmobil eine Zeit lang auf dessen Land abstellte.

Doch im Moment gab es Wichtigeres. Erneut griff Andrew nach der Akte Anne Cleary, um sich wieder mit dem Fall zu beschäftigen. Er ordnete die Protokolle der Befragungen von Ruby Keegan, Siobhan Mowbray und Fergal Thurnpike. Allen dreien hatte er erlaubt, nach Hause zu fahren, sie mussten sich jedoch für weitere

Befragungen bereithalten. Und Andrew würde Fragen haben! Er hatte es sich angewöhnt, mehrmals mit Zeugen und Verdächtigen zu sprechen. Oft irritierte das die Leute, sodass sie sich in Widersprüche verstrickten. Auf diese Art hatte er schon einige Fälle lösen können.

Als Nächstes wollte er mit Anne Clearys Ex-Männern reden. Offenbar gab es drei. Eine Stunde später warf er das Mobilteil des schnurlosen Telefons auf den Schreibtisch.

»Ich komme irgendwie nicht so richtig weiter«, beklagte er sich bei Emma Dobbs, die gerade gehen wollte.

Sie blieb im Türrahmen stehen. »Dann mach doch jetzt auch Feierabend!«, schlug sie vor. »Es ist spät, und heute erreichst du sowieso nichts mehr.«

»Ich hätte gern wenigstens schon mal eingegrenzt, wen ich näher befragen sollte«, murmelte Andrew und raufte sich die Haare.

»Versteh ich«, sagte Emma Dobbs. »Aber das Labor braucht nun mal noch eine Weile für die toxischen Befunde, und erst dann kannst du gezielt ermitteln. Ich geh jetzt jedenfalls. Bis morgen!« Sie hob die Hand zum Gruß und verschwand aus der Tür.

Andrew wandte sich wieder seinen Telefonnotizen zu. Anne Clearys erster Ex-Mann, Liam Dornam, war bereits verstorben. Der zweite, Stuart Jr. Addams, ein texanischer Ölbaron, hatte die USA nach offiziellen Behördenangaben in den letzten drei Monaten nicht verlassen und laut eigener Aussage auch seit Jahren keinerlei Kontakt mehr zu Anne gehabt. Ihr dritter und letzter Ex-Mann jedoch, Hugh Lawrence, lebte nicht weit entfernt – in der Nähe von Athlone. Allerdings war er just an diesem Morgen von Dublin aus nach Frankfurt geflogen und sollte erst Sonntagnacht zurückkehren. Seine Sekretärin hatte Andrew auf einen Termin Anfang der Woche vertröstet. Ganz recht war ihm diese Warterei nicht, erfahrungsgemäß waren Ex-Partner immer gute Verdächtige. Andererseits hatte er bis dahin vielleicht schon die Testergebnisse des Labors und konnte die Befragung gezielter durchführen.

Nach einem kurzen Snack hatte Mae beschlossen, frühestmöglich in den Pub zu gehen und ein paar Fragen zu klären, ehe der abendliche Trubel einsetzte. Sie trat ein und schaute sich um. Für einen Samstag war es noch ziemlich ruhig, aber das würde sich bald ändern. An einem der hinteren Tische saßen ein paar Arbeiter der Destillerie O'Mulligan's, die sich ein Bier gönnten. Unter ihnen erkannte Mae Russell Nash, einen der Brennmeister, der ihr grüßend zunickte. In einer Ecke entdeckte sie ein Touristenpärchen, sehr jung und offenbar sehr verliebt. Nicht weit von ihnen wischte Aileen, die Frau des Pubbesitzers Eoghan, die Tische ab. Immer wieder tauchte sie den Putzlappen in den kleinen Eimer neben sich. Über ihrer Schulter hing ein kariertes Küchentuch, wohl zum Nachtrocknen.

»Mae Pennywether! Was führt dich so früh am Abend zu mir? Lust auf High Tea?«, ertönte plötzlich eine laute Stimme.

Mae drehte den Kopf. Hinter dem Tresen stand Eoghan und grinste sie an. Sie ging zu ihm.

»Du meinst dieses billige Krümelzeug, das niemand mit funktionierenden Geschmacksnerven zu sich nehmen würde?«, spöttelte sie.

Eoghan lachte. »Irgendwann wird dir jemand dein freches Mundwerk mit Seife auswaschen, junge Frau«, drohte er mit erhobenem Zeigefinger.

»Derjenige muss aber Todessehnsucht haben«, konterte sie und reichte ihm die Hand, ehe sie auf einen der

Barhocker kletterte. Sie rutschte hin und her, um eine bequeme Position zu finden, und fragte sich, wie man diese Art Stühle nur gut finden konnte: Man saß da wie ein Storch und musste aufpassen, nicht herunterzukippen.

»Was darf ich dir geben, Mae?«

»Ein Guinness«, bestellte sie, und während Eoghan nach einem kleinen Glas griff und ihr das Bier zapfte, kam sie gleich zur Sache: »Sag mal, Anne Cleary und ihre Kollegen waren doch gestern hier, oder?«

Eoghan stellte ihr das Glas hin und schob ihr eine Schale Erdnüsse zu. »Sicher, aber das waren Kollegen? Ich hatte eher den Eindruck, dass Anne die Chefin sei.«

Das passte zu Anne.

»Okay, als Hauptmoderatorin war sie das ja auch irgendwie«, gab Mae zu. »Hast du mitbekommen, worüber sie gesprochen haben?«

»Seh ich aus wie James Bond?«, fragte Eoghan und stützte sich mit den Händen auf dem Tresen ab. »Der Pub war ziemlich voll, ich hab nichts mitbekommen. Aber sag mal, bist du jetzt bei der Garda oder was?«

»Ne, nur neugierig. Dieser Neue, der meinen Brandon ersetzt, war heute Morgen bei mir. Und jetzt will ich doch wissen, warum jemand Anne um die Ecke bringt, kaum dass sie wieder in der alten Heimat ist.«

»Hmpf«, machte Eoghan, schien aber ihre Behauptung zu schlucken.

Ganz sicher wusste er bereits alles über den Fall, was in der Gegend darüber bekannt war – und vermutlich sogar noch mehr. Nur ein toter Ire war ein verschwiegener Ire, alle anderen klatschten und tratschten, dass die Luft nur so schepperte, und im Pub ging das besonders gut.

»Ehrlich, mir ist nichts weiter aufgefallen. Also nichts, was ich dem Inspector nicht auch schon erzählt habe.«

Eoghan griff sich ein paar Erdnüsse, ließ sie in den Mund kullern und kaute nachdenklich. »Doch«, sagte er schließlich. »Hatte's ganz vergessen: Kaum dass die Fernsehtypen zur Tür raus waren, trottete Rory rein. Und da hinten in der Ecke, da saß die ganze Zeit Kendra deBruin.«

Mae horchte auf. Kendra deBruin war am Freitagnachmittag auch im Tearoom gewesen, zumindest hatte sie auf Clarissas Liste gestanden. Außerdem wusste Inspector O'Malley offenbar noch nichts von diesen beiden Pubbesuchern, und so sollte es vorerst auch bleiben. Zunächst würde sie mit Rory und Kendra deBruin sprechen, und zwar schnellstmöglich. Denn auf Dauer würde sie nicht verhindern können, dass Eoghan dem Inspector davon erzählte.

Als hätte er ihre Gedanken gelesen, fragte Eoghan: »Meinst du, ich sollte den Inspector anrufen und ihm die beiden Namen sagen? Er war vorhin hier und wollte wissen, wer gestern alles im Pub war.« Er kratzte sich am Kopf.

»Unsinn, Eoghan, spar dir die Mühe! Wenn er nicht von selbst noch mal herkommt und nachfragt, brauchst du nichts zu unternehmen.« Mae grinste ihn an und trank einen kräftigen Schluck von ihrem Bier. »Aber mir kannst du die Namen der anderen Pubbesucher auch noch geben, wenn's dir keine Umstände macht.« Sie stellte ihr Glas ab und griff nach der Erdnussschale, die Eoghan näher zu sich herangezogen hatte. Kurz überlegte sie, ob sie sich einen Whiskey gönnen sollte, aber dann fiel ihr ein, dass es sicher bald voll werden würde im Pub und alle heiß auf Informationen zum Tod von Anne sein würden. Und nach ihrem unrühmlichen Auftritt im Tearoom am Vortag wollte sie um nichts in der Welt ins Kreuzverhör der dörflichen Klatsch- und Tratsch-Inquisition geraten. Sie würde erst mal nach Hause gehen, schließlich hatte sie auch noch einiges zu bedenken und zu planen. Außerdem wollte sie gleich am nächsten Morgen zu Rory gehen. Sie seufzte und trank ihr Glas leer. Dann fischte sie ein paar Euro aus ihrer Hosentasche und legte sie auf den Tresen. »Bis demnächst, Eoghan!«

Der nickte und schob ihr ein zusammengefaltetes Blatt Papier zu. »Die Liste, die du haben wolltest.«

Erfreut rutschte Mae vom Barhocker und nahm das Papier. Guter Eoghan! Er ließ sie nicht im Stich. Sie war wohl so in Gedanken gewesen, dass sie gar nicht mitbekommen hatte, wie er die Namen aufgeschrieben hatte.

»Danke dir!«, sagte sie, nickte der finster dreinstarrenden Aileen zu und ging zur Tür. Nachdem sie den Pub verlassen hatte, stopfte sie die Hände in die Taschen ihrer Jeans und schlenderte zu ihrem Haus hinüber. Noch bevor sie es betrat, entfaltete sie das Papier und überflog die Namen darauf. Abgesehen von Kendra deBruin befand sich niemand darunter, der auch im Tearoom gewesen war. Mae seufzte. Auf den ersten Blick schien die Liste nicht hilfreich, aber sie würde sie trotzdem sorgsam aufbewahren. Vielleicht konnte sie ihr doch noch von Nutzen sein.

Kapitel 5

>>Wer immer König sein mag,
Tee ist die Königin!<<
Irisches Sprichwort

Eigentlich war Mae kein Morgenmensch. Doch da sie früh
wach geworden war, weil ihr Annes Tod im Kopf herum-
gespukt war und sie ohnehin keinen Schlaf mehr fand,
stand sie auf und beschloss, Rory sofort zu besuchen.
Sie wusste, dass er stets schon bei Tagesanbruch auf den
Beinen war, also konnte sie auch gleich zu ihm gehen, um
mit ihm zu reden.

Nach einem strammen Fußmarsch stand sie vor seinem Haus. Der Nachbarshund kläffte sich die Seele aus
dem Leib, ohne dass es jemanden zu kümmern schien.
Mae klopfte an die Tür, doch drinnen blieb alles still. Sie
ging um das Haus herum, bahnte sich einen Weg durch die
Brennnesseln und das Gestrüpp, das rundherum wuchs,
und spähte zum Fenster hinein. Im Herd prasselte ein

Feuerchen, und auf dem Tisch standen eine Teetasse und ein Teller mit den Resten eines Früchtekuchens. Es sah ganz danach aus, als habe Rory bereits gefrühstückt.

»Er ist in den Wald gegangen«, rief eine Frauenstimme.

Mae drehte sich um. Eine ältere Frau in einer Kittel-schürze, ein Haarnetz auf dem Kopf, stand am Zaun, der ihr Grundstück von Rorys trennte. Sie hatte die Hände auf die Querlatte gelegt und schaute neugierig zu Mae herüber.

Mae ging auf sie zu. »Guten Morgen, Liz.«

Die Frau blinzelte sie an. »Ach, du bist es, Mae. Hab dich nicht erkannt. Rory ist den Weg hoch zum Friedhof, bewaffnet mit 'nem Korb. Sagte, er würde Beeren sammeln gehen.«

»Dann weiß ich, wo ich ihn finden kann. Er ist bestimmt hinten bei den Büschen an der Ol' Man's Bridge«, meinte Mae. »Danke, Liz, hab einen schönen Tag!«

Sie ging den Trampelpfad zwischen den Gärten hoch, erreichte das Tor zum Friedhof und schob es auf. Der Friedhof war verlassen, kein Wunder um diese Uhrzeit, aber aus der Kirche drang Orgelmusik. Vermutlich probte der Gallagher-Junge noch einmal für den später stattfin-denden Sonntagsgottesdienst. Das erinnerte Mae daran, dass sie den Pfarrer zur längst fälligen Schach-Revanche einladen sollte. Die letzte Partie hatte er nur gewonnen, weil sie wegen des bevorstehenden Interviews zu unkon-zentriert gewesen war. Er sollte nicht denken, dass sie langsam senil wurde und er leichtes Spiel hatte.

Entschlossen stiefelte sie über den Friedhof bis zu dem schmalen Weg, den nur die Einheimischen kannten. Er führte hinter dem Pfarrhaus vorbei zu den Feldern und weiter zu der Brücke, wo sie Rory vermutlich antreffen würde. Als sie das Ende der rückwärtigen Hausmauer erreicht hatte, hielt sie überrascht inne. Vor ihr stand ein Wohnmobil. Seit wann besaß Pfarrer Sewey denn ein solches Gefährt, noch dazu ein so großes? Neugierig trat sie näher. In diesem Moment wurde die Tür geöffnet und Inspector O'Malley schaute heraus. Er stieg die beiden Stufen hinab und zuckte zusammen, als er Mae entdeckte. Irritiert grüßte er sie.

»Was machen Sie denn hier, Inspector?«, fragte sie ihrerseits verwundert.

»Pfarrer Sewey hat mir erlaubt, mein Wohnmobil hier abzustellen, bis ich etwas Passendes gefunden habe.«

Mae musterte das Vehikel. Es war alt, aber offenbar bewohnbar. Sicher war es eine praktische Lösung, wenn man neu in eine Gegend zog, ohne sich vorher um eine Wohnung oder ein Haus bemüht zu haben. Aber sie bezweifelte, dass es eine gute Idee war.

»Sie wohnen also in dem Ding?«

Der Inspector nickte schroff. Wirklich gesprächig war er nicht.

Mae runzelte die Stirn. »Man wird Sie für einen Traveller halten, Inspector, und das fahrende Volk ist hier nicht wirklich gern gesehen. In Dublin ist das sicher nicht anders. Und wenn dieses Gerücht erst mal in Umlauf ist, werden Sie es bei Ihrer Arbeit noch schwerer haben«, meinte sie. Dann ging ihr durch den Kopf, dass er sicher wusste, was er da tat. Sie hob die Hände. »Entschuldigung, das geht mich nichts an!« Im Grunde war es ihr auch gleichgültig.

»Schon gut«, sagte Inspector O'Malley. »Wie kommen Sie denn mit den Befragungen voran?«

Mae starrte ihn an. Woher wusste er, was sie vorhatte? Sie beschloss, sich dumm zu stellen.

»Welche Befragungen?«

»Ich hab Ihnen doch gestern eine Aufstellung von

Personen gegeben, die Mrs Cleary von früher kannten, und ...«

»Ach das«, unterbrach ihn Mae und atmete auf. »Ich hatte leider noch keine Gelegenheit, mit irgendjemandem zu sprechen«, behauptete sie und hoffte, sich nicht verraten zu haben. Dass sie sich die Listen aus dem Pub und dem Tearoom besorgt hatte und nun begann, ihre eigenen Ermittlungen anzustellen, wollte sie auf jeden Fall geheim halten.

Eigenartigerweise wirkte auch er erleichtert. »Passen Sie auf sich auf, Mrs Pennywether! Ich würde es mir niemals verzeihen, wenn Ihnen etwas zustieße.«

Verwundert über seine Besorgnis sagte Mae schnell: »Keine Angst, mich jagt so leicht nichts ins Bockshorn, und Vorsicht ist mein zweiter Vorname! Aber wenn Sie wollen, kommen Sie doch in den nächsten Tagen mal bei mir vorbei, ich lad Sie auf eine Tasse Buttertee ein.«

»Buttertee? Ist das nicht irgendetwas Skurriles aus Harry Potter?«

Mae grinste. »Sie meinen Butterbier. Buttertee wird geschätzten Gästen in Tibet gereicht.«

»Oh! Vielen Dank für die Einladung, ich werde darauf zurückkommen.« Inspector O'Malley blickte auf die Uhr an seinem Handgelenk. »Entschuldigen Sie mich, Mrs Pennywether, ich muss zur Arbeit.«

»Lassen Sie sich von mir nicht aufhalten!«, meinte Mae, hob die Hand zum Gruß und setzte ihren Weg fort.

Nachdem Mae Rory doch nicht dort gefunden hatte, wo sie ihn vermutete, stand sie eine Stunde später erneut vor seinem Haus. Als wieder niemand auf ihr Klingeln und Klopfen reagierte, sah sie wie zuvor zum Fenster hinein. Diesmal stand ein Korb, prall gefüllt mit

Beeren, auf dem Tisch, direkt neben der Tasse und den Früchtekuchenresten. Mae seufzte. Offenbar war ihr das Glück an diesem Vormittag nicht hold. Weil sie langsam Hunger bekam und Lust auf eine gute, starke Tasse Irish Breakfast Tea hatte, entschied sie, es für den Augenblick gut sein zu lassen und sich erst einmal um ihr leibliches Wohl zu kümmern. Ein leerer Bauch war nicht sonderlich förderlich für ihren Denkapparat und vor allem verhäng- nisvoll für ihre Laune. Wie auf Kommando gluckerte und knurrte ihr Magen. Also machte Mae kehrt und verließ Rorys Grundstück. Im Vorbeigehen winkte sie Liz zu, die mit einer Tasse Tee am Fenster stand und sie neugierig beobachtete.

Andrew biss gerade in ein Sandwich, das er sich auf dem Weg zur Arbeit geholt hatte, als sein Telefon klin- gelte. Schnell schluckte er das Brot herunter, doch dabei musste ein Krümel in seine Luftröhre geraten sein, denn er begann zu husten.

Trotzdem griff er nach dem Telefon und krächzte: »Ja?«

»Rechtsmedizin Dublin hier. Sie klingen, als lägen Sie demnächst auf meinem Tisch«, meinte der Anrufer trocken.

»Haben Sie was für mich?«, stieß Andrew hervor und räusperte sich, um die Atemwege wieder freizukriegen.

»Noch nichts Abschließendes, ich habe zunächst einmal den Mageninhalt der Leiche untersucht. Neben Resten eines Sandwiches habe ich dabei auch Fingerhut gefun- den. Und ich möchte wetten, dass sie den nicht freiwillig gegessen hat.«

Entsetzt sah Andrew auf sein eigenes Sandwich. »Mit Fingerhut meinen Sie ...?«

»Digitalis, richtig. Ich würde sagen, Sie haben ganz alt-modisch einen Giftmord aufzuklären.«

Andrew schluckte. Seine Vermutung und die des Coroners hatte sich also bestätigt.

Während eines ausgedehnten Frühstücks, bei dem sie sich mehrere Tassen unterschiedlichsten Tees gönnte, ging Mae noch einmal durch, was sie bislang wusste: Anne Cleary, erfolgreiche Fernsehmoderatorin, war nach vielen Jahren zum ersten Mal wieder in ihren Heimatort zurück-gekehrt, um ein Interview für ihre Abschiedssendung aufzunehmen. Nicht alle hier hatten sich darüber gefreut, schließlich war Anne auch früher schon ein ziemliches Biest gewesen. Mae runzelte die Stirn. Der Täter hatte sicher einen guten Grund gehabt, die alte Gewitterziege zu ermorden. Streng rief sie sich zur Ordnung. Was auch immer Anne getan hatte, sie hatte es nicht verdient, so zu sterben.

Nachdenklich kratzte Mae sich hinter dem Ohr. Wie war sie eigentlich gestorben? Der Inspector hatte nur erwähnt, dass man sie tot in ihrem Bett gefunden hatte und dass es in der Nacht passiert war. Er hatte Mae auch nicht gefragt, ob sie irgendwelche Waffen besitze.

Während Mae Zucker in ihren Tee rührte, grübelte sie nach, wer Genaueres darüber wissen könnte. Sie be-schloss, noch einmal mit Clarissa zu sprechen, und sah auf die Uhr. Gut, erfahrungsgemäß hatte Clarissa inzwischen bereits ihre ersten Hausarbeiten erledigt und gönnte sich eine kleine Erholungspause, ehe sie gegen elf Uhr den Tearoom öffnete. Jetzt war also eine gute Gelegenheit, bei ihr anzurufen.

Clarissa meldete sich schon nach dem zweiten Läuten. Das lag vermutlich daran, dass sie um diese Uhrzeit zuverlässig in ihrem Sessel vor dem Fernseher saß, das Telefon auf einem Beistelltisch direkt neben sich.

»Ach, du bist es, Mae. Mach schnell, gleich beginnt ein Beitrag, auf den freue ich mich schon seit gestern!«, drängte sie.

»Sag mal, weißt du zufällig, wie Anne ermordet wurde?«, fragte Mae ohne Umschweife.

»Man hat sie offenbar vergiftet.«

»Aha.« Mae dachte nach: Gift war gemeinhin als Waffe der Frauen bekannt – und der Geheimdienste, wobei man diese Richtung sicherlich ausschließen konnte, dafür war Anne weder gerissen noch wichtig genug gewesen. »Und wie kommst du darauf?«, fragte sie schließlich.

»Nun ja«, druckste Clarissa herum. »Ich hab zufällig gehört, wie der Coroner sagte, dass es für ihn nicht nach einem natürlichen Tod aussieht und er das zweifelsfrei geklärt haben will. Und dass er Gift vermutet.«

»Und welches Gift war es? Wie hat man es ihr verabreicht?«

Clarissa schnaubte. »Himmel, Mae! Bin ich Sherlock Holmes? Ich hab das alles nur im Vorbeigehen aufgeschnappt. War's das jetzt? Die Werbung ist zu Ende.« Sie schwieg einen Moment. »Auch wenn es sich herzlos anhört, bin ich mir sicher, dass Anne letztendlich genau das bekommen hat, was sie verdient hat. Ganz bestimmt werden nun einige Seelen Frieden finden.«

»Lass das bloß nicht den Inspector hören! Der sperrt dich mit Freuden ein und wirft den Zellenschlüssel fort.«

»Dieser O'Malley? Gott bewahre, ein Fremder und ein Polizist, du glaubst doch nicht, dass der den Fall aufklären kann. Die Leute hier müssten erst mal mit ihm reden. Er ist nicht Brandon. Dein Enkel war bei allen beliebt und wurde respektiert. Er war einer von uns. Der Neue dagegen wird es schwer haben. Aber jetzt beende ich unser Telefonat wirklich. Ich will fernsehen.«

Nachdem sie aufgelegt hatte, saß Mae noch eine Weile da und grübelte über Clarissas Worten. Es stimmte, die Leute würden sich nicht so einfach einem Fremden anvertrauen – vor allem nicht, wenn sie erfuhren, dass er in einem Wohnmobil hauste. Das hatte sie am Morgen ja selbst schon erkannt.

Dann wandte sie sich wieder ihren eigentlichen Fragen zu: Wodurch war Anne gestorben? Wie es schien, war sie vergiftet worden, aber womit genau? Und wer konnte ihr das Gift verabreicht haben? Und zu welchem Zeitpunkt? Manche Mittel wirkten sofort. Im vergangenen Jahr hatte Mae Loreena, eine junge Deutsche, beherbergt, die mit K.-o.-Tropfen außer Gefecht gesetzt worden war. Bei ihr hatte die Wirkung nach ein paar Minuten, maximal eine halbe Stunde später eingesetzt, als sie gerade am Steuer ihres Wagens gesessen hatte. Das hätte in einer Tragödie enden können, war aber zum Glück glimpflich ausgegangen. Bei Anne konnte es aber anders gewesen sein. Man hätte ihr die tödliche Dosis eines langfristig wirkenden Gifts auch schon früher am Tag verabreichen können. Oder vielleicht war es ein Mittel mit Wechselwirkung gewesen, eines, das harmlos war, solange man nicht irgendeinen bestimmten anderen Stoff ebenfalls zu sich nahm. Beides würde bedeuten, dass der Mörder nicht einmal in der Nähe gewesen sein musste, als Anne starb.

Ein tiefer Seufzer entrang sich Maes Kehle. Es half nichts; wenn sie wissen wollte, woran Anne genau gestorben war, musste sie Inspector O'Malley anrufen. Kurz entschlossen holte sie seine Visitenkarte, griff erneut zum Telefon und tippte gewissenhaft die Nummer ein. Es klingelte eine ganze Weile, sodass Mae schon in Versuchung war, wieder aufzulegen.

»O'Malley«, hörte sie schließlich.

»Inspector, hier ist Mae Pennywether.«

»Was kann ich für Sie tun?«

»Ich hab nur eine kurze Frage: Wurde Anne mit zehn oder mit zwölf Messerstichen ermordet?«

»Weder noch, sie wurde vergiftet ...« Inspector O'Malley schnappte nach Luft. Offenbar war ihm gerade aufgegangen, dass Mae ihn hereingelegt hatte. »Wagen Sie es ja nicht, mich noch einmal so zu überrumpeln!« Er legte auf, ohne sich zu verabschieden.

Mae grinste. »Sieh an, sieh an! Also war es tatsächlich Gift«, murmelte sie. Leider wusste sie noch immer nicht, welches. Sie ging ins Wohnzimmer und blickte aus dem Fenster, während sie weiter über den Fall nachgrübelte.

Plötzlich klopfte jemand energisch an die Scheibe. Mae zuckte zusammen. Ihr Herz schlug heftig, fast schmerzhaft. Schnell strich sie sich über die Brust und entdeckte draußen Bridget O'Meara. War sie so vertieft in ihre Gedanken gewesen, dass sie sie gar nicht bemerkt hatte?

Sie öffnete das Fenster. »Du hast mich fast zu Tode erschreckt! Was fällt dir ein, Bridget O'Meara?«, raunzte sie die verhutzelte alte Frau an.

»Hab dich nicht so, Mae Pennywether! Ständig erzählst du uns von deinen abenteuerlichen Reisen zu den Kannibalen, und dann versetzt dich ein Klopfen in Panik?«

Mae verzichtete darauf, sie zu korrigieren, das würde sie sowieso nicht hören wollen. Bridget O'Meara war zusammen mit ihr zur Schule gegangen und schon damals eine borniere und intolerante Person gewesen. Für sie waren sämtliche Naturvölker Kannibalen und basta!

»Was kann ich für dich tun?«, fragte Mae stattdessen.

»Hast du schon von dem Traveller gehört?«, begann Bridget O'Meara. »Es ist kaum zu glauben ...«

Mae seufzte und sah zum Pub hinüber. Gerade ging eine Gruppe hinein. Die Menschen wirkten fröhlich. Sie sollte ihnen folgen, ein Guinness trinken, mit ein paar Leuten plaudern. Vielleicht hatte sie Glück, und Rory kam auch vorbei. Nachdenklich lenkte sie ihre Aufmerksamkeit wieder auf Bridget O'Meara, die in einen wahren Redeschwall verfallen war.

»... und dieser Wohnwagen, direkt auf dem Pfarrgelände. Eine Unverschämtheit! Pater Sewey wollte nicht einmal zuhören. Dabei weiß doch jeder – wenn erst mal ein Traveller hier ist, haben wir bald das ganze Pack im Dorf«, beschwerte sie sich. Ihr missmutiges Gesicht war Mae augenblicklich so zuwider, dass sie sie nur so schnell wie möglich loswerden wollte.

»Zum einen ist es ein Wohnmobil, kein Wohnwagen, und zum anderen ist Inspector O'Malley kein Traveller, sondern Polizist«, erklärte sie. »Und ich würde dir dringend raten, nicht weiter herumzuerzählen, er sei ein Traveller! Nicht dass man deine reizende Person noch wegen übler Nachrede verknackt und anschließend den Schlüssel wegwirft. Und jetzt belästige mich nicht weiter, ich habe Wichtigeres zu tun, als mir dein Gewäsch anzuhören – Reiskörner zählen zum Beispiel!« Damit knallte sie das Fenster zu, zog den Vorhang vor und stapfte in die Küche. »Jetzt hab ich mir wirklich einen Whiskey verdient. Diese klatschsüchtige Schrapnelle, die ist ja mindestens so hinterhältig, wie Anne es war!« Sie holte sich ein Nosingglas, goss sich einen Fingerbreit O'Mulligan's Gold ein und ließ sich auf einen Stuhl plumpsen. Genießerisch schnupperte sie an dem Getränk, ehe sie einen Schluck über ihre Zunge rollen ließ und den samtig-scharfen Abgang genoss.

Sie hoffte, dass das Geschwätz der Leute wegen des Wohnmobils keine unangenehmen Folgen für Inspector O'Malley hatte. Aber schließlich hatte sie ihn gewarnt. Und ihm hätte doch von Anfang an klar sein müssen, dass es keine gute Idee war, in einem Wohnmobil zu hausen. In ganz Irland waren die Travellers äußerst ungern gesehen, das war kein Phänomen, das ausschließlich Badger's Burrow vorbehalten war. Dass die Jungen aber auch nie machten, was die Alten ihnen rieten!

»Na, Andrew? Kommst du voran mit dem Mordfall Anne Cleary?« Emma Dobbs sah ihn durch ihre großen Brillengläser fragend an.

Andrew lehnte sich in seinem Sessel zurück. Der ächzte unheilvoll, und Andrew setzte sich wieder aufrechter hin.

»Ich hab einen Haufen Aussagen aufgenommen, vor allem von den Leuten, die am Freitag im Pub und im Tearoom waren. Aber ehrlich gesagt hab ich noch nie so widerwillige Zeugen befragt.« Er war genervt. Außer Anne Clearys Kollegen schien er allen die Worte förmlich aus der Nase ziehen zu müssen.

Emma Dobbs tätschelte ihm die Schulter. »Nur Mut, du bist erst seit ein paar Tagen in Longford. Es dauert, bis sich die Leute an dich gewöhnt haben.«

»Toll! Wie lange ungefähr?«

Nachdenklich blickte Emma Dobbs an die Decke. »Meine Schwägerin wohnt draußen in Moydow. Seit etwa einem Jahr nennt man sie nicht mehr ›die Neue‹.«

»Und seit wann lebt sie dort?«

»Seit 1990.« Emma Dobbs giggelte.

Frustriert warf Andrew seinen Stift vor sich auf den Tisch. »Na super!«

»Mach dir nichts draus!«, versuchte Emma Dobbs ihn zu trösten. »Falls du Hilfe brauchst, sag mir Bescheid, ja?«

»Danke, Emma, sehr freundlich von dir.«

Sie nickte und ging zu ihrem Schreibtisch hinüber, während Andrew sich wieder über seine Unterlagen beugte. In den letzten Stunden hatte er sich mit allen Niederschriften befasst, Tatortfotos angesehen, E-Mails geschrieben und weitere Anrufe erledigt, soweit das an einem Sonntag möglich war. Und er wusste bereits, dass er einige Aussagen noch vertiefen wollte. Außerdem würde er weitere Leute befragen. Wenn dann endlich die Ergebnisse aus dem Labor da wären, hätte er vielleicht schon alle Zeugenaussagen vorliegen.

»Wo sind nur wieder diese verdammten Schlüssel?«, brummelte Mae und wühlte in der Schale, die auf der Kommode im Flur stand und in die sie für gewöhnlich ihre Schlüssel warf. Stirnrunzelnd hob sie den Schrumpf-kopf, der daneben stand, hoch, als sie vom Klingeln an der Haustür aufgeschreckt wurde. »Es ist offen!«, rief sie.

Hoffentlich niemand, der sie jetzt aufhielt. Sie war am Nachmittag noch einmal im Pub gewesen und hatte in Erfahrung gebracht, dass Kendra deBruin, die ein-zige Person, die Anne am Vortag des Mordes sowohl im Tearoom als auch später im Pub gesehen hatte, am Abend ein Treffen von Literaturfreunden besuchen würde. Also wollte sie auch dorthin, um die Frau unauffällig ausfragen zu können.

»Hallo Mammy«, ertönte Rabias Stimme.

Mae drehte sich zu ihr und wunderte sich darüber, dass Rabia auf ihre Hand starrte. Sie schaute hin und bemerkte, dass sie den Schrumpfkopf hochhielt. Hastig stellte sie ihn ab.

»Hallo Liebes, was bringt dich denn hierher?«

»Ich war gerade in der Kirche, das Schmuck-Komitee hatte ein Treffen. Was treibst du da?«, fragte Rabia interessiert.

»Ich wollte nach Longford fahren und ein Treffen der Literaturfreunde besuchen. Aber ich kann meine Schlüssel nicht finden.«

Rabia zog die Augenbrauen hoch. »Du willst allen Ernstes eine solche Gruppenbespaßung besuchen? Hast du nicht erst letzte Woche gesagt, dass du dir eher das Hirn wegballern würdest, als in so einer trostlosen Runde zu hocken?«

»Rabia! Das habe ich bestimmt nie gesagt«, entgegnete Mae gespielt entrüstet.

»Und ob!«

»Ich habe gesagt, dass es mir unbegreiflich ist, wie man in so einer langweiligen Gruppe sitzen kann, ohne das Bedürfnis zu verspüren, sich eine Kugel durch den Kopf zu jagen.«

Augenrollend winkte Rabia ab. »Wie auch immer. Erzähl, was ist der wahre Grund? Was hast du vor?«

Mae antwortete nicht, sondern griff nach ihrer Jacke und suchte in deren Taschen nach den Schlüsseln. Tatsächlich fand sie sie und hielt sie triumphierend hoch.

»Möchtest du mitkommen?«, fragte sie ihre Tochter.

»Nein danke. Aber sag doch mal, warum willst du zu diesem Gruppentreffen?«

»Du wirst keine Ruhe geben, bis ich es dir erzählt habe, oder?«

»Genau«, erwiderte Rabia amüsiert.

»Ich suche den Mörder von Anne Cleary.«

Rabia starrte sie an. »Bist du des Wahnsinns? Du kannst dich doch nicht mit einem Schwerverbrecher anlegen.«

Mae schlüpfte in ihre Jacke. »Nun mach mal halblang, Rabia!«

»Dieser Typ hat schon einen Menschen umgebracht. Meinst du, er hat Skrupel vor einer alten Frau?«

Entrüstet stemmte Mae die Hände in die Seiten. »Wen nennst du hier eine alte Frau?«

Rabia rollte erneut mit den Augen. »Mammy, bitte, lenk nicht ab! Überlass die Ermittlungen den Leuten, die damit ihr Geld verdienen!«

Nur weil sie ehrlich besorgt wirkte, gab Mae nach. Sie tätschelte Rabias Unterarm und schob sie nach draußen.

»Mach dir keine Sorgen! Ich will nur mit einer Frau reden, das ist alles. Der neue Inspector ist so ein junger Kerl aus Dublin. Mit dem spricht doch hier keiner. Ich helfe ihm ein wenig.«

»Mammy, du bist unmöglich. Kannst du nicht ein bisschen mehr wie andere Mütter sein?«

Mae lachte. »War ich noch nie, und jetzt fange ich auch nicht mehr damit an, Liebes. Also, ich muss los.« Sie ging zu ihrem Wagen und stieg ein. Im Vorbeifahren winkte sie ihrer Tochter noch einmal zu, dann konzentrierte sie sich auf die Straße.

Mae fuhr die Dublin Street entlang, wo die Autos links und rechts parkten und so eine Art Nadelöhr schufen. Sie parkte am Straßenrand bei der Temperance Hall. Als sie auf die Eingangstür zuging, begegnete sie einer hageren Frau mit karottenrotem Haar, die sie neugierig musterte, ehe sie ihr zunickte.

»Wollen Sie zum Literaturtreff?«, erkundigte sich die Rothaarige.

»Ja.«

Gemeinsam betraten sie das Gebäude durch den Seiten-eingang und gelangten in einen kargen Flur mit mehreren Türen.

»Mein Name ist Mel Granchard«, stellte sich die Frau vor.

Mae öffnete den Reißverschluss ihrer Jacke. »Ich bin Mae Pennywether.«

Mel Granchard deutete auf eine Tür. »Da ist es.«

Sie gingen hinein. In dem mittelgroßen Raum gab es einen wunderschönen Kamin, der Boden war mit königs-blauem Teppich ausgelegt. An der Stirnseite waren Tische an der Wand aufgereiht, während in der Mitte Stühle im Halbkreis standen und bereits auf die Teilnehmer des Literaturtreffs warteten. Ein hochgewachsener Mann mit Halbglatze lehnte an der Wand und las in einem Buch. Als die beiden Frauen nähertraten, klappte er es zu und sah auf.

»Hallo Mel! Und ein neues Gesicht!«, rief er erfreut. »So was aber auch! Dermot Hennessy.« Er hielt Mae die Hand entgegen. »Und mit wem habe ich das Vergnügen?«

»Mae Pennywether«, antwortete sie und schüttelte ihm die Hand. »Ich will mir das hier mal anschauen.«

»Prächtig!« Er schien regelrecht aus dem Häuschen zu sein. »Wir reden uns übrigens alle beim Vornamen an.«

Mae nickte. »In Ordnung, Dermot.«

»Fein, fein. Kommst du aus Longford?«

»Badger's Burrow«, entgegnete sie.

»Netter Ort, hab mir vor Jahren mal ein Haus dort ange-sehen. Hat nicht geklappt. Aber den Pub besuche ich gern, wann immer ich in der Nähe bin. Der Shepherd's Pie ist köstlich.« Dermot rieb sich vergnügt den Bauch, um seine Begeisterung zu unterstreichen.

In diesem Moment wurde die Tür geöffnet und zwei Frauen traten ein, eine kleine rundliche und eine größere mit blondem Haar.

Dermot winkte die beiden heran. »Kendra, Flora, kommt her, ich möchte euch Mae vorstellen!«

Die Rundlichere reichte Mae recht forsch die Hand und musterte sie. »Kendra deBruin.« Dann grinste sie breit.

Mae verstand nicht, wieso. »Mae Pennywether«, sagte sie und begrüßte auch die Blonde.

»Du bist doch die, die Anne Cleary den Tee ins Gesicht geschüttet hat, nicht wahr?«, fragte Kendra.

Mae räusperte sich und gab sich Mühe, ein wenig beschämt zu wirken. »Manchmal geht mein Temperament mit mir durch.« In Gedanken rieb sie sich die Hände: Es schien leichter zu werden als gedacht, mit Kendra ins Gespräch zu kommen.

Kendra lachte. »Ich muss dich Suzie vorstellen, sie wollte eigentlich auch ...«

Wie aufs Stichwort öffnete sich die Tür und eine Frau stürmte herein. Sie sah etwas zerzaust aus und wirkte abgehetzt. Obwohl Mae sie nicht kannte, kam sie ihr vertraut vor.

»Hallo Leute, tut mir leid! Ich bin doch nicht zu spät?«, rief die Frau, warf ihre Tasche auf einen der Stühle und kam näher.

»Kein Grund zur Hektik, Suzie. Wir haben auf dich gewartet«, antwortete Dermot und deutete in Richtung Stuhlkreis. »Meine Damen?«

Mae schaffte es, sich den Platz neben Kendra zu sichern. Sie wollte nach dem Treffen unbedingt zwanglos mit ihr plaudern, um sie über ihre Beobachtungen am

Freitagnachmittag in der Teestube und abends im Pub von Badger's Burrow zu befragen. Doch erst einmal hieß es, die Diskussion über Wuthering Heights hinter sich zu bringen. In der Gruppe war es üblich, zwischen den Treffen eine vereinbarte Anzahl von Seiten der zu besprechenden Lektüre zu lesen und sich beim nächsten Termin darüber auszutauschen. Noch nie hatte Mae sich so sehr gelangweilt wie an diesem Abend.

»Nun, Mae, wie fandest du es?« Dermot stellte sich zwischen sie und Kendra.

Mae unterdrückte einen Seufzer. Gerade hatte sie die Frau ansprechen wollen. Sie trat einen kleinen Schritt zur Seite, um an ihm vorbeischauen zu können, und sah, dass Kendra sich mit Suzie unterhielt. Offenbar ging es um Mae, denn Suzie blickte sie immer wieder an. Oh nein, hielten die beiden sie etwa tatsächlich für Annes Mörderin?

»Mae, alles in Ordnung mit dir?«, fragte Dermot.

»Oh, äh, ja«, antwortete Mae und räusperte sich. Sie musste dieses Gespräch so schnell wie möglich beenden, auch wenn es unhöflich wirken würde. »Eine sehr interessante Runde, aber ich denke, ich werde kein weiteres Mal teilnehmen. Ich hatte mir vorgestellt, es würden etwas neuere Romane gelesen. Weißt du, ich bin selber alt, da steht mir der Sinn doch mehr nach etwas Modernerem. Tut mir leid!« Sie nickte Dermot zu und gesellte sich zu Kendra und Suzie.

Kendra lächelte ihr zu. »Vorhin war gar keine Zeit mehr, euch einander vorzustellen. Mae, das ist Suzie. Suzie – Mae.«

Die beiden Frauen reichten sich die Hand.

»Wir haben gerade von dir gesprochen, Mae«, fuhr

Kendra fort. »Ich hab Suzie erzählt, wie du Anne Cleary den Tee ins Gesicht geschüttet hast, mitten im Tae agus Ceapaire. Ach, Suzie, das hättest du sehen müssen!« Sie kicherte.

Suzie fuhr sich durch ihr wirres Haar und brachte es noch mehr in Unordnung. »Auch wenn es nicht sehr christlich war – Anne hatte das sicherlich verdient.«

Damit war Maes Neugier geweckt. »Du kanntest sie?«

»Ich nicht, aber meine Großmutter und mein Onkel«, erzählte Suzie. »Tara und Padraic Kelly.«

Die Überraschung saß. Mae hatte gewusst, dass Angehörige der Familie Kelly noch in der Gegend lebten, war aber nie einem von ihnen bewusst begegnet. Nach der Auflösung ihrer Verlobung mit Padraic hatte sie keinerlei Kontakte mehr zu den Kellys gepflegt. Jetzt verstand sie auch, weshalb Suzie ihr so bekannt vorgekommen war.

»Meine Güte, du bist also Padraics Nichte?«

Suzie nickte. »Ja, obwohl ich mich nur sehr vage an ihn erinnere. Und woher kennst du ihn?«

»Wir waren mal zusammen«, antwortete Mae ausweichend. Sie hatte keine Lust zu erklären, dass sie ihn geheiratet hätte, wenn Anne nicht gewesen wäre. Allerdings hätte sie gern gewusst, was aus ihm geworden war, traute sich aber nicht, nachzufragen – etwas, was wirklich selten vorkam.

Zum Glück erwies Suzie sich in dieser Angelegenheit als gesprächig. »Das muss ja noch vor der Sache mit Anne gewesen sein, denn nachdem das mit ihr zu Ende war, hatte er keine Freundin mehr und ist dann irgendwann nach Amerika ausgewandert.«

»Er ist in die USA gegangen? Das wusste ich gar nicht«, sagte Mae betreten.

»Ja. Er hat eine ganze Weile in Philadelphia gelebt, zum Schluss wohnte er in der Nähe von Boulder in Colorado. Aber inzwischen ist er schon seit gut fünf Jahren tot.«

Mae gestattete sich einen Anflug von Trauer. »Wusste Anne das?«

»Keine Ahnung. Von unserer Familie hatte niemand mehr Kontakt zu ihr, und wir hätten sie auch nie in Großmutters Gegenwart erwähnt. Sie war zeit ihres Lebens nicht gut auf sie zu sprechen und sagte immer, Anne habe Padraic zerstört.« Suzie musterte Mae neugierig. »Du warst also vor Anne mit ihm zusammen?«

Mae zögerte. Eigentlich wärmte sie alte Geschichten nicht gerne auf. Aber Suzie hatte eine Antwort verdient.

»Bis kurz vor Ende meines Studiums«, bestätigte sie und lachte, als wäre das Ganze nur eine lustige, lang vergangene Geschichte.

»Ach so«, sagte Suzie. »Und du hast Anne wirklich Tee ins Gesicht geschüttet?« Ihre Mundwinkel zuckten.

Mae nickte. »Wir hatten sehr grundsätzliche Meinungen in einer Angelegenheit.« Sie wandte sich an Kendra: »Was mich interessieren würde: Ist es richtig, dass du am Freitag nicht nur im Tearoom warst, sondern abends auch noch im Pub von Badger's Burrow, als Anne und ihre Kollegen vom Fernsehen dort gegessen haben?«

Kendra zog die Augenbrauen hoch, antwortete dann aber bereitwillig: »Ja, war ein Zufall. Nicht dass es jetzt heißt, ich wäre eine Stalkerin.«

»Na ja, auch ohne eine derartige Neigung zu haben – wenn jemand vom Fernsehen plötzlich im selben Lokal sitzt, dann muss man einfach gucken, nicht wahr?« Mae nickte Kendra ermutigend zu.

»Wahre Worte. Außerdem war es interessant zu sehen, wie Leute, die man nur aus dem Fernsehen kennt, in echt wirken. Ich musste einfach im Tearoom bleiben und die vier beobachten.«

»Sie saßen also zusammen?«, vergewisserte sich Mae.

»Ja, vielleicht eine halbe Stunde nachdem du weg warst«, antwortete Kendra und sah auf die Uhr. »Ich müsste langsam los. Wollen wir schon mal nach draußen gehen?«

»Klar«, sagte Mae und klemmte sich ihre Jacke unter den Arm.

Während sie den anderen beiden nach draußen folgte, sprach Kendra weiter: »Um noch mal auf Freitagnachmittag zurückzukommen: Ich will ja nichts behaupten, aber auf mich wirkte es so, als ob diese Ruby Keegan im Laufe der Unterhaltung immer ungehaltener wurde.«

»Wieso?«, hakte Mae nach.

»Das weiß ich nicht, dafür war ich zu weit entfernt. Aber sie hat sich aufgeregt, man konnte es ihr ansehen. Dennoch wurde sie nicht laut, ich nehme also an, dass es nichts Dramatisches sein konnte. Irgendwann musste ich dann gehen, deshalb weiß ich nicht, ob noch etwas passiert ist.«

Mittlerweile hatten sie Kendras Auto erreicht.

»Ich hab's leider eilig«, warf Suzie ein. Sie schüttelte Mae die Hand. »Schön, dich kennengelernt zu haben, Mae!« Dann berührte sie Kendra kurz am Arm. »Tschüss, Kendra, wir sehen uns!« Damit lief sie zu einem rostigen, verbeulten Kleinwagen, stieg ein und fuhr davon.

Mae wandte sich wieder Kendra zu. »Und im Pub?«

Kendra schaute sie fragend an. Offenbar verlor sie langsam das Interesse an dem Gespräch. Und da Mae keine Polizistin war, konnte sie sie schwerlich dazu zwingen, ihre Beobachtungen in aller Ausführlichkeit zu erzählen. Doch gerade die interessierten sie.

»Am Freitagabend«, half sie Kendra auf die Sprünge.

»Ach das. Ich hatte mich mit einer Freundin verabredet, aber sie kam nicht, deshalb war ich auch nur kurz da. Hab ein Glas Cider getrunken und bin bald wieder gegangen.«

»Dann hast du die Fernsehleute gar nicht bemerkt?«, hakte Mae nach.

»Doch, doch«, erwiderte Kendra, entriegelte ihre Autotür und öffnete sie. »Wer hätte Anne Cleary übersehen können? Sie hatten auch im Pub eine angeregte Unterhaltung, aber wirklich drauf geachtet hab ich nicht. Ein- oder zweimal kam jemand an ihren Tisch und bat um ein Autogramm, mehr ist mir nicht aufgefallen.« Sie hob bedeutungsvoll den Autoschlüssel. »Ich muss jetzt auch los.«

Mae nickte. »Danke, Kendra, war schön, sich mit dir zu unterhalten!« Sie wartete, bis Kendra eingestiegen und losgefahren war, ehe sie zu ihrem eigenen Wagen ging.

Kapitel 6

»Wer nicht arbeitet,
darf auch keinen Tee schlürfen.«
Somalisches Sprichwort

Wütend stieg Andrew in seinen Dienstwagen. Das kurze Telefongespräch hatte ihm den Montagmorgen wirklich verdorben. Achtlos warf er sein Smartphone auf den Beifahrersitz. Während er ins Büro fuhr, überlegte er, was er verbrochen haben mochte, dass alles so schieflief im Moment. Er hatte Brandons Großmutter die falsche Namensliste gegeben, damit sie ihm nicht in die Quere kam, doch sie hatte sich seine Liste beschafft. Eoghan Drumkeeran, der Wirt des Pubs in Badger's Burrow, hatte ihm gerade gestanden, dass er ihr dieselben Namen gegeben hatte, die er selbst von ihm erhalten hatte.

Andrew seufzte. Er hatte Brandon versprochen, sich darum zu kümmern, dass seine Grandma sich aus der Sache raushielt. Das hatte er wohl ziemlich versemmelt.

Aber er musste auch zugeben, dass er Mrs Pennywether unterschätzt hatte. Sie war eindeutig cleverer, als er zunächst angenommen hatte. Vermutlich hatte sie schon eine ganze Reihe von Leuten, die auf der Liste des Pubbesitzers standen, befragt und auch Antworten erhalten. Ihm gegenüber wollten die Einheimischen dagegen nicht so recht mit der Sprache rausrücken.

Genervt überholte er ein langsam fahrendes Auto – offenbar Touristen, die alle Zeit der Welt zu haben schienen. Er musste sich etwas einfallen lassen, um die alte Wichtigtuerin davon abzuhalten, sich weiter einzumischen, und gleichzeitig die Leute hier dazu zu bringen, ihm zu vertrauen. Schließlich hatte er einen Mordfall zu lösen.

Den Vormittag über rief Mae die Leute an, die auf Clarissas Liste standen. Sie hoffte, irgendetwas Interessantes aufzuschnappen, das sie weiterbringen würde. Mehrmals versuchte sie es auch bei Ruby und Siobhan im Büro, doch die beiden waren nicht zu erreichen oder man stellte Mae schlichtweg nicht zu ihnen durch. Mit Fergal Thurnpike konnte sie ebenfalls keinen Kontakt aufnehmen. Also vermutete sie, dass so kurz nach Annes Tod intern beim Sender noch einiges zu klären war. Da Anne so überraschend das Zeitliche gesegnet hatte, musste man sicher vieles neu bedenken und planen.

Immerhin hatte Mae mit der Sekretärin von Mr Stroke, dem Leiter des Senders, einen Termin bei diesem vereinbaren können. Offiziell hatte sie behauptet, sie wolle mit ihm über ihr Fernsehinterview sprechen, doch eigentlich wollte sie herausfinden, ob jemand bei Ireland Channel ein Motiv für den Mord an Anne gehabt hatte.

Nachdem sie mit allen Leuten gesprochen hatte, die

am Freitagnachmittag im Tearoom gewesen waren, und trotzdem keinerlei neue Erkenntnisse gewonnen hatte, beschloss sie, die Personen auf Eoghans Liste erst später anzurufen. Stattdessen begann sie eine Internetrecherche über Anne und ihr Leben. Dazu musste sie sich durch Unmengen an Berichten quälen, die sehr viel Klatsch und Tratsch enthielten, aber kein wirklich eindeutiges Motiv für den Mord aufzeigten. Mae seufzte. Anne war zwar eine berechnende Person gewesen, doch das war noch kein echter Grund, sie umzubringen. Nach Maes Einschätzung hätte man dann ein Drittel der Weltbevölkerung eliminieren müssen.

Gegen Mittag war sie ziemlich frustriert. Sie war nicht ein bisschen weitergekommen. Also beschloss sie, ein Päuschen zu machen und kurz loszufahren, um sich frisches Toastbrot für einen kleinen Snack zu besorgen. Keine zehn Minuten später parkte sie ihren Wagen vor Bertie Gallaghers Corner Shop. Es war der einzige Laden in Badger's Burrow, und man traf dort fast immer jemanden. Nicht nur deshalb war er die sprichwörtliche Gerüchteküche des Ortes. Wer etwas rasch verbreitet haben wollte, erzählte Bertie davon, am besten unter dem Siegel der Verschwiegenheit. Bertie war kein schlechter Kerl, nur eben sehr gesprächig.

Als Mae den Laden betrat, stand Bertie zusammen mit Aisling Mahoney, der Frau eines Farmers aus der Umgebung, an der Kasse. Mae nahm sich einen der Drahtkörbe und hob die Hand kurz zum Gruß. Die beiden nickten ihr zu. Bertie wirkte angesäuert, doch das ging Mae nichts an. Sie packte sich Toastbrot in den Korb und überlegte, ob sie auch gleich noch ein paar Dosen Baked Beans mitnehmen oder ihren Vorrat doch erst beim nächsten Einkauf im bedeutend billigeren Supermarkt in Longford drüben aufstocken wollte. Während sie den Vorteil, Geld zu sparen, gegen den Nutzen, einen Lebensmittelladen vor Ort zu haben, abwog, entdeckte sie einen weiteren Kunden – einen schwarzhaarigen Mann in einem Trenchcoat. Er steuerte auf die Kasse zu, Mae konnte ihn nur von hinten sehen.

Bertie verschränkte die Arme vor der Brust. »Ich bediene keine Traveller.«

Mae horchte auf. Das war doch nicht etwa ...?

»Wie bitte? Das ist ja wohl nicht Ihr Ernst!«, sagte der Kunde verärgert, und nun war Mae sich sicher: Es war Inspector O'Malley.

»Mein Laden, meine Regeln«, erwiderte Bertie.

Mae schnaufte. Das Gerücht, der Inspector sei ein Traveller, machte also wie befürchtet die Runde. Und sie hatte ihn noch gewarnt! Sie ging ebenfalls zur Kasse.

»Bertie, du wirst doch den Nachfolger von meinem Brady nicht gegen dich aufbringen wollen, oder?«, fragte sie augenzwinkernd, um der Situation die Schärfe zu nehmen.

Unsicher schaute Bertie sie an und dann zurück zu Inspector O'Malley.

Mae stellte ihren Korb auf die Theke und reichte O'Malley die Hand. »Guten Tag, Inspector.«

Er erwiderte den Gruß, dann warf er Bertie einen finsteren Blick zu. Offenbar dachte er nichts Freundliches über den Ladenbesitzer, aber das war ja auch kein Wunder.

Mae überlegte, wie sie die Lage entspannen konnte. »Habt ihr euch schon vorgestellt? Inspector O'Malley, das ist Bertie Gallagher. Bertie – Detective Inspector Andrew O'Malley«, erklärte sie.

»Ich wusste ja nicht ...«, stotterte Bertie.

»Mit dem, was du nicht weißt, könnte man ganze Büchereien füllen«, entgegnete Mae trocken.

Sie verurteilte ihn nicht. Ja, er war ein Kleingeist, die Welt, in der er lebte, war überschaubar, in Schwarz und Weiß eingeteilt, mit nur ein, zwei Schattierungen dazwischen. Aber nicht jeder konnte – oder wollte – exotische Länder bereisen und fremde Kulturen kennenlernen, so wie sie es getan hatte. Außerdem war er eigentlich ein netter Kerl.

Bertie beugte sich vor und reichte Inspector O'Malley die Hand. »Vergessen Sie, was ich gesagt habe! Ich konnte ja nicht ahnen, dass Sie bei der Garda sind. Nach dem Mord an der Fernsehmoderatorin sind wir hier in Badger's Burrow sehr misstrauisch gegenüber Fremden.«

»Schon gut«, brummte Inspector O'Malley und reichte Bertie einen Geldschein.

Bertie gab ihm das Wechselgeld heraus und packte die Einkäufe in eine kleine Tüte. Der Inspector nahm sie, nickte Bertie und Mae zu und verließ ohne ein weiteres Wort den Laden. Nachdem Mae ebenfalls bezahlt hatte, klemmte sie sich ihr Toastbrot unter den Arm und ging nach draußen. Inspector O'Malley stand an seinem Wagen und spielte nachdenklich mit dem Autoschlüssel in seiner Hand; es wirkte, als habe er auf Mae gewartet.

»Vielen Dank für Ihre Unterstützung eben, Mrs Pennywether!«

»Keine Ursache, ich konnte doch nicht zulassen, dass man Sie fälschlicherweise für einen Traveller hält«, entgegnete Mae und konnte sich nicht verkneifen zu ergänzen: »Ich hatte Sie gewarnt, dass das passieren würde.«

Inspector O'Malley schwieg.

»Wissen Sie, die Leute hier sind nicht schlecht«, sagte Mae, der es nun ein Bedürfnis war, die Dorfbewohner zu verteidigen. »Jedenfalls nicht schlechter als anderswo. Aber das Leben in Badger's Burrow ist idyllisch, und wie überall auf der Welt, wo es sehr friedlich ist, fürchtet man sich vor dem, was die gewohnte Beschaulichkeit durcheinanderbringen könnte.«

Inspector O'Malley zog die Stirn kraus. »Vermutlich haben Sie recht.« Dann verdüsterte sich sein Blick. »Es ist übrigens gut, dass wir uns getroffen haben, das erspart mir, Sie aufzusuchen. Warum befragen Sie die Leute eigenmächtig zum Tag vor dem Mord? Das ist Sache der Garda!«

Mae holte tief Luft. Dass er so bald dahinterkommen würde, hatte sie nicht erwartet.

»Sie können mir nicht verbieten, mich mit meinen Nachbarn und Bekannten über diese Sache zu unterhalten«, erwiderte sie und reckte störrisch das Kinn vor.

»Wollen Sie mich für dumm verkaufen? Sie versuchen, den Mörder zu finden.«

Mae hatte es noch nie für nötig gehalten zu lügen, und sie würde jetzt auch nicht damit anfangen. »Dies ist ein freies Land. Wenn mir danach ist, Nachforschungen anzustellen, kann ich das tun.«

Inspector O'Malley seufzte. »Ich kann Sie nicht davon abhalten, oder?«

»Nein, kein bisschen«, erklärte sie entschlossen.

Der Inspector schaute drein, als habe er in eine Zitrone gebissen, eine sehr saure Zitrone. »Nun gut, dann möchte ich Sie aber im Auge behalten. Wollen Sie mich zu Hugh Lawrence begleiten? Er war Mrs Clearys letzter Ehemann, genauer gesagt ihr geschiedener Mann.«

Andrew betrachtete Mrs Pennywether nachdenklich. Während er auf sie gewartet hatte, hatte er sich einiges überlegt. Ihm imponierte die Art, mit der sie den Konflikt aufgelöst hatte. Bertie Gallagher hatte wie ein angriffslustiger Dobermann gewirkt und war erst durch ihre Einmischung friedfertig, sogar freundlich geworden. Bereits vor dem Vorfall im Dorfladen eben hatte er sich überlegt, sie zu einigen Zeugenbefragungen mitzunehmen. Schließlich sprach sie sowieso mit den Leuten, wie er inzwischen wusste. Also konnten sie sich auch zusammentun. In ihrem Beisein würden sich die Menschen vermutlich mehr öffnen, und er konnte sie auf diese Weise besser beaufsichtigen, wie er es Brandon leichtfertigerweise versprochen hatte.

Hinzu kam ihr Wissen über die Einwohner von Badger's Burrow und die der umliegenden Ortschaften, das für ihn von Nutzen sein konnte. Auch schien sie keine Standesdünkel zu haben und keine Scheu davor, sich einzumischen, selbst oder gerade wenn es sie nichts anging. Das hatte er ja eben selbst erlebt. Obendrein war sie gewitzt und intelligent. Von all diesen Eigenschaften konnte er nur profitieren. Außerdem traute er ihr den Mord inzwischen nicht mehr zu. Eine Mae Pennywether würde niemanden hinterhältig vergiften, das sagte ihm sein Bauchgefühl. Dafür war sie viel zu direkt und impulsiv. Natürlich konnte er sich täuschen, aber er würde es riskieren. Also hatte er sie gefragt, ob sie ihn begleiten wolle.

Ein Teil von ihm hatte gehofft, sie würde die Einladung ausschlagen. Denn wenn herauskam, dass er eine Privatperson in seine Ermittlungen mit einbezog, egal aus welchen Gründen, hatte er ein ernstes. Problem. Aber ein Rückzieher kam jetzt nicht mehr in Frage.

Mrs Pennywether strahlte ihn an. Es schien, als habe er soeben eine Begleiterin gewonnen.

»Wann fahren wir los? Jetzt gleich?«, erkundigte sie sich.

Andrew nickte nur, und ehe er sichs versah, hatte sie auf seinem Beifahrersitz Platz genommen. Das gekaufte Toastbrot warf sie achtlos auf die Rücksitzbank. Andrew seufzte und stieg ebenfalls ein. Wenn das nur gut ging!

Sie schwiegen, bis Andrew auf den Motorway abbog.

»Wohin fahren wir eigentlich?«, fragte Mrs Pennywether endlich.

»Mr Lawrence wohnt etwas außerhalb von Athlone«, erzählte Andrew bereitwillig.

Soweit er wusste, war der Mann nach der Scheidung dorthin gezogen, nachdem seine Ex-Frau das Stadthaus in Dublin erhalten hatte. Andrew hatte ihn nicht darüber informiert, dass er vorbeikommen wollte. Lediglich mit einem Anruf bei Mr Lawrence' Sekretärin hatte er sichergestellt, dass er ihn auch antreffen würde. Falls Mrs Clearys Ex-Mann etwas zu verbergen hatte, sollte er zumindest nicht vorgewarnt sein.

Mrs Pennywether, die eine Zeit lang aus dem Fenster geschaut hatte, drehte sich zu ihm. »Wissen Sie inzwischen, wie man Anne das Gift verabreicht hat und welches es war?«

Andrew antwortete nicht sofort. Er hielt den Blick auf die Fahrbahn gerichtet, sah dann auf die Überholspur und in den Rückspiegel, setzte den Blinker, scherte aus und überholte den Wagen vor ihm. Das gab ihm Zeit, darüber nachzudenken, ob er sie wirklich über alles, was den Fall betraf, in Kenntnis setzen wollte. Er wechselte den Gang und musterte sie kurz. Dann entschied er, sie nicht uneingeschränkt zu informieren. Immerhin bestand trotz seines Bauchgefühls ein Restrisiko, dass sie doch etwas mit dem Mord zu tun hatte.

»Wenn ich Ihnen etwas erzählen dürfte, so könnte ich Ihnen nur sagen, dass wir es noch nicht genau wissen. Im Moment steht fest, dass Mrs Cleary vergiftet wurde und dass sie kurz vor ihrem Tod ein Sandwich gegessen hat. Die nähere Analyse wird jedoch noch etwas Zeit in Anspruch nehmen.«

Mrs Pennywether schwieg eine Weile, dann fragte sie: »Was war es denn, eine Pflanze oder eher was Chemisches?«

Andrew zögerte. »Vermutlich ein Pflanzengift, aber genau lässt sich das erst sagen, wenn die Laborergebnisse vorliegen«, erklärte er schließlich.

»Ein Pflanzengift also«, wiederholte Mrs. Pennywether nachdenklich. »Das könnte die Ermittlung des Täters erschweren. Viele giftige Pflanzen wachsen frei in der Natur. Wenn man sich ein wenig auskennt, ist da schnell was ins Essen gemischt. Und die Türen zu Clarissas Pension sind immer offen.«

Mae war mehr als nur ein wenig überrascht gewesen, als Inspector O'Malley sie gefragt hatte, ob sie ihn zu einer Zeugenbefragung begleiten wolle. Während der Fahrt hatte sie lange darüber nachgegrübelt, was der Grund dafür sein konnte. Schließlich war sie zu dem Ergebnis gekommen, dass es wohl eine spontane Idee gewesen war. Aber egal, wieso, er hatte sie mitgenommen, und nun würde sie das auch ausnutzen. Vielleicht konnte sie durch Hugh Lawrence etwas Nützliches über Anne oder ein mögliches Mordmotiv in Erfahrung bringen.

Sie sah aus dem Fenster. Der Inspector lenkte seinen Wagen auf einen schmalen Schotterweg, vorbei an hohen Hecken und den schiefergrauen, niedrigen Steinmauern, die die Felder säumten. Schließlich erreichten sie einen

Hof mit einem eleganten, wenn auch eher kleineren Herrenhaus in Fachwerkoptik. Davor stand ein Lieferwagen. Die Nebengebäude, die später wohl als Garage und Ähnliches dienen sollten, waren noch unverputzt. Neben einer Mörtelmaschine und einer Schubkarre lagen Baumaterialien und Berge von Schutt. Menschen waren allerdings nicht zu sehen.

Inspector O'Malley parkte neben dem Lieferwagen und sie stiegen aus. Gleich darauf öffnete sich die Haustür. Ein Mann um die fünfzig erschien im Türrahmen. Mit seinem roten Haar und den Sommersprossen ließ sich seine irische Abstammung nicht verleugnen. Er hielt einen Teebecher in der Hand, stand einfach nur da und wartete, bis Inspector O'Malley und Mae bei ihm waren.

»Wer sind Sie?«, fragte er ohne erkennbare Regungen.

»Mr Lawrence?«, fragte Inspector O'Malley.

Der Mann nickte stumm.

Der Inspector griff in die obere Tasche seines Trenchcoats und zog seinen Gardaausweis heraus. »Detective Inspector O'Malley, Polizeidienststelle Longford. Haben Sie ein paar Minuten Zeit? Ich möchte mit Ihnen über den Tod von Anne Cleary sprechen.«

Mae fiel auf, dass er sie nicht vorgestellt hatte, aber das schien auch nicht nötig zu sein. Der Mann nahm vermutlich an, dass sie ebenfalls bei der Garda war.

»Ich wüsste nicht, was es da zu bereden gäbe. Aber wenn Sie nun schon mal da sind, können Sie auch reinkommen«, meinte Hugh Lawrence mürrisch. Immerhin schien er Annes Tod ganz gut zu verkraften, soweit Mae das zu diesem Zeitpunkt beurteilen konnte. Er ging voraus und führte sie in eine geräumige, helle Küche. »Nehmen Sie Platz. Tee?«

Inspector O'Malley setzte sich, und Mae tat es ihm gleich, nachdem sie sich kurz umgesehen hatte.

»Nein danke.« Der Inspector zog sein Smartphone aus der Jackentasche. »Ich tippe mir nur ein paar Gesprächsnotizen ein.«

Hugh Lawrence zuckte gleichgültig mit den Schultern und wandte sich an Mae: »Und Sie?«

»Ich sage nicht nein zu einer Tasse«, erklärte sie vergnügt. »Sie haben da ja eine vorzügliche Auswahl an Tees.« Sie deutete auf das schmale Regal über der Kaffeemaschine, auf dem allerlei teure und exklusive Tees in Dosen aufgereiht standen.

Nun taute Hugh Lawrence auf. »Eine meiner Leidenschaften«, erklärte er. »Welchen hätten Sie denn gerne?«

»Überraschen Sie mich!«, forderte Mae ihn auf und lehnte sich entspannt auf ihrem Stuhl zurück, als wäre dies ein Freundschaftsbesuch.

Hugh Lawrence lächelte. Er drehte sich um und hantierte mit Teedosen, Wasserkessel und Porzellanbechern herum.

»Das hat Sie und Anne also verbunden? Die Liebe zum Tee?«, fragte Mae.

Hugh Lawrence schnaubte und goss heißes Wasser in die Becher. Dann brachte er sie an den Tisch und stellte sie ab. Mit dem Kinn deutete er auf die Mitte des Tisches.

»Zucker steht da.« Er setzte sich und zog seinen Becher näher zu sich heran.

Mae nippte an ihrem Tee und beobachtete den Mann.

»Anne hätte man auch den dritten oder vierten Aufguss eines Tees vorsetzen können, sie hätte keinen Unterschied geschmeckt, geschweige denn die Sorte erkannt. Ich weiß nicht, was sie geliebt hat, Tee auf jeden Fall nicht.«

»Aber sie war doch die Moderatorin von Teatime«, warf der Inspector ein.

»Die Stelle hat sie nur bekommen, weil ich sie wochenlang in Teekunde unterwiesen hatte«, erklärte Hugh Lawrence. Er sah zu Mae. »Schmeckt Ihnen der Tee?«

Mae hob ihren Becher erneut an die Lippen, blies ein wenig und trank einen kleinen Schluck. »Ein Keemun, richtig?«

Diese Schwarzteesorte stammte aus der chinesischen Region Qimen und wurde ausschließlich für den Export angebaut. Sie hatte in ihrem Buch darüber geschrieben.

Hugh Lawrence strahlte, und Mae war froh, dass ihre Augen noch so scharf waren. Dadurch war es ihr möglich gewesen, das Etikett auf der Teedose zu entziffern. Sie hatte zwar einen feinen Gaumen, aber so versiert war sie dann doch nicht.

»Darf ich nun endlich zum Thema kommen?« Inspector O'Malley wirkte ein wenig steif. »Als Erstes möchte ich Ihnen mein Beileid zum Tod Ihrer Exfrau aussprechen.«

Hugh Lawrence gab ein ersticktes Keuchen von sich. Äußerst wirkungsvoll vergrub er sein Gesicht im gebeugten Arm und begann zu schluchzen. Unschlüssig blickte Mae zu Inspector O'Malley. Er schien noch irritierter zu sein als sie. Sie seufzte und legte ihre Hand auf Hugh Lawrence' Oberarm.

»Mr Lawrence? Kann ich etwas für Sie tun?«

Er schüttelte nur stumm den Kopf, sah aber nicht auf. Inspector O'Malley rutschte unbehaglich auf seinem Stuhl herum, und Mae überlegte, was sie tun könnte. Plötzlich senkte Hugh Lawrence den Arm. Mae starrte ihn ungläubig an: Er lachte und konnte sich nur langsam wieder beruhigen. Nach einer Weile rieb er sich die Nase und räusperte sich.

»Bitte entschuldigen Sie meinen Ausbruch! Sie haben Anne offenbar nicht gekannt. Sie konnte mir keine größere Freude machen, als zu sterben – oder sich wieder neu zu verheiraten. Das Biest hat mich bei der Scheidung dermaßen über den Tisch gezogen, dass ich ihrem Mörder vermutlich ein Dankschreiben in den Knast schicken werde.«

»Klare Ansage«, verkündete Mae, lehnte sich zurück und trank einen Schluck Tee.

Inspector O'Malley beugte sich vor. »Ihnen ist bewusst, dass Ihr Verhalten und diese Aussage durchaus Zweifel an Ihrer Unschuld wecken?«

Hugh Lawrence schnaubte verärgert. »Ich bin mir sicher, viele andere freuen sich auch über Annes Tod.«

»Und wer Ihrer Meinung nach am meisten?«, wollte Mae wissen.

»Das kann ich Ihnen nicht sagen, es sind zu viele. Vermutlich ist es für Sie einfacher nachzuforschen, wer keinen Grund hatte, sich ihren Tod zu wünschen.« Hugh Lawrence sah in seinen Becher und dann zu Mae. »Noch einen Tee?«

»Nein danke!«

Er erhob sich, ging zur Anrichte hinüber und setzte neues Teewasser auf.

Während er wartete, fragte Inspector O'Malley: »Wo waren Sie in der Nacht von Freitag auf Samstag zwischen elf Uhr abends und drei Uhr morgens, Mr Lawrence?«

»Das kann ich Ihnen ganz genau sagen: Mein Flugzeug nach Frankfurt ging um vier Uhr morgens vom Dublin Airport aus. Ich bin hier gegen sechs Uhr abends losgefahren und hab mich mit einem Bekannten in einem Pub in der Nähe des Flughafens getroffen. Wir waren bis etwa elf zusammen, dann hat er mich am Terminal abgesetzt, und ich hab eingecheckt. Ich hab mich in den Wartebereich gesetzt und dort ein wenig geschlafen, bis mein Flieger ging. Bestimmt haben mich ein paar Leute gesehen.«

Die ganze Zeit über hatte Inspector O'Malley auf seinem Smartphone getippt. Nun blickte er auf.

»Ich werde das überprüfen, Mr Lawrence. Können Sie uns ansonsten irgendwie weiterhelfen? Wissen Sie von irgendwelchen Drohungen gegen Ihre Ex-Frau?«

Hugh Lawrence schüttelte den Kopf. »Nach meinem Auszug aus der gemeinsamen Villa habe ich jeglichen Kontakt zu ihr vermieden. Die Kommunikation lief ausschließlich über unsere Anwälte. Von daher bin ich nicht auf dem neusten Stand, was ihr Leben betrifft. Aber ich kann Ihnen eines sagen: Die Frau war ein Vampir. Wenn sie ein Opfer gefunden hatte, das ihr nützte, ließ sie es nicht mehr aus ihren Klauen, bis sie es ausgesaugt hatte. Erwies man sich als unnütz, ließ sie einen schneller fallen, als man Goodbye sagen konnte.«

Inspector O'Malley wirkte unzufrieden, als sie zurück nach Badger's Burrow fuhren. Das Gespräch mit Hugh Lawrence hatte nicht viel Neues gebracht, aber zumindest konnten sie ihn wohl als Tatverdächtigen ausschließen.

»Nun, Inspector, das war nicht sehr ergiebig, oder?« Mae musterte ihn neugierig.

Er presste die Lippen zusammen und wirkte noch angespannter. »Nicht wirklich«, gab er zu. »Das ist aber nichts Ungewöhnliches. Polizeiarbeit ist die meiste Zeit öde und umständlich.«

Mae nickte verständnisvoll. »Ja, all diese amerikanischen Actionkrimis können einen ganz schön aufs Glatteis führen.«

»Actionkrimis? Für eine Frau Ihres Alters stecken Sie

voller Überraschungen, Mrs Pennywether«, meinte er schmunzelnd.

Mae warf ihm einen amüsierten Blick zu. »Verdammt, ja! Ich lag mal eine Woche lang im Schlamm, um mich vor feindlichen Stammeskriegern zu verstecken. Danach wurde ich von dem Stamm, bei dem ich mich zu der Zeit aufhielt, zum Ehrenmitglied ernannt. Als erste Frau, wohlgemerkt!«

»Dann stimmt es also, was ich über Sie gehört habe – dass Sie bei verschiedenen Naturvölkern gelebt haben?«, fragte Inspector O'Malley beeindruckt.

Mae nickte. »Ja, ich war bei einigen Natives zu Gast. Wissen Sie, ich hab Ethnologie studiert. Aber das ist ja alles nur Theorie. Wenn man dann tatsächlich im Dschungel ist und sich auf die wirklich wichtigen Dinge im Leben besinnen muss, rückt es einem den Kopf deutlich zurecht.« Sie sprach nicht oft über ihre Erfahrungen, einfach weil das Ganze zu komplex war, als dass man es in einer kurzen Unterhaltung abhandeln konnte. Darum wechselte sie das Thema. »Haben Sie sich denn hier schon eingelebt?«

»Na ja, soweit das in der Kürze der Zeit eben möglich ist. Und das Wohnmobil ist dabei nicht förderlich, wie Sie ja heute selbst mitbekommen haben. Außerdem ist es ziemlich eng da drinnen. Ich würde es inzwischen durchaus vorziehen, in einem richtigen Haus zu leben«, erzählte er. »Und ein klein wenig mehr Zeit nach meiner Ankunft, um zu verschnaufen, hätte mir auch gefallen. Ich konnte mich in Longford noch nicht mal richtig einarbeiten, da gab es schon den ersten Mord.«

»Wie ungünstig«, sagte Mae. »Das ist doch komisch: Anne hat ihre alte Heimat jahrzehntelang gemieden, und kaum kommt sie zurück, wird sie umgebracht. Das

103

Schicksal ist eine Hure.« Eine mit goldenem Herzen und einem sehr dreckigen Sinn für Humor, aber das führte Mae lieber nicht näher aus.

»Was hatten Sie eigentlich gegen sie?«, wollte der Inspector wissen.

Mae sah ihn erstaunt an. Seltsam, sie war davon ausgegangen, dass er die Geschichte inzwischen kannte. Schließlich wurde in Badger's Burrow und Umgebung doch überall geklatscht und getratscht. Da sollte er es lieber von ihr selbst erfahren.

»Wie sagt ihr jungen Leute heutzutage so salopp? Sie hat sich an meinen Kerl rangemacht und unsere Beziehung zerstört.«

Inspector O'Malley schwieg einen Moment, vermutlich überlegte er, ob sie nicht vielleicht doch Annes Mörderin war. »Wieso haben Sie mir das nicht gleich gesagt?«, fragte er schließlich.

»Na hören Sie mal!«, antwortete Mae empört. »Ich muss mich doch nicht selbst belasten. Und außerdem hab ich's Ihnen doch jetzt erzählt.«

Inspector O'Malley seufzte.

»Ich hab dann die Welt bereist und bin erst sehr viel später wieder nach Badger's Burrow zurückgekehrt«, fuhr Mae fort. »Anne verließ die Gegend ein paar Jahre nach mir und ist am Tag vor ihrem Mord zum ersten Mal wieder hergekommen, soweit ich weiß.«

»Gab es einen bestimmten Grund für ihr Fernbleiben?«, erkundigte sich Inspector O'Malley.

Mae überlegte, wie sie ihm am besten erzählen konnte, was damals geschehen war, ohne dass er sofort das Schlimmste vermuten würde.

»Nun?« Die Stimme des Inspectors riss sie aus ihren Gedankengängen.

»Anne war schon als Jugendliche sehr attraktiv, aber wegen ihrer scharfen Zunge gefürchtet«, sagte sie ausweichend. »Die Sache mit meinem Verlobten war nicht das Einzige, was sie sich leistete, um ihre Mitmenschen gegen sich aufzubringen. Sie war hier in der Gegend nicht sonderlich beliebt.«

Der Inspector schwieg, er schien sich aufs Fahren zu konzentrieren. Mae war sich nicht sicher, ob sie ihm von der Sache mit Clarissa erzählen sollte. Er kannte sie kaum und hatte Anne nicht erlebt. Am Ende würde er ein Motiv konstruieren, wo es keins gab. Ja, Clarissa hatte damals eine mächtige Wut auf Anne gehabt, und das aus berechtigten Gründen. Aber sie würde niemals jemandem etwas zuleide tun. Mae entschied sich, erst einmal nichts zu sagen.

Nachdem Inspector O'Malley Mae zu Hause abgesetzt hatte, überlegte sie, wie sie weiter vorgehen sollte. Da weder sie noch Clarissa – davon war Mae überzeugt – Anne ermordet hatten und es offenbar auch nicht der Exmann gewesen war, konnte es vielleicht jemand vom Fernsehsender sein, argwöhnte sie. Zum Glück hatte sie am nächsten Tag den Termin mit Mr Stroke, dem Chef, und würde sowieso nach Dublin fahren. Vielleicht konnte sie dann auch gleich mit Annes Kolleginnen und Kollegen sprechen.

Um ihre Gedanken zu ordnen, bereitete sie sich einen Chai zu. Die Gewürze des Tees wirkten beruhigend auf sie. Ein Whiskey hätte sicher einen ähnlichen Effekt gehabt, aber in ihrem Alter sollte sie langsam ein wenig zurückhaltender mit ihrem Alkoholkonsum sein. Selbst wenn es sich dabei um uisce beatha, das Wasser des Lebens, handelte.

Mit der Jumbotasse in der Hand ging sie ins Wohnzimmer hinüber und ließ sich in ihren Lieblingssessel sinken. Es war an der Zeit, erneut mit Ruby und Siobhan zu sprechen. Auch mit Fergal Thurnpike, obwohl sie das lieber vermieden hätte. Unter seiner Maske des gut gelaunten Charmeurs lauerte etwas, was Mae nicht gefiel. Er hatte etwas Schmieriges an sich. Seufzend lehnte sie sich in ihrem Sessel zurück und schlürfte den heißen Tee. Ob die Sendung künftig »Teatime with Fergal« heißen würde? Diese Frage würde sie hoffentlich am nächsten Tag klären.

Kapitel 7

»Wenn Sie Nähe suchen,
greifen Sie zum Tee!«
Libanesisches Sprichwort

Mae stöhnte. Anderthalb Stunden Autofahrt, und ihr tat alles weh. Dabei hatte es keinerlei Probleme gegeben. Erstaunlicherweise waren kaum Touristen unterwegs gewesen, die sonst immer den Verkehr aufhielten, weil sie sich an die Geschwindigkeitsbegrenzungen hielten. Nicht einmal Schafe hatten die wenigen Landstraßen, die Mae befahren musste, gekreuzt und so die Autos ausgebremst.

Sie hatte nun den Fernsehsender fast erreicht. Er befand sich in einem Gewerbegebiet südwestlich von Dublins City. Der typische Geruch von Großstadtabgasen drang zum Fenster herein, hier allerdings vermischt mit dem nach Meer. Mae fuhr etwas langsamer und schaute auf den Stadtplan, den sie neben sich auf dem Beifahrersitz liegen hatte. Er war genau so zurechtgefaltet, dass sie den

Ausschnitt sehen konnte, der das Gewerbegebiet zeigte. Rabia und Brandon behaupteten zwar immer, Navi-Geräte wären besser und sicherer während der Fahrt, aber Mae konnte sich mit all dem neumodischen Technikkram nicht wirklich anfreunden. Ihrer Meinung nach verlernte man damit auf Dauer das selbstständige Denken.

»Die Nächste links und dann sofort nach rechts«, murmelte sie und befolgte ihre eigenen Anweisungen, während sie auf dem Autositz herumrutschte, weil ihr ein schmerzender Nerv in einer der Hinterbacken Probleme bereitete. Erleichtert setzte sie den Blinker und bog auf den Parkplatz des Senders ein.

Nach dem Aussteigen dehnte und streckte sie sich erst einmal ausgiebig. Dann warf sie einen prüfenden Blick auf ihre Kleidung: Cowboystiefel, Jeans und Softshell-jacke. Vielleicht hätte sie sich doch ein wenig mehr zurechtmachen sollen. Andererseits – sie war schließlich nicht zu einem Casting hier.

Sie sperrte ihr Auto ab, ging zum Sender hinüber und betrat die Empfangshalle. Kühles Grau und Chrom empfing sie. Alles war so glänzend, dass sie im ersten Moment Schwierigkeiten hatte, sich zurechtzufinden. Dann entdeckte sie einen Tresen, hinter dem sie einen ersten Farb-klecks ausmachte: das rote Halstuch einer jungen Frau, die ansonsten ein schwarzes Kostüm und eine weiße Bluse trug. Mae ging zu ihr.

»Herzlich willkommen bei Ireland Channel!«, sagte die junge Frau und lächelte breit. Sie hatte eine Lücke zwischen den oberen Schneidezähnen, die ihr etwas unglaublich Sympathisches verlieh. »Mein Name ist Elise. Was kann ich für Sie tun?«

»Hallo, ich bin Mae Pennywether. Ich habe einen Termin mit Mr Stroke, aber ich bin zu früh. Sind Ms Keegan oder

Ms Mowbray im Haus? Ich hätte gern mit einer der beiden gesprochen, wenn es sich einrichten ließe.«

Bevor sie von zu Hause aufgebrochen war, hatte sie beim Sender angerufen und gefragt, ob Ruby, Siobhan und Fergal Thurnpike im Haus waren. Man hatte ihr erklärt, dass alle drei da seien, doch natürlich könne es sein, dass sie keine Zeit für sie hatten, zum Beispiel wegen einer Besprechung. Das hatte Mae riskiert. Wenn sie immer Wert auf Sicherheit gelegt hätte, wäre sie Sachbearbeiterin in einem Büro geworden.

»Da müsste ich erst nachsehen«, sagte Elise vage.

»Ich bin extra aus Badger's Burrow hergekommen«, fügte Mae vorsichtshalber hinzu. »Wegen meines Interviews für Teatime.«

Die Augen der jungen Frau rundeten sich. »Oh!« Sie griff zum Telefon und wählte eine Nummer. »Hallo, Elise vom Empfang hier. Da möchte jemand aus Badger's Burrow mit Ihnen sprechen.« Sie lauschte. »Ich verstehe. Einen schönen Tag noch!« Dann legte sie auf. »Sie werden abgeholt«, sagte sie zu Mae und deutete auf eine Sitzecke aus schwarzem Leder und Chrom. »Nehmen Sie doch so lange Platz!«

»Nein danke«, erwiderte Mae, die das lange Sitzen im Auto noch nicht überwunden hatte. »Wenn es Sie nicht allzu sehr stört, würde ich lieber stehen und gegebenenfalls ein wenig herumlaufen.«

Elise lächelte. »Aber nein, nur zu, wenn Sie sich dann wohlfühlen.«

»Mae, was für eine Überraschung! Als Elise mir sagte, es sei jemand aus Badger's Burrow da und wolle mich sprechen, dachte ich im ersten Moment, es müsse sich um den leitenden Ermittler der Garda handeln«, erklärte Ruby und schüttelte Mae die Hand. »Ich freue mich, dass Sie statt-dessen hergekommen sind.« Sie hatte sich offenbar von dem Schreck erholt, den Annes Tod ihr verursacht hatte, denn sie wirkte gut gelaunt und keineswegs grüblerisch oder deprimiert. »Kommen Sie, wir gehen in mein Büro! Sie haben doch etwas Zeit, um eine Tasse Tee mit mir zu trinken?«

»Natürlich, ich bin extra früher hergekommen, um mit Ihnen und Siobhan zu sprechen.«

»Wunderbar!«, sagte Ruby. »Dann werde ich gleich Siobhan Bescheid geben, dass Sie da sind. Vielleicht kann sie es einrichten und kurz vorbeischauen.« Sie tippte eine Nachricht auf ihrem Smartphone und deutete dann auf eine Tür. »Ist es in Ordnung, wenn wir laufen, oder möch-ten Sie mit dem Fahrstuhl fahren? Wir müssen nur in den ersten Stock.«

Mae grinste. »Wir können gern zu Fuß gehen. Ich hab ewig im Auto gesessen. Und so alt bin ich ja nun auch wie-der nicht.«

Betreten schaute Ruby sie an. »Ich wollte nicht ...«

»Schon gut«, unterbrach Mae sie. »Alles in Ordnung.«

Ruby öffnete die Tür und sie betraten ein Treppenhaus. »Sie sagten vorhin, Sie seien früher gekommen. Haben Sie einen Termin hier im Haus?«, wollte Ruby wissen, während sie die Stufen hinaufstiegen.

»Ja, ich habe noch ein Gespräch mit Mr Stroke.«

Sie erreichten den ersten Stock und bogen in einen Gang mit dunkelblauer Auslegware ein. An den Wänden hingen Plakate diverser Fernsehproduktionen des Senders.

Vor der letzten Tür des Gangs blieb Ruby stehen. »Wir sind da«, sagte sie und öffnete die Tür.

Das Zimmer war nicht sonderlich groß, bot aber Platz für einen Schrank, einen Schreibtisch mit Sessel und ein kleines Tischchen mit drei schmalen Stühlen. »Bitte setzen Sie sich doch! Ich bereite nur schnell den Tee zu.« Ruby ging zum Schrank hinüber, in dem sich eine Kapselmaschine, ein Wasserkocher und Geschirr verbargen. »Ich hoffe, Sie haben nichts dagegen, dass der Tee ausnahmsweise aus Beuteln kommt. Hier im Büro ist das einfach praktischer.«

»Ich finde es wahrlich beruhigend, dass Sie wissen, dass man vernünftigen Tee nicht auf diese Weise zubereitet«, erwiderte Mae und zwinkerte ihr zu. »Aber für den Moment ist es in Ordnung«, versicherte sie.

Während Ruby mit dem Wasserkocher und dem Geschirr hantierte, beobachtete Mae sie aufmerksam. Noch vor ein paar Tagen hätte sie ihr nicht einmal Falschparken zugetraut. Aber nun, mit etwas Abstand, überlegte sie doch, ob Ruby vielleicht Anne die Lebenslichter ausgeblasen hatte. Ruby schien kein aggressiver Mensch zu sein, also wäre Gift für sie ideal. Nicht ohne Grund hieß es, diese Art zu töten würde von Frauen bevorzugt: Es war keine größere Körperkraft nötig, keine Brutalität, und man musste nicht Zeuge des Todes sein. Das Opfer konnte allein für sich sterben, und man wurde nicht mit dem unschönen Dahinscheiden konfrontiert. Obwohl Mae die junge Frau am liebsten mit Fragen gelöchert hätte, hielt sie sich zurück.

Ruby stellte zwei Tassen, Zucker und Milch auf ein Tablett und brachte alles an den kleinen Tisch. Dann setzte sie sich Mae gegenüber.

»Wollen Sie mit Mr Stroke über Ihr Interview sprechen?«

Mae nickte. »Ja, ich würde gern wissen, ob es nach Annes Tod überhaupt noch stattfinden wird, und falls ja, wann ungefähr.« Prüfend musterte sie Ruby.

»Das verstehe ich«, sagte Ruby zögernd. »Uns alle hier hat der Mord an Anne sehr schockiert. Erst heute Morgen hieß es noch – und das bleibt bitte unter uns –, dass man abwarten wolle, was die Ermittlungen der Garda ergeben, ehe man sich mit der Frage beschäftigt, wie es mit der Sendung weitergeht.« Sie sah nicht glücklich aus.

Mae wunderte das nicht. Sie wusste nicht gut Bescheid über die Fernsehbranche, aber sie vermutete, dass Ruby arbeitslos werden würde, wenn die Sendung abgesetzt wurde. War das vorauszusehen gewesen? Dann hätte sie sich mit dem Mord an Anne selbst geschadet. Andererseits – weshalb sollte man ein gut laufendes, über die Maßen beliebtes Fernsehmagazin absetzen? Eigentlich gab es doch nichts, was gegen eine Fortführung sprach, außer Pietätsgründe vielleicht.

Ein leises Klopfen unterbrach Maes Gedanken. Dann öffnete sich die Tür, und Siobhan kam herein. Sie stellte sich hinter Ruby, legte ihr die linke Hand auf die Schulter und lächelte Mae an.

»Mae, was für eine schöne Überraschung! Was treibt Sie in die große Stadt?«

Mae fiel auf, dass Ruby Siobhans Hand auf ihrer Schulter kurz berührte, dann aber ihre eigene Hand zurückzog, als hätte sie etwas Verbotenes getan. »Ich habe einen Termin mit Mr Stroke«, erklärte sie. »Und vorher wollte ich noch bei Ihnen beiden nach dem Rechten sehen. Ich bin ein bisschen beunruhigt wegen des Mordes.«

Das war nicht einmal gelogen, Mae war besorgt. Wegen Clarissa, wegen Ruby und Siobhan und nicht zuletzt wegen sich selbst. Sie wollte sich nicht darauf verlassen, dass die Garda sie und Clarissa für unschuldig hielt. Wenn dieser Inspector O'Malley doch wieder auf die Idee kam, sie wäre eine gute Täterin, fand sie sich vermutlich rascher in einer Zelle wieder, als sie »unschuldig« buchstabieren konnte.

»Das ist sehr nett von Ihnen, Mae«, sagte Siobhan. »Aber ich hoffe, dass es keinen Grund zur Beunruhigung gibt.« Sie warf einen Blick erst in Maes, dann in Rubys Tasse. »Noch einen Tee?«

»Nein danke«, antwortete Mae.

Ruby dagegen lächelte sie an. »Für mich gern.«

Und so ging Siobhan, Rubys Tasse in der Hand, an den Schrank und bereitete Tee zu. Kurz darauf kehrte sie mit zwei vollen Tassen an den Tisch zurück und stellte sie ab. Während sie sich setzte, entfernte Ruby die Teebeutel. Dann gab sie Zucker in die Tassen, in die eine drei, in die andere zwei Löffel, und etwas Milch in die zweite. Sie rührte beide um und schob die Tasse mit der Milch Siobhan zu. Mae hatte das Gefühl, einem alten Ehepaar zuzusehen. Sie schmunzelte über diesen Gedanken und konzentrierte sich wieder auf den ursprünglichen Grund ihres Kommens.

»Ruby, Siobhan, um ehrlich zu sein, hätte ich noch ein paar Fragen an Sie«, begann sie.

Die beiden Frauen sahen sie alarmiert an, ganz so, als hätten sie etwas zu verbergen. Dann senkte Ruby den Kopf und ihre Hände umschlossen die Teetasse. Es schien fast, als suche sie Halt.

»Und was für Fragen wären das?«, wollte Siobhan wissen.

Mae musterte sie aufmerksam. »Ach, vermutlich möchte ich mich nur selbst beruhigen«, behauptete sie. »Ich bin einfach ziemlich schockiert, dass Anne ausgerechnet in unserer Gegend ermordet wurde, wo sonst kaum etwas passiert. Wie standen Sie eigentlich zu ihr?«

»Sie konnte die Menschen für sich und die Sendung begeistern. Und wenn sie wollte, konnte sie die Leute für sich einnehmen.«

»Und Sie wollte Anne nicht für sich einnehmen?«, fragte Mae nach. Sie hatte den Unterton ganz genau herausgehört – und wie Siobhan das Ganze formuliert hatte, sagte auch viel aus.

»Wir waren selten einer Meinung«, gestand Siobhan freimütig und trank einen Schluck Tee. »Sie war nicht gerade kompromissbereit.«

Interessant, also war Siobhan kein Fan von Anne gewesen. Aber machte sie das gleich zu einer Mörderin? Hatte sie einen Grund, ihre Chefin zu töten?

»Dennoch hielt sie große Stücke auf dich«, warf Ruby ein. Nervös sah sie zwischen Mae und Siobhan hin und her. »Sie dürfen nicht denken, dass Siobhan und Anne ständig gestritten haben, Mae!«

»Wenn du nicht immer wieder vermittelt hättest, hätte ich den Job vermutlich hingeschmissen. An Anne hat's auf jeden Fall nicht gelegen, dass ich geblieben bin.«

»Also hatten Sie das bessere Verhältnis zu Anne, Ruby?«, fragte Mae.

Ruby sah sie fast ein wenig vorwurfsvoll an. »Anne war nicht nur eine böse Hexe, die allen das Leben schwer machte. Sie hatte auch ihre guten Seiten, und wenn man sie zu nehmen wusste, konnte sie eine sehr unterhaltsame Person sein. Mich hat sie immer unterstützt und gefördert.« Sie blinzelte, und ihre Augen glänzten ein wenig. Offenbar hatte sie echte Zuneigung für Anne empfunden, zumindest aber Bewunderung – ob verdient oder nicht, blieb dahingestellt.

Zum ersten Mal kam Mae der Gedanke, dass sie Anne vielleicht all die Jahre lang dämonisiert hatte. Kein Mensch war nur gut oder nur schlecht. Nicht einmal so ein Biest wie Anne Cleary.

»Du hast eine viel zu hohe Meinung von ihr«, sagte Siobhan schroff. »Nur weil sie deinen Wechsel von der Kindersendung zu ›Teatime with Annie‹ befürwortet hat, war sie keine Wohltäterin.«

Ruby lächelte sanft. »Und du bist ... warst zu streng mit ihr.«

»Wie war das denn mit den anderen Leuten hier im Sender? Kam Anne gut mit ihnen aus? War sie beliebt?«, mischte Mae sich ein.

»Das war unterschiedlich«, antwortete Siobhan. »Mit manchen kam sie besser aus als mit anderen. Aber sie war ein Profi. Sobald die Kameras eingeschaltet wurden, war sie ganz Entertainerin. Das Publikum hat sie geliebt.«

Ruby nickte. »Absolut!«

So kam Mae nicht weiter. Sie musste etwas anderes versuchen.

»Ja, ihr Tod ist wirklich eine Tragödie! Und dass es ausgerechnet dann geschehen musste, als Anne zum ersten Mal seit Jahrzehnten wieder in ihre alte Heimat zurückkehrte.«

Ruby sah sie verwirrt an. »Sie stammte aus der Gegend? Das wusste ich gar nicht.«

»Ja, sogar direkt aus Ballymahon«, erklärte Mae. »Sie hat also nie darüber gesprochen? Hat sie vielleicht mal Familienangehörige erwähnt, frühere Freunde oder Feinde?«

»Nein, überhaupt nicht.«

»Dann ist Ihnen beiden in den Tagen vor der Abfahrt nach Ballymahon nichts Ungewöhnliches aufgefallen? Anne hatte keine Angst oder war vielleicht wütend oder beunruhigt?«, forschte Mae weiter.

»Absolut nicht, alles war wie immer. Sie hat jeden hier im Haus auf Trab gehalten, sich mit der nächsten Sendung beschäftigt. Es war alles wie sonst«, sagte Ruby, und Siobhan nickte zustimmend.

Beide musterten Mae nachdenklich. Die sah auf die Uhr. Es wurde langsam Zeit für ihren Termin mit Mr Stroke. Also schob sie ihre Tasse von sich und erhob sich.

»Ich lass Sie beide jetzt besser in Ruhe, damit Sie sich wieder an die Arbeit machen können. Ist Mr Thurnpike im Haus? Ich könnte vor meiner Besprechung mit Ihrem Chef noch kurz Hallo sagen gehen.«

»Er ist den ganzen Tag in irgendwelchen Meetings, soweit ich weiß. Aber wir können bei ihm anrufen«, schlug Ruby vor.

»Ja, das wäre wirklich freundlich, wenn ich nun schon mal hier bin«, entgegnete Mae.

Ruby ging an ihren Schreibtisch und wählte von ihrem Telefonapparat aus eine Nummer.

Siobhan wandte sich an Mae: »Nutzen Sie die Gelegenheit später noch zu einem kleinen Stadtbummel durch unser schönes Dublin?«

Mae schüttelte den Kopf. »Nein, nach meinem Termin mit Ihrem Chef werde ich gleich wieder zurückfahren. Ich liebe mein beschauliches Leben auf dem Lande und bin überhaupt nicht mehr gern in der großen Stadt. Dank Internetshopping ist das auch gar nicht nötig«, erklärte sie.

Siobhan lachte. »Sie sind also ziemlich modern.«

»Nicht wirklich. In meinem Alter brauch ich nicht mehr so viel, aber Internetshopping ist für Einkaufsmuffel wie mich ein Segen: suchen, was man braucht, kaufen und zahlen per Klick, und an die Haustür geliefert kriegt man es obendrein«, gab Mae augenzwinkernd zur Antwort.

Ruby legte den Hörer auf. »Fergal befindet sich gerade bei einem Geschäftsessen, und danach ist er für den Rest des Tages außer Haus. Tut mir leid, Mae, aber ich fürchte, wenn Sie persönlich mit ihm sprechen wollen, müssen Sie noch einmal herkommen.«

Mae winkte ab. »Ach, so wichtig ist das nun wirklich nicht«, behauptete sie. Obwohl sie einerseits froh war, nicht mit Fergal Thurnpike sprechen zu müssen, ärgerte sie sich andererseits auch ein wenig darüber, dass es nicht klappte und sie ihm keine Fragen von Angesicht zu Angesicht stellen konnte. Nun würde sie weiter versuchen müssen, ihn anzurufen. Sie reichte Ruby die Hand. »Vielen Dank für den Tee und für Ihre Zeit!«

»Keine Ursache, Mae!«

»Ich bringe Sie noch nach oben zu Mr Stroke«, sagte Siobhan zu Mae, und dann zu Ruby: »Ich bin gleich wieder bei dir.«

Auf der Heimfahrt ließ Mae ihren Besuch Revue passieren. Sie hatte wieder keine eindeutige Spur gefunden, keinen Hinweis darauf, wer Anne hätte umbringen wollen, und auch ihre Unterhaltung mit dem Chef des Senders hatte sich als nutzlos erwiesen. Sie hatten ein paar Höflichkeiten ausgetauscht, einige allgemeine Dinge besprochen, und dann war sie mit dem Versprechen, man würde sich wegen des Interviews bald mit ihr in Verbindung setzen, hinaus-komplimentiert worden.

Sie musste tiefer graben und vielleicht sogar akzeptieren, dass es nicht unbedingt eine schnelle Lösung gab oder ein Mörder manchmal auch davonkam. Am Morgen war sie noch so überzeugt davon gewesen, eine brauch-bare Spur zu finden, ein Motiv oder einen dringend Tatver-dächtigen. Nun musste sie offenbar wieder umdenken. Sie überlegte, ob nicht doch jemand aus Annes Vergangenheit nur darauf gewartet hatte, dass sie zurückkehrte, um ihr dann etwas anzutun. Und nun hatte er seine Chance genutzt. Die Pension war ja immer unverschlossen. Selbst wenn der Tearoom nicht geöffnet hatte, war die Hintertür offen. Das wusste jeder in der Gegend.

Mae schnaubte verächtlich, und weil sie allein in ihrem Wagen saß, erlaubte sie sich, laut zu sprechen: »Pah, in Annes Fall wäre es mir gar nicht mal unrecht, wenn der Täter davonkommt. Ich halte sie immer noch für ein Biest.« Trotzdem würde sie noch einmal mit ein paar Leuten reden – darüber, ob sie etwas Verdächtiges bemerkt hatten, als Anne und ihre Kollegen in Ballymahon und Badger's Burrow gewesen waren. Außerdem konnte es nicht schaden, sich noch einmal in Internet-Fan-Foren umzusehen und zu überprüfen, ob es da jemanden gab, der irgendwie auffällig war, entweder, weil er Anne zu sehr gemocht oder sie gehasst hatte. Anne wäre nicht die erste Prominente, die verrückte Fans oder Feinde hatte. Vielleicht hatte sie ein Stalker verfolgt und ihren Abgang von der Bühne des Lebens beschleunigt. Wenn Mae so darüber nachdachte, hatte sie in der Tat noch einige Gespräche zu führen, und ganz sicher warteten einige Spuren darauf, von ihr entdeckt und verfolgt zu werden.

Kapitel 8

Der Regen suchte Irland als feines Sprühen heim. Das war nichts Ungewöhnliches für die Insel. Es erinnerte Mae an ihre Kindheit, als sie sich am Mittwochvormittag zu Fuß auf den Weg durch das Dorf und dann über die Felder von Farmer Mahoney zum Tae agus Ceapaire machte. Am Vortag hatte Fergal Thurnpike sie noch angerufen und sich mit ihr in Clarissas Tearoom verabredet. Er habe es sehr bedauert, dass sie ihn nicht im Sender angetroffen hatte, denn auch er wollte persönlich mit ihr sprechen. Mae hatte versucht, ihn zu einem Glas O'Mulligan's Whiskey im Pub zu überreden, doch er hatte auf dem Tearoom beharrt. Dabei hatte er sich bei seinem ersten Besuch so abfällig darüber geäußert. Mae hatte sich gewundert, doch dann hatte sie sich gesagt, dass sie ihn im Grunde zu wenig kannte. Vielleicht war er einfach ein gewohnheitsmäßiger Nörgler, der stets und immer Grund für Beschwerden fand. Sie hatte keine große Lust, sich mit ihm auseinanderzusetzen, aber seit dem Mord an Anne hatte sie noch nicht ausführlich mit ihm reden können. Das konnte sie nun nachholen, so hatte das Ganze auch eine positive Seite.

Sie hob den Kopf und sah über dem Lough Ree in der Ferne die Sonne scheinen. Das Aufeinandertreffen der unterschiedlichen Wetterfronten ließ einen wundervollen Regenbogen entstehen, der direkt über dem See schwebte. Sicherlich war das ein gutes Omen für ihre Unterhaltung mit Fergal Thurnpike.

Mae betrat den Tearoom und schüttelte sich dezent die Tropfen von der Wachsjacke. Das Teil stammte aus dem Kleiderschrank ihres verstorbenen Mannes, und sie liebte es heiß und innig. Sie wischte sich mit der Handfläche über das Gesicht und hielt Ausschau nach Fergal Thurnpike. Tatsächlich entdeckte sie ihn an einem runden Zweipersonentisch direkt neben der Tür zur Toilette. Er schien auf sie gewartet zu haben und winkte sie zu sich. Nur kurz zögerte sie, dann hängte sie ihre Jacke an die Garderobe und ging zu ihm. Im Vorbeigehen begrüßte sie Clarissa, die gerade im Gespräch mit einem Gast war, mit einem Kopfnicken.

Fergal Thurnpike erhob sich und schüttelte ihr die Hand. »Hallo Mrs Pennywether, schön, dass Sie es einrichten konnten!«

»Natürlich, Mr Thurnpike. Immerhin sagten Sie gestern, wir hätten etwas wegen des Interviews zu besprechen.« Mae nahm Platz. Dass sie ihn noch mal wegen seiner Beziehung zu Anne und der Umstände ihres Todes befragen wollte, verschwieg sie geflissentlich.

Fergal Thurnpike schob seinen Teller, auf dem nur noch ein paar Krümel lagen, beiseite und faltete die Hände auf der Tischplatte. Er beugte sich ein wenig vor.

»In der Tat, ich habe interessante Neuigkeiten«, verkündete er.

»Ach ja?« Ein wenig zerstreut schaute Mae sich nach Clarissa um. Sie wollte gern etwas bestellen.

Clarissa nickte ihr zu und kassierte einen Gast ab.

»Inwiefern interessant für mich?«, fragte Mae nun und musterte Fergal Thurnpike aufmerksam. »Hat sich nach meinem Besuch bei Mr Stroke so schnell etwas Neues ergeben? Er konnte mir nämlich gestern noch nichts Verbindliches mitteilen.«

In diesem Moment kam Clarissa zu ihnen an den Tisch. Ihre Miene war ungewöhnlich ablehnend, doch als sie Mae ansah, lächelte sie.

»Hallo Mae, schön, dass es dich bei dem Wetter hergetrieben hat.«

Mae winkte ab. »Die Luft ist angenehm, und nachher kommt bestimmt die Sonne wieder raus.«

»Wahre Worte«, stimmte Clarissa ihr zu. »Was darf ich dir bringen?«

Mae drehte sich zur Theke um und musterte die Auslagen. »Ist das dort ein Schokoladenkuchen?«

»Schokoladenwhiskeykuchen«, bestätigte Clarissa. »Hab rund eine viertel Flasche darin versenkt.«

Mae sah sie vorwurfsvoll an.

Clarissa hob entschuldigend die Hand. »Ich weiß, du bist Puristin, aber darauf kann ich meinen anderen Gästen zuliebe keine Rücksicht nehmen. Ich serviere dir gern ein Schälchen Mehl, wenn dir das lieber ist.«

Mae lachte. »Dann probiere ich doch lieber ein Stück von dem Kuchen. Und bring mir bitte einen Schwarztee!«

121

»Möchtest du einen aus dem Samowar?«

»Du hast einen Samowar? Seit wann denn das?«, fragte Mae aufgeregt.

Fergal Thurnpike räusperte sich. Oh! Mae war so aus dem Häuschen gewesen, dass sie ihn für einen Moment vergessen hatte. Nun rutschte er unruhig auf seinem Stuhl hin und her. Und so gern Mae weiter mit Clarissa gefachsimpelt hätte, sie wollte ihn nicht länger warten lassen. Auch die Geduld eines Iren war nicht endlos.

»Ja, bring mir doch bitte eine Tasse Tarry Souchong«, sagte sie zu Clarissa.

»Sehr gern«, antwortete die und wandte sich dann bedeutend weniger freundlich an Fergal Thurnpike. »Für Sie auch einen?«

Er hob abwehrend die Hände und schüttelte den Kopf.

»Darf ich Ihnen sonst noch was bringen?«

»Ein Stück von der Lauchquiche und einen Espresso, bitte«, bestellte er.

»Natürlich, kommt sofort.« Clarissa drehte sich zu Mae und rollte die Augen.

Mae verkniff sich ein Lachen. Als Clarissa hinter der Theke verschwand, schenkte sie Fergal Thurnpike wieder ihre gesamte Aufmerksamkeit: »Sie wollten mich über die Neuigkeiten ins Bild setzen.«

Fergal Thurnpike lehnte sich zurück. Er wirkte erhitzt, aber im Tearoom war es auch ein wenig warm.

»Nachdem gestern beschlossen wurde, die Show fortzusetzen, hat man sich noch darauf geeinigt, die nächste Aufzeichnung wie geplant ablaufen zu lassen, nur eben ohne Anne. Außerdem wurde entschieden, dass man Sie für die erste Sendung mit Annes Nachfolger haben möchte. Ich soll das mit Ihnen abklären. Wären Sie denn bereit, einen neuen Anlauf zu nehmen?«

Mae überlegte kurz und wägte die Folgen einer Absage des Interviews gegen die einer Zusage ab. Egal wie sie sich entschied, es gab einen Pferdefuß. Sie selbst hatte eigentlich keine Lust darauf. Doch ihr Verlag hielt es für sehr wichtig, und sie wollte dort niemanden vor den Kopf stoßen.

»Vielleicht erzählen Sie mir zunächst, wie das neue Konzept der Sendung aussehen wird.«

»Natürlich.« Fergal Thurnpike schenkte ihr sein weißes Zahnpastalächeln.

In diesem Moment trat Clarissa, beladen mit einem Tablett, an ihren Tisch. »Vorsicht!« Sie stellte das Tablett ab und servierte. »Guten Appetit!«

»Danke dir«, sagte Mae und wartete, bis Clarissa gegangen war. Dann trank sie vorsichtig von dem rauchig schmeckenden Tee und genoss die Wärme, die sich in ihrem Innern ausbreitete. »Köstlich!«

Sie sah zu Fergal Thurnpike hinüber und bemerkte erstaunt, dass er bereits die halbe Quiche verputzt hatte. Offenbar hatte er wirklich großen Hunger. Eben griff er nach dem zierlichen Espressotässchen und stürzte das Getränk in einem Zug hinunter. Er nahm seine Serviette, tupfte sich den Mund ab und wischte sich schließlich noch die Finger ab, obwohl er das Besteck benutzt hatte.

»Um auf die Sendung zurückzukommen: Im Groben wird sich nichts ändern, außer dass Anne kein Teil mehr davon sein wird.«

»Nun, Mr Thurnpike, dann verstehe ich den Sinn dieses Treffens nicht«, wandte Mae ein. »Das alles hätten Sie mir doch auch am Telefon mitteilen können.«

»Mr Stroke wollte in erster Linie, dass ich mich noch einmal im Tearoom und in der Umgebung umsehe. Ihm schweben ein paar Ideen im Kopf herum, die er abgeklärt haben möchte.« Fergal Thurnpike lächelte kurz, auf einmal wirkte er blass. »Und ich dachte mir, ein persönliches Gespräch ist doch viel netter als ein Telefonat.« Nun war er wieder rot im Gesicht und schwitzte.

»Geht es Ihnen gut, Mr Thurnpike?«, fragte Mae besorgt.

Fergal Thurnpike begann zu röcheln. »Ich hab wohl irgendetwas nicht vertragen«, brachte er schließlich heraus und rieb sich über die Augen. »Ich sehe alles völlig verschwommen.« Er hielt sich am Tisch fest und versuchte aufzustehen. Dann brach er zusammen und fiel zu Boden, wobei er die weiße Spitzentischdecke samt Geschirr und Besteck mit sich riss.

Mae sprang auf und war mit zwei Schritten bei ihm. Sie bückte sich und fühlte seinen Puls.

»Einen Krankenwagen! Schnell!«, rief sie und sah auf. Erst jetzt bemerkte sie, dass Clarissa neben ihr stand und auf sie und Fergal Thurnpike herunterstarrte.

Einen Moment lang war Clarissa wie versteinert. Dann eilte sie zum Telefon neben der Kasse. Mae beugte sich erneut über Fergal Thurnpike, der sich wand, schwitzte und würgte. Um sich herum nahm Mae Bewegungen wahr, Stimmen, das Rücken von Stühlen, doch das war jetzt nicht wichtig. Wann kam denn nur der Notarzt? Mae sah zu Clarissa hinüber, die erstaunlich ruhig wirkte, während sie telefonierte.

Erfreulicherweise hatte Mae sich nicht zu den anderen Tearoom-Gästen gesellen müssen, die man in den hinteren Teil des Gastraums gebeten hatte, nachdem die Garda, allen voran Inspector O'Malley, eingetroffen war. Neben dem Tisch, an dem sie mit Fergal Thurnpike gesessen hatte, waren zwei Beamte der Spurensicherung zugange. Sie untersuchten das Besteck und das Geschirr, das noch immer auf dem Boden lag. Allerdings hatten die Sanitäter, die Fergal Thurnpike versorgt und dann mitgenommen hatten, es zuvor beiseitegeschoben.

Clarissa stand zusammen mit Mae in der Nähe des Eingangs und flüsterte mit ihr. »Ich wusste, dass dieser Kerl nur Ärger bringt! In dem Moment, als er das erste Mal zur Tür hereinkam, sagte mir mein Gefühl, dass es nicht gut ausgehen wird mit ihm«, zeterte sie.

»Ich nehme an, du sprichst von Fergal Thurnpike und nicht vom Inspector«, meinte Mae ruhig und tätschelte Clarissas Unterarm.

Clarissa schnaubte. »Wenn du so fragst: beide! Die Sache hier wird mich ruinieren, du wirst sehen! Wer kommt denn jetzt noch her, nachdem schon die zweite Person innerhalb weniger Tage vergiftet wurde?«, klagte sie.

Mae griff die Hände ihrer Freundin und drückte sie ermutigend. »Also erstens: Fergal Thurnpike lebt noch, und ob es Gift war, steht bisher gar nicht fest.«

»Ja, aber du hast doch gehört, was der Notarzt gesagt hat«, warf Clarissa ein.

»Und zweitens«, fuhr Mae unbeirrt fort, »du hast schon Schlimmeres durchgestanden, nicht wahr?«

Bevor Clarissa etwas erwidern konnte, trat Inspector O'Malley zu ihnen.

»Dia dhuit«, grüßte er und zog sein Smartphone aus der Manteltasche. Dann musterte er Mae mit hochgezogenen Augenbrauen. »Wie kommt es eigentlich, dass Sie ständig in der Nähe sind, wenn es um Leib und Leben geht?« Er klang übel gelaunt.

»Bestimmt haben Sie Ihren Beruf auch nicht gewählt,

weil Mord Sie langweilt, also will ich Ihnen gratulieren, Inspector. Es ist immer schön zu erleben, wie jemand seiner Leidenschaft nachgeht«, konterte Mae.

Inspector O'Malley antwortete nicht. Seine Daumen flogen über den Touchscreen. Obwohl Mae sich bemühte, etwas zu erkennen, gelang es ihr nicht.

»Was machen Sie eigentlich, wenn Ihnen das Ding eines Tages abhandenkommt?«, fragte sie. »Da sind doch Ihre gesamten Notizen drin.«

»Hm«, machte er. »Ist alles in der Cloud.« Als Mae nichts darauf sagte, schaute er auf. »Ich speichere es, und zeitgleich wird es auf meinen Computer übertragen. So geht nichts verloren, und ich muss nicht alles noch mal mühsam abtippen.« Er sah von Mae zu Clarissa. »Dann erzählen Sie mal, Mrs Nelson: Was ist geschehen?«

»Mr Thurnpike war gegen halb zehn hier, bestellte sich Tee und Lauchquiche und schien auf jemanden zu warten. Etwa dreißig Minuten später kam Mae, also Mrs Pennywether, und setzte sich zu ihm.«

»Wir waren verabredet«, warf Mae ein.

Inspector O'Malley hob die Hand. »Zu Ihnen komme ich gleich, jetzt befrage ich Mrs Nelson.« Er nickte ihr auffordernd zu.

»Die beiden haben bestellt, Mr Thurnpike noch eine Quiche und einen Espresso. Ich hab die Order an den Tisch gebracht und mich anderen Gästen gewidmet. Das Nächste, was ich mitbekommen habe, war, dass er röchelnd und zappelnd wie ein Fisch an Land auf dem Boden lag. Ich hab den Krankenwagen gerufen, und der Notarzt meinte, es sieht nach einer Vergiftung aus, also hat er Sie informiert.«

»In Ordnung.« Der Inspector blickte von seinem Smartphone hoch. »Ist Ihnen sonst noch irgendetwas aufgefallen? Ist Mr Thurnpike mal aufgestanden und hat seinen Tee und die Quiche unbeobachtet stehen lassen?«

Clarissa schüttelte den Kopf. »Nein. Er war auf der Toilette, aber das war, bevor ich ihm seine Bestellung gebracht habe.«

»Hat er mit jemandem geredet – abgesehen von Mrs Pennywether? Hätte er auf der Toilette vielleicht mit jemandem sprechen können?«

Wieder schüttelte Clarissa den Kopf. »Die Toilette ist nur für eine Person ausgelegt. Wenn jemand drin ist, muss der Nächste davor warten«, erklärte sie. »Niemand könnte sich darin aufgehalten haben, um Mr Thurnpike zu vergiften.«

»Und in der Zeit, als er weg war, ist da jemand an seinem Tisch gewesen?«, wollte der Inspector wissen.

»Nicht dass ich wüsste. Aber ich hatte auch andere Gäste und war beschäftigt.«

Mae konnte sich nicht helfen, sie hatte plötzlich ein sehr, sehr ungutes Gefühl. Sie sah zwischen Inspector O'Malley und Clarissa hin und her.

»Sie haben also niemanden gesehen, der die Gelegenheit genutzt haben könnte, um etwas zurückzulassen?«, fragte der Inspector noch einmal.

Nun schien es auch Clarissa zu viel zu werden. »Was sollte das gewesen sein?«, schnaubte sie. »Ich habe nichts Auffälliges bemerkt. Er hat lediglich seinen Tee mit Zucker versaut. In jede Tasse hat er mindestens drei Löffel gegeben.«

Inspector O'Malley seufzte. »Also gut, und gegessen hat er nur die Lauchquiche, richtig? Ist davon noch was da?«

Clarissa nickte und deutete auf die Vitrine.

»MacKenzie!«, rief Inspector O'Malley.

Ein Polizist in Uniform kam herbei. »Ja, Sir?«

Der Inspector zeigte ebenfalls auf die Vitrine. »Das alles fotografieren und dann die Quiche fein säuberlich fürs Labor eintüten.« Noch einmal wandte er sich an Clarissa: »Sie werden den Tearoom ab sofort bis auf Weiteres schließen.«

Erschrocken riss Clarissa die Augen auf. »Aber warum?«

»Weil in Ihrem Haus nun schon zum zweiten Mal innerhalb weniger Tage ein Verbrechen begangen wurde.«

Clarissas Lippen bewegten sich, als wollte sie noch etwas sagen, doch dann siegte offenbar die Vernunft, und sie nickte.

Inspector O'Malley entspannte sich merklich, er hatte wohl mit mehr Widerstand gerechnet. »Vielen Dank, Mrs Nelson, das war alles für den Moment! Ich würde jetzt gern mit Mrs Pennywether sprechen.«

Clarissa verschränkte die Arme vor der Brust. »Inspector, Sie glauben doch nicht, dass ich mich auch nur einen Schritt fortbewege, während Sie Mae befragen. Sie haben sie schon einmal des Mordes beschuldigt.«

Mae tätschelte Clarissas Arm. »Ich danke dir, aber es ist nicht nötig, dass du hierbleibst. Der Inspector tut nur seine Pflicht, und du musst dich jetzt sicher erst mal um andere Dinge kümmern, nicht wahr?«

Clarissa schien hin- und hergerissen, doch dann gab sie sich geschlagen. »Du hast recht. Ich werde gleich die Reservierungen für heute Nachmittag und die nächsten Tage absagen.« Sie warf Mae einen niedergeschlagenen Blick zu und entfernte sich.

»Also, Mrs Pennywether, dann erzählen Sie mal!«, forderte Inspector O'Malley Mae auf.

»Nun, wie Clarissa bereits erwähnte – ich bin gegen zehn Uhr hier angekommen und hab mich mit Mr Thurnpike unterhalten.« Genau gab sie den Ablauf der Ereignisse wieder. »Plötzlich begann er zu röcheln. Ich dachte erst, ihm sei einfach nicht gut. Er hatte ziemlich schnell gegessen. Aber dann klagte er unter anderem über Sehstörungen und brach zusammen. Hat der Notarzt denn recht? Wurde er vergiftet?«

Inspector O'Malley sah ihr aufmerksam ins Gesicht und beugte sich ein wenig vor. »Noch ist nichts bestätigt, er wird jetzt erst mal im Krankenhaus untersucht«, sagte er leise. »Und dann müssen wir auch in diesem Fall die Laborergebnisse abwarten. Aber wenn ich mich festlegen müsste: Ja, es sieht alles nach Gift aus.«

Mae nickte.

Der Inspector sah sich um und flüsterte weiter: »Über Ermittlungsrelevantes sprechen wir vielleicht besser an einem anderen Ort.« Er räusperte sich und sagte dann wieder in normaler Lautstärke: »Was mir noch einfällt: Wirkte Mr Thurnpike irgendwie ängstlich oder besorgt? Hat er etwas in dieser Richtung geäußert?«

Mae dachte nach. »Nein, überhaupt nicht«, entgegnete sie schließlich. Er war so unsympathisch, wie ich ihn kennengelernt hatte, fügte sie in Gedanken hinzu. Trotzdem fragte sie: »Wird er überleben?«

Inspector O'Malley tippte noch ein paar Mal auf seinem Smartphone herum und steckte es dann in die Tasche seines Trenchcoats. »Der Notarzt konnte ihn nach dem Auspumpen des Magens stabilisieren, aber Genaueres lässt sich im Moment noch nicht sagen. Ich vermute, letztendlich wird alles davon abhängen, wie viel Gift er bereits in seinem Organismus hatte, ehe der Arzt eingreifen konnte.« Er seufzte und sah Mae eindringlich an. »Das Ganze ist ziemlich belastend, nicht wahr? Ich werde heute Abend mal auf ein Pint in den Pub gehen, vielleicht so gegen neun.«

Mae nickte. Sie würde da sein.

Einer der Polizisten, die die anderen Tearoom-Besucher befragten, rief nach dem Inspector.

»Also gut, Mrs Pennywether, für den Moment war das alles«, sagte er, wandte sich um und ging zu seinem Kollegen.

Mae blickte ihm nach. Dann entdeckte sie Clarissa, die ein wenig hilflos hinter der Theke stand. Offenbar war die Spurensicherung dort inzwischen fertig. Mae ging zu ihr hinüber.

»Na, alles in Ordnung? Oder versucht er, dir was anzuhängen?«, wollte Clarissa wissen.

»Ach, Unsinn!«, meinte Mae. »Er macht nur seinen Job.« Sie überlegte kurz, was Inspector O'Malley mit ihr im Pub besprechen wollte, dann konzentrierte sie sich wieder auf Clarissa. »Und wie geht's dir?«

»Überhaupt nicht gut«, erwiderte Clarissa. »Das Tae agus Ceapaire schließen zu müssen, ist das Schlimmste, was ich mir nur vorstellen kann.«

Mae lief um die Theke herum und nahm ihre Freundin in den Arm. Sie ahnte, was in Clarissa vorgehen musste. Der Tearoom war ihr Leben. Solange sie ihn führte, hatte es keinen Tag gegeben, an dem er nicht geöffnet gewesen war.

»Mach dir keine Sorgen! Die Garda wird hoffentlich nicht allzu lange brauchen, um das aufzuklären«, sagte sie, obwohl sie selbst nicht wirklich daran glaubte.

»Ich hoffe, du hast recht, Mae.« Clarissa klang niedergeschlagen. »Und alles nur, weil dieses Biest Anne wieder zurückkommen musste!«

Mae nickte und sah zu den anderen Besuchern des Tearooms hinüber. Die Zeugenbefragungen waren fast abgeschlossen, und die meisten hätten sicherlich gehen können, doch sie hielten sich noch im Gastraum auf. Zwei ältere Damen, die Mae nur vom Sehen kannte, kamen zu ihr und Clarissa.

»Ich habe Ihre Besonnenheit bewundert«, lobte sie eine der beiden.

»Ja, absolut fabelhaft, wie Sie sich sofort um den armen Mann gekümmert haben!«, meinte die andere. »War das nicht so ein Fernsehmensch? Wurde etwa ein Anschlag auf ihn verübt?«

Die erste Dame beugte sich vor und fragte sensations-lüstern: »Ist es wahr, dass das hier mit dem Mord an Anne Cleary kürzlich zusammenhängt?«

Mae biss die Zähne aufeinander und holte tief Luft, ehe sie zu einer Antwort ansetzte. »Ich weiß leider nur genauso viel wie Sie«, erklärte sie bemüht freundlich. »Ich hatte eine geschäftliche Besprechung mit dem Herrn, das ist alles. Aber ich denke, der Inspector wird Ihre Fragen sicher gern beantworten.« Diese kleine Gehässigkeit konnte sie sich dann doch nicht verkneifen. Sie blickte sich im Raum um und entdeckte Inspector O'Malley im Gespräch mit einem seiner Kollegen. »Inspector O'Malley?«, rief sie ihm zu, woraufhin er in ihre Richtung sah. »Die Damen hier hätten etwas Wichtiges mit Ihnen zu besprechen.«

Er nickte zustimmend.

»Er kommt gleich zu Ihnen, dann können Sie ihn alles fragen, was Ihnen auf der Seele brennt«, sagte Mae zu der neugierigen Frau.

»Vielen Dank!«, erwiderte die und tuschelte dann mit ihrer Begleiterin.

Mae war froh, nicht mehr von ihnen belästigt zu werden. Nun konnte sie sich wieder um Clarissa kümmern.

Seufzend ließ Mae ihren Schlüsselbund auf die Kommode purzeln und trabte in die Küche. Der vermeintlich kurze

Besuch im Tae agus Ceapaire hatte sich bis in den Nachmittag ausgedehnt. Schließlich hatte Mae es gewagt, nach Hause zu gehen und Clarissa allein zu lassen. Sie hatte ihr, so gut es ging, geholfen, aber irgendwann hatte sie eingesehen, dass sie im Moment nicht mehr tun konnte.

Hungrig öffnete sie den Kühlschrank, fand aber nichts, was ihrem Gaumen geschmeichelt hätte. Frustriert schloss sie ihn wieder. Ihr Magen knurrte bereits vernehmlich. Bevor sie weiter darüber nachdenken konnte, klopfte es an der Hintertür. Verwundert schaute Mae durch das kleine Fenster und erkannte Rabia. Sie sperrte die Tür auf und ließ sie herein. Rabia hielt eine Tüte aus dem Spice India in der einen Hand und balancierte einen Karton in der anderen. Eine Ecke war bereits von einer rötlichen Sauce durchweicht. Es roch köstlich. Mae lief das Wasser im Mund zusammen.

»Hallo Mammy!« Rabia lächelte kurz und stellte erst den Karton, dann die Tüte auf die Anrichte. »Ich dachte, du hast nach dem aufregenden Vormittag keine Lust zu kochen, aber bestimmt einen Bärenhunger.« Dann musterte sie Mae.

Mae hob abwehrend die Hand. »Kein Grund zur Sorge, mein Kind! Aber mit dem Essen hast du recht. Was hast du denn dabei?«

»Malai Murgh Tikka«, sagte Rabia, sah Mae noch einmal eindringlich an und ging dann zum Schrank, um Teller herauszuholen. »Lass uns essen, und dabei erzählst du mir, was passiert ist! In Ordnung, Mammy?«

»Da gibt's nichts groß zu erzählen«, meinte Mae grummelnd. »Mein Gespräch mit Fergal Thurnpike wurde harsch unterbrochen, als er wie ein nasser Sack auf den Boden rutschte.«

»Mammy!«, rief Rabia entsetzt.

Mae winkte ab. »Ich brauch wirklich dringend was zu essen, mein Liebes. Danach reden wir.«

Satt und zufrieden lehnte Mae sich zurück, während Rabia ungeduldig auf ihrem Stuhl herumrutschte. Mae betrachtete sie schmunzelnd. Ein wenig wollte sie ihre Tochter noch zappeln lassen.

»Das Essen war wirklich lecker, nicht wahr?«

Rabia nickte. »Ja, sehr! Ich hole mir gern was bei Spice India, wenn mir nach Takeaway ist.«

»Wie geht's Nora und Callie?«, erkundigte Mae sich nach ihren Enkelinnen.

»Gut. Ich soll dich schön grüßen, und du sollst mal wieder vorbeikommen und sie ins Bett bringen.«

Mae lachte. Sie wusste genau, warum die beiden speziell danach verlangten. Bei ihr gab es im Bett noch Eiscreme, und das Zähneputzen vergaß sie geflissentlich. Wenn sie auf die Mädchen aufpasste, gab es nie Probleme mit dem Schlafengehen. Im Gegenteil – die Kinder huschten schneller unter ihre Decken, als Mae »Ab ins Bett!« sagen konnte. Außerdem liebten sie Maes Gutenachtgeschichten. Sie erzählte ihnen Märchen, aber die richtigen. Zum Beispiel das, in dem Aschenputtels böse Stiefmutter in glühende Stiefel aus Eisen gesteckt wird, und nicht die weichgespülte Disney-Version.

»Das mach ich sehr gern«, erklärte Mae und schaute auf die Uhr über dem Küchenschrank. Nun wurde es doch Zeit, Rabia langsam zum Aufbruch zu bewegen. Mae wollte sich noch ein wenig hinlegen, bevor sie Inspector O'Malley im Pub treffen würde. Aber wie sie ihre Tochter kannte, würde die nicht eher gehen, bis sie nicht erfahren hatte, was sie wissen wollte.

»Also«, begann Mae, »ich bin dir noch eine Erklärung schuldig.«

Rabia nickte und setzte sich aufrecht. In diesem Moment wirkte sie wieder ganz wie ihr Vater.

»Woher weißt du eigentlich von der Sache?«

Rabia zuckte mit den Schultern. »Meine Nachbarin hat mir eine WhatsApp-Nachricht geschrieben. Sie wusste es von ihrer Cousine, die es wiederum von einer Freundin erzählt bekommen hatte, die heute im Tae agus Ceapaire war, als das Ganze passierte. Und natürlich ist bekannt, dass du meine Mutter bist. So hab ich davon erfahren.«

»Ein Lob auf die Verschwiegenheit«, meinte Mae kopfschüttelnd. »Wenn du etwas unters Volk bringen willst, musst du es nur einem Iren erzählen. Dann weiß es bald jeder, ob er will oder nicht.«

Rabia lachte. »Na, dann kannst du mir ja jetzt alles berichten.«

»Mr Thurnpike wollte mit mir wegen eines neuen Termins für das Fernsehinterview sprechen.« Mit wenigen Worten erzählte Mae, was geschehen war.

»Scheint, als habe es jemand auf die Leute vom Sender abgesehen, oder?«, überlegte Rabia stirnrunzelnd.

»Interessanter Gedanke«, erklärte Mae. »Übrigens, es ist schon halb fünf. Musst du nicht langsam nach Hause?«

Rabia sah auf ihre Armbanduhr. »Tatsächlich schon so spät.« Sie schob ihren Stuhl ein Stück nach hinten, machte aber keine Anstalten, sich zu erheben. »Willst du mich loswerden?«

»Unsinn!«, sagte Mae. »Ich bin nur kaputt von diesem anstrengenden Tag und will mich ausruhen.«

Rabia musterte ihre Mutter misstrauisch, doch dann stand sie auf. »Du hast recht, ich werd jetzt mal gehen. Mein Tag war auch lang.« Sie beugte sich zu Mae und umarmte sie. »Mach's gut, Mammy! Und halt dich bitte von diesen Fernsehleuten fern, solange die Garda den Täter nicht gefasst hat!«

Kurz nach halb acht machte sich Andrew daran, seinen Schreibtisch aufzuräumen. Er stand auf, griff nach seinem Trenchcoat und wollte gerade gehen, als das Telefon klingelte. Einen Moment lang überlegte er, es einfach nicht zu beachten, doch dann gab er sich einen Ruck und sah wenigstens nach, wer da etwas von ihm wollte. Es war das Labor, also nahm er das Gespräch an.

»Bilden Sie sich bloß nicht ein, dass Sie immer vorgezogen werden, Inspector!«, ätzte Charlie. »Ich hab hier zwei weitere Fälle, die mindestens genauso eilig sind. Verstehen Sie, Inspector? Noch mal bekommen Sie so eine Extrawurst nicht!«

»Ja, ja«, erwiderte Andrew und ließ sich in seinen Sessel sinken. »Können Sie mir schon Genaueres mitteilen?«

»Die Tote hatte einen toxischen Blutspiegel, mit dem ihr ein Platz im Guinnessbuch der Rekorde gebührt«, erklärte Charlie. »Nur ein Geisteskranker würde eine derart hohe Dosis einwerfen.«

»Soll heißen?«

»Es war tatsächlich Mord, mein Bester. Irgendjemand hat der guten Mrs Cleary Digitalis verabreicht. Und um Ihre nächste Frage vorwegzunehmen: Digitalis ist ein äußerst wirksames Herzmedikament, findet sich aber auch in der Natur in Form der optisch ansprechenden Digitalis purpurae.«

Andrew stöhnte. Er war müde, und Charlies verschrobene Art raubte ihm den letzten Nerv.

»Und was ist das genau?«

»Fingerhut, Inspector, eine Pflanze, die gar nicht so

selten in den hiesigen Gärten zu finden ist. Da wünsche ich Ihnen viel Spaß beim Ermitteln!«

Andrew rieb sich die Stirn. Fingerhut – das hatte er vor Kurzem schon mal gehört. Hastig blätterte er seine Notizen durch. Ach ja, die Rechtsmedizin hatte Teile von Fingerhut in Mrs Clearys Magen gefunden.

»Ich kann also davon ausgehen, dass die Frau mit dieser Pflanze vergiftet wurde?«, vergewisserte er sich.

»Nicht unbedingt«, murmelte Charlie, dann hörte Andrew ein Klicken. Charlie machte einen tiefen Atemzug und hustete, offenbar hatte er sich gerade eine Zigarette angezündet. »Wie schon erwähnt, ist Digitalis auch ein Medikament. Um zu klären, ob sie damit oder mit der Pflanze vergiftet wurde, muss ich weitere Tests durchführen. Das dauert aber eine Weile. Bis dahin könnten Sie vielleicht auch was rausfinden, ist schließlich Ihr Job, Inspector O'Malley«, stichelte er. »Ich schick Ihnen den vorläufigen Bericht rüber.«

Nachdem Rabia endlich gegangen war, hatte Mae sich hingelegt, um sich ein wenig auszuruhen. Detektivarbeit macht wirklich müde, hatte sie schläfrig überlegt, bevor sie eingenickt war.

Als sie wieder aufwachte, war es immer noch früh. Drüben vom Pub her hörte sie bereits gedämpfte Musik. Sicher waren schon genug Gäste anwesend, mit denen sie plaudern könnte, doch danach stand ihr heute nicht der Sinn. Sie überlegte kurz, ging dann zum Telefon und rief Loreena Fallon in Deutschland an.

»Loreena, Liebes, wie geht es dir?«, fragte sie, nachdem die junge Deutsche abgenommen hatte.

»Mae, schön, dass du anrufst! Mit dir hatte ich nun wirklich nicht gerechnet. Sonst schreibst du doch meist eine

E-Mail. Was ist los?«, wollte Loreena wissen. Sie hatte diesen entzückenden, kaum wahrnehmbaren Akzent, der verriet, dass sie keine Irin war, auch wenn sie ansonsten sehr irisch klang. »Hat es was mit dem Mord an dieser Showgröße zu tun?«

»Woher weißt du denn davon?«, fragte Mae überrascht. Sie hatte eigentlich nur ein paar Belanglosigkeiten austauschen wollen.

»Kenneth«, erwiderte Loreena schlicht.

Das hätte Mae sich denken können. Kenneth O'Mulligan war Loreenas Cousin und der Juniorchef der nahe gelegenen Destillerie.

»Und nicht zu vergessen Brandon«, fuhr Loreena fort. »Dein Enkel ist geschwätziger als jedes Waschweib, das will ich nur mal erwähnt haben.«

Mae lachte. Loreena übertrieb natürlich. Außerdem wusste Mae ganz genau, was Brandon dazu brachte, sich Loreena so anzuvertrauen: Vom ersten Augenblick an hatte er Gefallen an ihr gefunden, war aber zu schüchtern gewesen, sie zu erobern.

Mit wenigen Worten schilderte Mae ihrer jungen Freundin, was geschehen war.

»Und hast du schon einen Verdacht, wer's war?«, wollte Loreena wissen.

»Noch nicht wirklich«, erklärte Mae. »Aber ich treffe mich gleich mit dem Inspector und hoffe, er kann mir irgendetwas Wichtiges erzählen. Auf jeden Fall tat er ganz geheimniskrämerisch.«

»Na, das klingt doch schon mal interessant«, meinte Loreena.

Im Hintergrund ertönte das Läuten einer Glocke, und im nächsten Moment war ein Surren zu hören.

»Kommt dich jemand besuchen?«, fragte Mae.

»Ja, tut mir leid, ich muss jetzt Schluss machen. Pass auf dich auf, Mae!«

»Keine Sorge, Liebes! Du kennst mich doch.«

»Eben deshalb«, erwiderte Loreena lachend.

Sie beendeten ihr Telefonat, und nun entschied sich Mae, nicht mehr länger zu trödeln, sondern sich kurz frisch zu machen und dann hinüber in den Pub zu gehen.

Nachdenklich fuhr Andrew nach Badger's Burrow. Da er wegen des Anrufs aus dem Labor länger auf dem Revier geblieben war, als ursprünglich geplant, entschied er, nicht erst bei seinem Wohnmobil vorbeizuschauen, sondern direkt im Pub einzukehren. Er hatte noch etwas Zeit, um dort eine Kleinigkeit zu essen, bevor er mit Mrs Pennywether verabredet war. Sie als Gehilfin zu rekrutieren war vermutlich die dümmste Idee seiner Laufbahn gewesen, aber zugleich die hilfreichste unter den gegebenen Umständen. Natürlich behielt er sie dadurch auch im Auge, und bisher konnte er ihr nichts Übles nachsagen. Wenn er ehrlich war, begann ihm die Zusammenarbeit mit ihr sogar zu gefallen. Sie war aufrichtig und geradeheraus – für jemanden wie ihn, der im Unrat menschlicher Befindlichkeiten wühlte, war das irgendwie erfrischend.

Er parkte in der Nähe des Pubs, ging hinein und sah sich um. Leider waren alle Tische besetzt, also trat er an den Tresen.

»Na, Inspector? Sie sind hoffentlich nicht hier, um jemanden zu verhaften!«, wurde er von Eoghan Drumkeeran, dem Wirt, begrüßt.

»Auf keinen Fall, Mr Drumkeeran, aber ich würde gern etwas zu essen bestellen«, erwiderte er.

Der Wirt nickte. »Kein Problem. Und nennen Sie mich um Himmels willen einfach Eoghan. Ich bin's nicht anders gewohnt.« Er zwinkerte Andrew vergnügt zu und deutete mit dem Daumen hinter sich auf die Kreidetafel. »Leinster Hot Pot ist heute das Tagesgericht.«

Andrew nickte. »Dann nehm ich das doch.«

In diesem Moment wurde die Durchreiche zur Küche geöffnet und ein Teller herausgegeben.

»Noch mal dasselbe, Aileen!«, verlangte Eoghan und stellte den Teller vor Andrew ab. »Sie haben Glück, der Typ, der das eigentlich bestellt hatte, ist grad zum Rauchen nach draußen gegangen«, erklärte er und grinste. Dann holte er einen Korb mit ein paar Scheiben Soda Bread und einen Löffel. »Guten Appetit!«

Dankbar begann Andrew zu essen, während Eoghan ein Lagerbier für einen anderen Gast zapfte. Nachdem er abkassiert hatte, wandte er sich wieder an Andrew.

»Hab das mit dem Fernsehmenschen im Tae agus Ceapaire gehört. Gibt's denn schon einen Verdächtigen?«

Andrew, der gerade den Mund voll hatte, schüttelte nur stumm den Kopf.

»Schon gut«, brummte Eoghan. »Aber ehrlich gesagt wundert es mich, dass Sie nicht Clarissa sofort verhaftet haben, wo sie doch allen Grund gehabt hätte, sich an Anne zu rächen.«

Andrew horchte auf. Was meinte Eoghan damit? Doch der musste sich erst einmal um ein paar Gäste kümmern, die am anderen Ende der Theke auf Bedienung warteten. Nachdenklich löffelte Andrew seine Suppe und aß eine Scheibe Brot. Gab es da etwas, was man ihm vorenthalten hatte, das aber für den Fall von Relevanz war? Er konnte es kaum erwarten, dass Eoghan zu ihm zurückkam. Doch weil der nun vollauf mit Bestellungen beschäftigt war, sah Andrew nur eine Chance: Er winkte Eoghan heran und orderte ein Guinness.

Während Eoghan es zapfte, fragte Andrew: »Was meinten Sie vorhin damit, dass Mrs Nelson sich rächen wollte?«

Eoghan stellte Andrew mit einer Hand sein Pint hin und nahm mit der anderen das Geld entgegen. »Na ja, Clarissa gibt Anne die Schuld am Tod ihres Mannes«, erzählte er kurz angebunden und nickte dann einem Mann zu, der schon mehrmals nach ihm gerufen hatte. »Entschuldigung, Inspector, ich muss mich um die Gäste kümmern. Sie sehen ja, was hier grad los ist.«

Kurz vor einundzwanzig Uhr betrat Mae den Pub. Auf dem Weg zur Theke hatte sie bereits die meisten Gäste erkannt und begrüßt. Sie entdeckte Inspector O'Malley an einem der hintersten Tische an der Wand. Falls er gedachte, ihr Vertrauliches zu erzählen, hatte er den Platz gut gewählt. Sie holte sich einen O'Mulligan's Green, einen hervorragenden Whiskey der örtlichen Destillerie, und ging zu ihm hinüber.

»Inspector«, begrüßte sie ihn und ließ sich auf dem Stuhl gegenüber von ihm nieder.

»Mrs Pennywether«, brummelte er. Er schien nicht gerade den Charmebolzen in sich entdeckt zu haben. »Sie und Mrs Nelson haben offenbar vergessen, mir etwas Wichtiges mitzuteilen.« Er schaute sie an, als wollte er sie höchstpersönlich ins Gefängnis schleifen und den Schlüssel wegwerfen. »Was ist damals mit Mr Nelson passiert, und wie ist er zu Tode gekommen?«

Mae räusperte sich und trank einen Schluck Whiskey, um Zeit zu gewinnen. Er hatte also von der Geschichte gehört. Es musste ja irgendwann so kommen. Sie entschloss sich, ihm alles zu erzählen. Dann konnte sie es zumindest so darstellen, wie es wirklich gewesen war.

»Eigentlich wollte Anne den Tearoom zusammen mit Clarissa aufbauen. Die Finanzierung stand, und trotz ihres jugendlichen Alters hatten sie Kredite erhalten. Die Renovierungsarbeiten waren bereits in vollem Gange, als Anne quasi auf der Straße entdeckt wurde und für ein Jobangebot beim Fernsehen hier alles stehen und liegen ließ.« Sie stockte.

»Und was geschah dann?«, wollte der Inspector wissen.

»Clarissa saß auf einem Berg Schulden, hatte noch mehr Arbeit und muss deswegen eine höllische Zeit durchgestanden haben. Letztendlich hat sie ihren Tearoom aber eröffnen können.« Mae zögerte kurz. »Wie gesagt, sie hatte hohe Schulden, doch ihr Mann Alfred unterstützte sie in dieser Situation. Er machte Überstunden, und in der Freizeit arbeiteten er und Clarissa unermüdlich an den Umbauten. Kurz vor der Eröffnung des Tearooms hatte Alfred dann einen tödlichen Unfall. Er muss völlig erschöpft hinterm Steuer eingeschlafen sein.«

»Und Mrs Nelson gibt Mrs Cleary die Schuld daran«, folgerte Inspector O'Malley. »Sie hätten mir diese Geschichte nicht vorenthalten dürfen! Das ist ein Motiv.«

Mae holte tief Luft. »Sie war lange Zeit sehr zornig auf Anne«, gab sie zu. »Aber ich lege meine Hand dafür ins Feuer, dass Clarissa niemals jemandem ein Haar krümmen würde!«

»Es wäre nicht das erste Mal, dass man sich in seinen Mitmenschen täuscht«, sagte der Inspector.

»Jetzt hören Sie mir mal zu, Mr O'Malley! Clarissa würde niemals – ich wiederhole: niemals – einem anderen Menschen wissentlich ein Leid antun. Ja, sie war wütend auf Anne, aber wer wäre das nicht in so einer Situation?«

»Es ist nicht ungewöhnlich, dass sich jemand zu einem

Mord hinreißen lässt, obwohl er noch nie zuvor gewalttätig war.«

»Sie können ihr so etwas nicht unterstellen, ohne wenigstens mit ihr gesprochen zu haben!«, sagte Mae empört.

»Keine Sorge, das werde ich. Ich habe schon Kollegen zu ihr bestellt, und wenn sie mir nicht hieb- und stichfeste Argumente liefern kann, die dagegensprechen, dass sie Mrs Cleary ermordet und es bei Mr Thurnpike versucht hat, werde ich sie in Untersuchungshaft nehmen.«

Er starrte Mae so finster an, dass sie erst gar nicht versuchte, ihn von seinem Vorhaben abzubringen. Frustriert trank sie einen Schluck Whiskey. Clarissa hatte wirklich schlechte Karten: Anne war in ihrem Haus gestorben, und auch der Anschlag auf Fergal Thurnpike war dort verübt worden. Und für den Mord an Anne hatte sie sogar ein Motiv. Es gab nur eins, was Mae tun konnte, um ihrer Freundin zu helfen – so schnell wie möglich den wahren Täter finden.

»Nehmen Sie mich mit, wenn Sie zu ihr fahren?«

»Wenn Sie sich benehmen«, entgegnete Inspector O'Malley.

Mae sah ihn strafend an. »Ich benehme mich immer.«

Er zog eine Augenbraue hoch und schaute in sein Glas. Da es fast leer war, wusste Mae, dass er gleich aufbrechen würde. Sie beschloss, ihn noch rasch nach dem eigentlichen Grund ihres Treffens zu fragen.

»Was wollten Sie denn ursprünglich mit mir besprechen?«

Er musterte sie nachdenklich. »Ich will festhalten, dass alles, was ich Ihnen jetzt sage, unter dem Siegel der Verschwiegenheit erfolgt und nichts davon an Dritte weitergegeben werden darf.«

»Selbstverständlich!«, versprach Mae.

»Mir gefällt es nicht, Sie zu Rate zu ziehen, aber mit Ihrer Hilfe glaube ich, diesen Fall schneller lösen zu können.« Er holte tief Luft, griff nach seinem Glas und drehte es zwischen seinen Händen. »Offen gestanden bin ich einigermaßen ratlos. Hier will niemand wirklich mit mir sprechen, keiner scheint etwas gesehen oder gehört zu haben, und ich weiß nicht, wie ich noch vorgehen soll, um etwas Sinnvolles zu erfahren. Selbst dass ich nun diesen Hinweis auf die Sache mit Mr Nelson damals erhalten habe, war ja eher ein Zufall.«

Nachdenklich blickte Mae in ihren Whiskey. »So wie ich das sehe, haben Sie mehrere Probleme: Sie sind neu in der Gegend, und trotz meiner Intervention im Corner Shop wird sich das Gerücht noch eine Weile halten, dass Sie ein Traveller sind.«

Inspector O'Malley stöhnte. »Aber was soll ich denn tun? Ich muss einen Mord und den Vorfall mit Mr Thurnpike aufklären. Und voraussichtlich werde ich nun auch noch Mrs Nelson in Untersuchungshaft stecken müssen. Dadurch werde ich nicht wirklich beliebter hier. Bitte helfen Sie mir, Mrs Pennywether!«

Mae nickte. »Natürlich kann ich Sie unterstützen. Mir ist nur noch nicht ganz klar, wie Sie sich meine Hilfe im Genauen vorstellen.«

»Sie haben bisher einen guten Draht zu den Leuten gefunden und von ihnen einiges Hilfreiches erfahren. Unterstützen Sie mich bei der Befragung der Zeugen und Verdächtigen!«

Überrascht ließ sich Mae gegen die Lehne fallen, griff dann nach ihrem Whiskey und trank das Glas in einem Zug leer. »Verstehe ich das richtig – ich soll Ihre Assistentin sein?«

Inspector O'Malley seufzte. »So würde ich das nicht

nennen. Eher eine Beraterin der Garda, allerdings inoffiziell.«

»So inoffiziell, dass nur wir beide davon wissen«, erkannte Mae und grinste. Die Betroffenheit, die sich auf seinem Gesicht spiegelte, war einfach zu köstlich. Dann fiel ihr wieder ein, dass er gleich losfahren würde, um Clarissa festzunehmen. Sie wurde ernst. Wenn sie mit ihm zusammenarbeitete, konnte sie sicherlich mehr für ihre Freundin tun als allein. »In Ordnung, ich bin dabei. Aber damit das klar ist: Ich bin kein Sidekick oder Anhängsel! Und Sie müssen mich vollständig als Verdächtige ausschließen. Ich kann doch nicht als potenzielle Täterin bei den Ermittlungen helfen.«

Ein feines Lächeln umspielte seine Mundwinkel. »Ich halte Sie nicht für die Mörderin, sonst würde ich jetzt auch gar nicht mit Ihnen reden«, erklärte er, blickte in sein Glas und dann in Maes. »Können wir nun zu Mrs Nelson fahren?«

»Ist das denn wirklich nötig? Wir könnten das doch morgen früh erledigen«, schlug Mae vor, in der Hoffnung, noch eine Nacht in Freiheit für Clarissa auszuhandeln.

Inspector O'Malley schüttelte entschlossen den Kopf. »Das können wir leider nicht. Wenn Sie nicht mitkommen wollen, bleiben Sie ruhig hier, ich kann das verstehen. Aber ich fahre jetzt zu Mrs Nelson.«

»Schon gut, ich komme mit«, sagte Mae. »Allerdings müsste ich vorher noch mal verschwinden.«

»Mein Wagen steht sowieso ein Stück entfernt von hier«, erklärte der Inspector. »Wissen Sie was: Ich hole ihn her, und Sie können dann direkt vor der Tür einsteigen.«

Mae nickte. »In Ordnung.«

Der Inspector verließ den Pub, und keine fünf Minuten später folgte ihm Mae. Beim Hinausgehen stieß sie mit einer Frau zusammen, die vor dem Eingang zusammen mit anderen der Nikotinsucht frönte und irgendetwas murrte von »Scheiß-EU« und dem Rauchverbot in Pubs. Mae beachtete sie nicht weiter und sah sich um. Sie entdeckte den Inspector in seinem Auto, ging zu ihm hinüber, öffnete die Beifahrertür und ließ sich auf den Sitz sinken.

»Dann mal los!«

»Also, erzählen Sie: Wie kommt es, dass Sie statt in Dublin bei uns im beschaulichen Badger's Burrow heimisch werden wollen?«, fragte Mae, als sie an der Kirche vorbeifuhren. Sie musste sich von dem Gedanken ablenken, dass ihre Freundin gleich wegen Mordverdachts festgenommen wurde.

Inspector O'Malley seufzte. »Nach dem Ende meiner Beziehung wollte ich neu anfangen. Und die Wohnungen in Dublin sind irre teuer, wenigstens dort, wo es mich hinzieht.« Er zuckte die Achseln. »Die Stelle in Longford war frei, also packte ich meine Sachen und kam her, sobald ich die Zusage hatte.«

»Und wie sind Sie darauf gekommen, in einem Wohnmobil zu hausen?«, wollte Mae nun wissen.

»Ich brauchte ein Dach über dem Kopf. Das Wohnmobil war das Naheliegendste«, erklärte er.

»Sie können nicht auf Dauer darin wohnen – Sie haben ja gemerkt, dass das bei den Leuten hier nicht gut ankommt.«

»Ich werde schon etwas finden«, meinte er. »Ich bin nicht anspruchsvoll.« Offenbar sprach er nicht gern über dieses Thema.

Nun war es an Mae, mit den Schultern zu zucken. Es ging sie ja nichts an, was er so trieb. Also lenkte sie die Unterhaltung wieder auf den Fall.

»Um noch mal auf Mr Thurnpike zurückzukommen:

Der Notarzt vermutete, dass er vergiftet wurde. Ist das denn inzwischen sicher?«

Der Inspector schwieg. Langsam wurde Mae ungeduldig. Sie wollte gerade noch einmal nachhaken, als er schließlich doch antwortete.

»All seine Symptome deuten auf eine Digitalisvergiftung hin. Außerdem sind die vorläufigen Laborergebnisse für Anne Cleary da. Sie wurde tatsächlich mit Digitalis vergiftet. Wahrscheinlich hat sie das Gift relativ kurz vor dem Schlafengehen zu sich genommen, und so, wie es aussieht, nicht freiwillig. Ich vermute, man hat es ihr ins Essen oder in ein Getränk gemischt. Verstehen Sie? Beide Male kam es zu Vergiftungen, nachdem die Opfer etwas gegessen und getrunken hatten – und zwar in Mrs Nelsons Räumen.«

»Hm«, machte Mae.

Was hätte sie auch sagen sollen? Sie wusste, dass jemand, in dessen Umfeld zwei Delikte gleicher Art begangen worden waren, vorsichtshalber in polizeilichen Gewahrsam genommen wurde. Und die Sache zwischen Anne und Clarissa konnte als Motiv ausgelegt werden. Aber was war mit Fergal Thurnpike? Welches Motiv hätte Clarissa bei ihm gehabt? Reichte allein die Tatsache, dass er sich abfällig über den Tearoom geäußert hatte, der Clarissa alles bedeutete? Mae überlegte. Wollte Inspector O'Malley deshalb ihre Mithilfe, weil er wusste, wie gut sie und Clarissa befreundet waren? Hoffte er vielleicht, Clarissa würde ihr das Motiv für den Anschlag auf Fergal Thurnpike verraten?

Da hast du dich aber getäuscht, mein Lieber, dachte sie grimmig. Sie würde ihre Freundin nicht ausspionieren. Nein, sie würde den Spieß umdrehen. Durch ihre Anwesenheit konnte sie die Situation im Auge behalten und verhindern, dass Clarissa sich um Kopf und Kragen redete.

»Was ist eigentlich mit den Leuten vom Fernsehsender?«, fragte sie. »Könnte es nicht sein, dass einer von ihnen etwas weiß oder sogar hinter dem Ganzen steckt? Haben Sie schon mit Mr Thurnpikes Vorgesetztem und seinen Kollegen gesprochen? Und was ist mit ihm selbst – was sagt er zu der ganzen Angelegenheit?«

Inspector O'Malley sah kurz zu ihr herüber, während er das Tempo drosselte. »Das sind aber viele Fragen auf einmal. Also gut, fangen wir mit der letzten an: Bis jetzt durfte ich noch nicht mit Mr Thurnpike sprechen, aber der Stationsarzt meinte, inzwischen sei er wieder ausreichend stabil, sodass ich morgen vielleicht ein paar Minuten mit ihm reden kann. Er hatte wohl Glück, dass die Dosis bei ihm nicht allzu hoch war – und auch, dass eine gewisse Person recht schnell reagiert und den Notarzt gerufen hat.«

Mae lächelte verlegen.

»Wenn es meine Zeit zulässt, werde ich morgen mit den beiden Damen vom Sender sprechen, die auch hier waren, als Mrs Cleary zu Tode kam«, fuhr der Inspector fort. Er hielt an einer Kreuzung, setzte den Blinker, obwohl weit und breit kein anderes Auto zu sehen war, und schaute Mae an.

»Ruby Keegan und Siobhan Mowbray meinen Sie?«, fragte Mae. »Da würde ich gern mitkommen.« Sie freute sich darauf, die zwei Frauen so unverhofft rasch wiederzusehen. Außerdem würde die Befragung vielleicht neue Details ans Licht bringen.

Inspector O'Malley musterte sie prüfend. »Sie haben keinerlei Verpflichtungen, denen Sie nachkommen müssen?«

»Überhaupt keine«, versicherte Mae. »Und Sie wollten

doch meine Unterstützung, nicht wahr? Ruby und Siobhan sind sehr offen und werden meine ... unsere Fragen sicher beantworten. Wissen sie denn schon Bescheid, dass Sie sie besuchen?«

»Nein, ich wollte sie erst darüber informieren, kurz bevor ich losfahre«, erklärte der Inspector. »Vor den beiden möchte ich mit Mr Thurnpike reden, das hat für mich Priorität. Und da ich nicht weiß, wie lange unser Gespräch dauern wird, will ich noch keinen festen Termin mit den Damen ausmachen.« Er warf Mae einen strengen Blick zu. »Aber wie gesagt, das alles dürften Sie eigentlich nicht wissen ...«

»Keine Sorge, eine Mae Pennywether steht zu ihrem Wort. Meine Lippen sind versiegelt wie edelstes Parkett.«

»Gut, dann können wir ja weiterfahren.« Inspector O'Malley fuhr wieder an und bog ab.

Kurz darauf erreichten sie das Tae agus Ceapaire, der Inspector parkte davor und sie stiegen aus. Clarissa bewohnte Zimmer im Erdgeschoss auf der anderen Seite des Hauses, also ging Mae zur Hintertür, die sowohl zu den Pensionszimmern als auch zu Clarissas Wohnbereich führte. Durch die Fenster sah sie das blaue Licht des Fernsehers flackern. Clarissa war offenbar daheim.

Als Mae die Klinke herunterdrückte, bemerkte sie, dass abgesperrt war. Das hatte sie noch nie erlebt, aber immerhin hatte ihre Freundin auf den Rat der Garda gehört. Mae klingelte. In diesem Moment fuhr ein weiteres Auto vor, und gleich darauf bog Inspector O'Malley zusammen mit einem uniformierten Kollegen um die Ecke.

Clarissa öffnete die Tür. »Hallo Mae«, sagte sie und lächelte.

Der Inspector, der hinter Mae stand, räusperte sich.

Clarissa runzelte die Stirn. »Inspector O'Malley, wieso kommen Sie so spät noch vorbei? Gibt es etwas Neues in Bezug auf Mr Thurnpike?«

Bevor er antworten konnte, sagte Mae schnell: »Meine Liebe, der Inspector und ich wollen mit dir noch mal über Anne sprechen.«

Verwirrt blickte Clarissa von Mae zu Inspector O'Malley und zurück zu Mae. »Und worüber genau?«

»Vielleicht gehen wir erst mal hinein«, schlug Inspector O'Malley vor.

Clarissa nickte zaghaft. Sie öffnete die Tür und ließ Mae und ihn eintreten. Der Gardabeamte blieb draußen stehen. Clarissa führte die beiden in ihr kleines, aber gemütliches Wohnzimmer, nahm die Fernbedienung und schaltete den Fernseher ab.

»Was gibt es noch zu bereden? Alles, was ich weiß, habe ich gesagt.«

»Mrs Nelson, ist es richtig, dass Sie einen Groll gegen Mrs Cleary hegten?«, fragte Inspector O'Malley.

Clarissa sah zu Mae, dabei wirkten ihre Züge hart und unversöhnlich. »Ich hatte keine Sympathien für sie, das ist richtig. Sie war eine scheußliche Person, eine Narzisstin, und mir wäre es lieber gewesen, wenn sie mir niemals wieder unter die Augen gekommen wäre.«

»Weshalb haben Sie dann Zimmer an sie und ihre Kollegen vermietet?«

»Die Zimmer wurden vom Sender reserviert. Damals war mir nicht klar, dass Anne unter den vier Gästen sein würde.«

Der Inspector nickte. »Würden Sie mir bitte erzählen, woher Ihre Abneigung gegen Mrs Cleary rührt?«

»Was soll das?«, fragte Clarissa misstrauisch. »Versuchen Sie etwa, mir etwas anzuhängen?«

»Ich habe ihm von der Sache mit Anne und dem Tearoom erzählt«, gestand Mae. Plötzlich hatte sie ein schlechtes Gewissen. Sie war sich sicher, dass Clarissa unschuldig war, doch nun würde sie Probleme bekommen wegen etwas, was ewig her war. »Er hatte drüben im Pub davon gehört, also wollte ich ...«

»Du weißt genau, dass ich Anne niemals etwas angetan hätte, Mae!«, unterbrach Clarissa sie und wandte sich wieder an den Inspector: »Anne sollte ursprünglich Mitinhaberin des Tearooms werden, aber sie hat mich mit der Arbeit und den Schulden sitzen gelassen. Das hat mich fast in den Ruin getrieben, und ja, ich bin immer noch wütend auf sie. Aber wissen Sie was? Rückblickend bin ich ihr auch dankbar dafür, dass sie das hier aufgegeben hat, denn garantiert wäre das Tae agus Ceapaire nicht zu dem geworden, was es heute ist, wenn eine Anne Cleary, deren Geschmacksknospen etwa so sensibel waren wie eine Knoblauchpresse, Miteigentümerin gewesen wäre.«

Inspector O'Malleys Gesicht ließ nicht erkennen, was er dachte. »Und was war mit Ihrem Mann Alfred? Ist es nicht so, dass er wegen der finanziellen Probleme, die Mrs Clearys Rücksichtslosigkeit verursacht hatte, zu hart arbeitete und wegen der daraus resultierenden Erschöpfung tödlich verunglückte?«

Clarissa starrte ihn an. Dann blinzelte sie und sagte zu Mae: »Er spricht wie ein gottverdammter Limey!« Ihre Stimme klang belegt, und Mae wusste, dass sie um Fassung rang. Es gelang ihr, zumindest wirkte sie ruhig, als sie weitersprach. »Das war vor einer Ewigkeit. Aber Sie haben recht, und ich habe Anne nie vergeben. Das ist nicht meine Art, so sehr sich unser Dorfpfarrer auch darum bemüht hat. Trotzdem wiederhole ich: Ich hätte ihr nie etwas angetan, das hätte mir meinen Alfred auch nicht zurückgebracht, Gott hab ihn selig!« Sie schlug ein Kreuzzeichen und sah Inspector O'Malley herausfordernd an. »Wollen Sie mich jetzt verhaften?«

Er ging nicht darauf ein. »Mrs Nelson, hätten Sie auch einen Grund, Mr Thurnpike zu töten?«, erkundigte er sich stattdessen.

Clarissa richtete sich auf, und ihre Miene verfinsterte sich. »Mr Thurnpike ist ein arroganter Mensch. Gleich bei seinem ersten Besuch hier war er mir denkbar unsympathisch, als er über meinen Tearoom herzog und ihn in ungerechter Weise kritisierte«, gestand sie freimütig.

»Wäre das ausreichend, um ihn deswegen umzubringen?«, fragte der Inspector.

»Für wen halten Sie mich? Denken Sie, ich habe mir vorgenommen, das gesamte Fernsehteam von Ireland Channel ins Jenseits zu befördern?« Clarissa lächelte gequält, und ihre Augen schimmerten feucht. »Ich habe mich fürchterlich über Mr Thurnpike geärgert, das ist wahr. Aber ihm deswegen etwas anzutun, noch dazu in meinen eigenen Räumen, hieße doch, weit übers Ziel hinauszuschießen und obendrein mein Lebenswerk zu zerstören. Und wofür? Für einen kurzen Moment der Rache? Glauben Sie mir, Inspector, ich habe nichts dergleichen getan! Und Anne habe ich auch nicht auf dem Gewissen. Wollte ich sie zur Rede stellen? Ja. Hätte ich ihr gern Hausverbot erteilt? Absolut. Aber Mord? Niemals!« Sie holte tief Luft. »War's das jetzt?«

Inspector O'Malley schüttelte den Kopf. »Leider nicht.« Er trat ans Fenster und klopfte an die Scheibe.

Maes Magen zog sich zusammen. Sie ahnte, was nun folgen würde: Gleich würden die Gardabeamten hereinkommen und Clarissa festnehmen. Und tatsächlich wurde die Haustür geöffnet, und im nächsten Moment waren Schritte zu hören.

Mae legte ihre Hand auf Clarissa Unterarm und lächelte sie ermutigend an. »Wir klären das! Ich versprech's dir.«

»Was soll das? Was ist los?«, fragte Clarissa verwirrt.

Inspector O'Malley räusperte sich. »Mrs Nelson, ich nehme Sie unter dem dringenden Tatverdacht des Mordes an Anne Cleary und des Mordversuchs an Fergal Thurnpike fest. Bitte leisten Sie keinen Widerstand!« Damit nickte er den beiden Polizisten zu.

Die traten näher, nahmen Clarissa in ihre Mitte und führten sie ab. Wie mechanisch ging sie mit ihnen mit. Sie wirkte richtiggehend verstört und reagierte überhaupt nicht mehr.

Der Anblick verursachte Mae Herzstechen. Schnell rief sie Clarissa hinterher: »Mach dir keine Sorgen, ich kümmere mich um alles! Wir finden den wahren Täter.«

»Es tut mir leid«, sagte Inspector O'Malley und folgte seinen Kollegen.

Mae löschte das Licht und lief ihm hinterher. Vor dem Haus blieb er stehen, um sich mit einem langen Kerl in Gardauniform zu unterhalten.

»Nehmen Sie doch bitte auch davon eine Probe mit!«, sagte er und deutete auf die Blumenrabatten.

Oh nein, dachte Mae, Fingerhut! Sie hatte ihn immer besonders hübsch gefunden mit seinen glockenförmigen violetten Blütenkelchen. Doch nun wünschte sie, Clarissa hätte ihn sich nie angeschafft. Wenn Anne und Fergal Thurnpike damit vergiftet worden waren, lag es nahe, dass man Clarissa verdächtigte. Mae unterdrückte einen Fluch.

Kapitel 9

»Ein Mord mag verziehen werden,
eine Unhöflichkeit beim Tee nie.«
Chinesisches Sprichwort

»Vielen Dank, Mrs Nelson, das war erst mal alles!«, sagte Andrew zu der Frau, die verwirrt und ängstlich wirkte. Dann wandte er sich an den jungen Garda, der mit ihnen im Verhörraum war: »Bringen Sie sie wieder in die Zelle!«

Er nickte und griff nach ihrem Arm. Widerstandslos ließ sie sich abführen, ihre sonst so akkurate Frisur wirkte zerzaust. Andrew seufzte. Manchmal gab es Verdächtige oder Täter, bei denen er Mitleid oder auch Verständnis verspürte. Mrs Nelson war so eine Person. Vielleicht war er einfach zu weich, was ältere Damen betraf. Er griff nach seinem Notizblock und Stift und erhob sich. Das Verhör hatte nichts Neues ergeben. Irgendwie hatte er gehofft, dass eine Nacht im Gefängnis Mrs Nelson gesprächiger machen würde. Doch im Prinzip hatte sie ihm nur noch einmal erzählt, wie es zum Zerwürfnis zwischen ihr und Mrs Cleary gekommen war und was der Grund für ihren Groll gegen Mr Thurnpike war. Danach hatte er sich fast minutiös berichten lassen, was Mrs Nelson in den Stunden vor und nach Mrs Clearys Tod und Mr Thurnpikes Zusammenbruch getan hatte. Dennoch war er nun genauso schlau wie vorher.

Frustriert sah er auf die Uhr. Er wollte heute unbedingt mit Mr Thurnpike sprechen, doch dafür war es noch viel zu früh. Die Besuchszeiten im Krankenhaus waren erst am Nachmittag, und man achtete streng darauf, dass sie auch eingehalten wurden. Vielleicht sollte er doch erst Mrs Clearys und Mr Thurnpikes unmittelbare Kolleginnen, Siobhan Mowbray und Ruby Keegan, aufsuchen. Mit etwas Glück würde er es vielleicht schaffen, rechtzeitig zurück zu sein. Doch erst einmal musste er sicherstellen, dass er Ms Mowbray und Ms Keegan überhaupt antraf.

Er rief im Sender an und fand heraus, dass die Frauen heute ihren freien Tag hatten. Also ließ er sich ihre Privatnummern geben und verabredete mit ihnen, dass er um die Mittagszeit in Kinnegad sein würde, wo sie beide lebten. Schließlich wählte er die Nummer von Mrs Pennywether – immerhin hatte er ihr versprochen, sie mitzunehmen. Er mochte die schrullige alte Frau wider Erwarten wirklich gern und fand es tatsächlich hilfreich, dass sie bei den Ermittlungen dabei war.

Mae wurde vom Klingeln ihres Telefons geweckt. Sie fuhr hoch und versuchte, sich zu orientieren. Stöhnend griff sie sich an den Kopf. Sie fühlte sich, als wäre sie mindestens zwei Mal vom Zug überrollt worden. Dann fiel es ihr wieder ein: Vor lauter Sorge um Clarissa hatte sie sehr unruhig geschlafen. Die meiste Zeit über hatte sie sich im Bett hin und her gewälzt und darüber nachgedacht, was sie noch tun könnte, um ihrer Freundin und natürlich sich selbst zu helfen, aus dieser unseligen Geschichte heil herauszukommen. Schließlich war sie frühmorgens aufgestanden, hatte sich einen Beruhigungstee aus Kamille, Lavendel und Melisse aufgebrüht und sich damit vor den Fernseher gesetzt. Dann musste sie noch einmal eingenickt sein.

Das Telefon klingelte immer noch. Mae stemmt sich hoch und ging in den Flur.

»Ja, ja, ich komme ja schon«, brummelte sie und nahm das Gespräch an.

Es war Inspector O'Malley. »Hallo Mrs Pennywether! Ich wäre jetzt so weit. Sie kommen doch noch mit nach Kinnegad zu Ms Mowbray und Ms Keegan?«

»Natürlich.«

»Gut. Die beiden haben heute frei, ich habe mit ihnen ausgemacht, sie zu Hause aufzusuchen«, erklärte der Inspector. »Ich bin in etwa einer halben Stunde bei Ihnen, Mrs Pennywether.« Er verabschiedete sich und legte auf.

Mae ging eilig in die Küche, bereitete sich alles für einen Kaffee vor und lief dann nach oben, um sich fertig zu machen, bevor Inspector O'Malley kam. Als er klingelte, trank sie gerade den letzten Schluck ihres Kaffees. Sie stellte die Tasse in das Spülbecken, ging zur Tür und öffnete sie.

»Hallo Inspector«, sagte sie überschwänglich.

Er starrte sie überrascht an. Vielleicht lag es an ihrem orangefarbenen Hosenanzug im Stil der 1970er Jahre, zu dem sie schwarze Chucks trug. Beim Anziehen hatte sie beschlossen, ein wenig Farbe könne ihrem Tag nicht schaden.

Inspector O'Malley fing sich wieder und machte eine ausholende Geste zum Auto hin. »Können wir?«

»Na klar«, antwortete Mae und steckte ihre Hausschlüssel ein. »Haben Sie Clarissa heute Vormittag verhört?«, fragte sie, nachdem sie losgefahren waren.

»Ja – und weil Sie das sicher als Nächstes wissen wollen: Ich habe ihr kein Haar gekrümmt. Im Augenblick sitzt sie wieder sicher in ihrer Zelle.«

»Können Sie sie nicht freilassen? Sie ist über siebzig und wird sicher nicht fliehen.«

Der Inspector stöhnte. »Ich habe die Gesetze nicht gemacht. Sie bleibt vorerst in Haft«, erklärte er bestimmt.

Mae seufzte. »Haben Sie denn wenigstens brauchbare Informationen von ihr erhalten?«

Sie glaubte nicht, dass Clarissa der Garda in irgendeiner Weise behilflich sein konnte. Hätte sie irgendetwas Interessantes gewusst, das zur Lösung des Falles beitragen könnte, hätte sie es Mae bereits erzählt. Das unzufriedene Schnaufen des Inspectors bestätigte ihre Vermutung.

Schnell wechselte Mae das Thema. »Und Ihnen gefällt es nach wie vor in Badger's Burrow? Ist es nicht eine große Umstellung, nachdem man in einer Stadt wie Dublin gelebt hat, plötzlich an einem Ort zu wohnen, an dem sich Hase und Igel Gute Nacht sagen?«

Der Inspector wiegte den Kopf hin und her, was sowohl Unsicherheit als auch Zustimmung bedeuten konnte. »Ich wollte ja raus aus der Stadt, irgendwohin, wo die Gegend beschaulicher ist und die Leute etwas entspannter sind. Im Übrigen kenne ich das Landleben; als Junge habe ich oft meine Großeltern besucht, die eine abgelegene Farm im County Donegal bewirtschaftet haben.«

Sie unterhielten sich noch eine Weile über die Vor- und Nachteile, die das urbane und das ländliche Leben mit sich brachten, doch dann ging ihnen der Gesprächsstoff aus. Mae nutzte die Gelegenheit, um aus dem Fenster zu sehen und ihren Gedanken nachzuhängen. Nachdem der Inspector vom Motorway abgefahren war, wählte er den Weg über die kleineren Straßen. Schließlich erreichten sie Kinnegad. Der Inspector ließ sich vom Navigationssystem seines Smartphones leiten, und sie gelangten in einen schmucken Stadtteil, in dem alles akkurat und blitzsauber wirkte. Die Reihenhäuser waren Mae allerdings zu langweilig. Eins sah aus wie das andere – zumindest fast.

Inspector O'Malley parkte vor einem Haus, an dessen oberem Fenster ein Regenbogen aus Window Color klebte. »Hier wohnt Ms Keegan.«

Mae stieg aus und streckte sich erst einmal ausgiebig. Sie wurde langsam zu alt für solche langen Fahrten.

Trotzdem lobte sie: »Das war übrigens eine hervorragende Idee, die beiden in den eigenen vier Wänden zu befragen. Hier sind sie sicher nicht so nervös wie auf dem Revier.« Sie ging zur Tür und drückte auf den Klingelknopf. »Dann wollen wir doch mal sehen, ob Ruby zu Hause ist.«

Der Inspector stellte sich neben sie. Sie warteten eine Weile, doch nichts geschah.

»Sie scheint nicht da zu sein«, sagte Mae schließlich und fragte sich, ob alles in Ordnung war.

Hatte der Inspector nicht gesagt, dass sie bei den Frauen zu Hause verabredet waren? Könnte auch Ruby etwas zugestoßen sein? Vorsichtig trat Mae an eines der Fenster und sah hinein. Möbel, Zimmerpflanzen – alles wirkte heimelig und unverdächtig. Sie drehte sich zu Inspector O'Malley um und stellte fest, dass er sein Smartphone am Ohr hatte. Nach einer Weile ließ er es sinken.

»Geht nur die Mailbox ran. Ich versuch's mal bei Ms Mowbray.« Er tippte auf dem Bildschirm des Smartphones herum und hielt es sich dann erneut ans Ohr. »Hallo, Inspector O'Malley hier. Mrs Pennywether und ich sind jetzt in Kinnegad, wir stehen vor Miss Keegans Haus. Wissen Sie, wo sie ist? ... Ach, bei Ihnen? Dann war das wohl ein Missverständnis. ... Ja, wir sind gleich da.« Er legte auf und steckte das Smartphone in die Tasche seines Trenchcoats. »Die beiden sind zu Hause bei Ms Mowbray.«

Mae atmete erleichtert auf.

Die Fahrt zu Siobhans Wohnung dauerte keine Viertelstunde. Der Inspector hielt vor einem mehrstöckigen Bau aus dem vergangenen Jahrhundert, der sehr gepflegt wirkte. Nur ein Graffiti am Sockel des Hauses störte etwas. Diesmal war es der Inspector, der die Klingel bediente.

»Hallo?«, meldete sich Siobhan kurz darauf über die Gegensprechanlage.

»Wir sind's«, verkündete Mae fröhlich.

»Kommen Sie rauf! Ich wohne im vierten Stock. Es gibt aber leider keinen Fahrstuhl.«

Ein Summen ertönte, und Inspector O'Malley öffnete die schwere Haustür. Galant ließ er Mae den Vortritt. Im Treppenhaus sah er nach oben und dann zu Mae.

»Schaffen Sie das?«

»Also hören Sie mal! Ich bin immer noch fit wie ein Turnschuh«, behauptete Mae, obwohl sie ahnte, dass es ihr nicht ganz so leichtfallen würde. Sie holte tief Luft und lief los. Am ersten Treppenabsatz blieb sie stehen. »Ich würde gern etwas mit Ihnen besprechen«, keuchte sie. Der Gedanke war ihr bereits im Wagen gekommen.

»Nur zu«, sagte Inspector O'Malley. »Ich bin ganz Ohr.«

»Es könnte hilfreich sein, wenn ich allein mit den beiden spreche. Sie verstehen schon, von Frau zu Frau, aber vor allem nicht in Form einer polizeilichen Befragung. Vielleicht könnten Sie sich nach einer Weile unter einem Vorwand absetzen.«

Die Art, wie er sie ansah, machte ihr klar, dass ihm das nicht wirklich gefiel, doch zu ihrer Überraschung nickte er.

»Das können wir versuchen. Möglicherweise erfahren Sie so tatsächlich mehr als ich.«

Sie gingen weiter und erreichten den zweiten Treppenabsatz. Mae schnaufte und hielt inne, um zu Atem zu kommen, vor allem aber, um das Stechen in ihrem Herzen unter Kontrolle zu bringen. Als sie es wagte, sich über die Brust zu reiben, griff Inspector O'Malley nach ihrem Oberarm.

»Geht es Ihnen gut?«, fragte er besorgt.

Mae winkte ab. »Ist nur ein wenig Seitenstechen. Treppensteigen gehört nicht zu meinen bevorzugten Tätigkeiten.«

»Wir laufen jetzt langsamer«, bestimmte er.

Mae war irgendwie gerührt, auch wenn sie es noch nie für nötig gehalten hatte, sich von einem Mann beschützen und umsorgen zu lassen. Aber langsamer zu gehen konnte nicht schaden. Schließlich erreichten sie den vierten Stock, und Mae drückte den Klingelknopf, um ihre

Ankunft zu verkünden. Ruby riss die Tür auf, als habe sie davor gestanden und auf sie gewartet.

»Kommen Sie herein! Eine Tasse Tee? Wir haben aus einem Shop in Belfast einen Caydanlik und orientalische Teegläser zum Testen erhalten und wollten diese spezielle Art der Zubereitung gerade ausprobieren«, plapperte sie drauflos. Sie wirkte nervös.

Inspector O'Malley und Mae folgten ihr ins Wohnzimmer. Der Raum war sehr elegant eingerichtet, Siobhan war eindeutig eine Frau mit Geschmack. Gerade kam sie durch eine zweite Tür herein. Sie hielt ein Tablett in den Händen, auf dem Teegläser und eine Etagere mit kleinen Gebäckstücken standen.

»Hallo Mae, guten Tag, Inspector! Bitte nehmen Sie Platz!«, sagte sie freundlich und deutete mit dem Kinn auf eine Tischgruppe am Fenster. Sie stellte das Tablett ab, nahm die Etagere herunter und verteilte die Gläser.

Inspector O'Malley und Mae setzten sich. In der Zwischenzeit hatte Ruby die Teekanne geholt und schenkte ihnen Tee ein. Sie stellte die Kanne zurück und ließ sich auf einen Stuhl sinken. Als Letzte nahm Siobhan Platz.

Mae beschloss, zum Einstieg über etwas Unverfängliches zu plaudern. »Wie gefällt Ihnen der Caydanlik? In meiner Zeit im Orient habe ich oft Tee getrunken, der auf diese Art zubereitet wurde. Nun ja, ich hatte auch keine große Wahl, wenn man bedenkt, dass es einer Ohrfeige dem Gastgeber gegenüber gleichkommt, das obligatorische Glas Tee abzulehnen.« Sie lachte.

»Nun, wir haben ihn gerade erst erhalten, deshalb kann ich noch nicht wirklich etwas dazu sagen«, erklärte Siobhan. »Aber Sie sind doch sicherlich nicht hergekommen, um über Tee zu sprechen. Geht es um Fergal?«

Inspector O'Malley nickte. »Ich habe ein paar Fragen, die sich auf den gestrigen Vorfall beziehen, und auch noch einige zu Ihrem Aufenthalt in der Pension von Mrs Nelson.«

Ruby und Siobhan sahen sich an, und wieder wirkten sie wie ein altes Ehepaar.

»Was Fergal betrifft, wüsste ich nicht, wie wir Ihnen behilflich sein könnten«, sagte Siobhan misstrauisch.

»Wir arbeiten zusammen, ansonsten haben wir nichts mit ihm zu tun«, erklärte Ruby.

»Dann würde Ihnen auch nichts zu dem Anschlag auf ihn einfallen?«, erkundigte sich Mae.

»Überhaupt nichts, nur dass es seltsam ist, dass es ebenfalls im Haus von Mrs Nelson passiert ist.«

»Also gut, dann kommen wir noch mal zum Tod von Mrs Cleary. Erzählen Sie mir doch bitte genau, was während Ihres Aufenthalts passiert ist, vom Moment Ihrer Ankunft bis zum Entdecken der Leiche«, forderte Inspector O'Malley. »Ms Mowbray, wollen Sie beginnen?«

Siobhan seufzte. »Mir bleibt ja wohl nichts anderes übrig, oder?«

Der Inspector schüttelte den Kopf. Nachdem Siobhan und Ruby ihre Berichte, die sich weitestgehend deckten, beendet hatten, tippte er noch kurz auf seinem Smartphone herum und sah dann auf.

»Ms Keegan, als ich heute Vormittag mit dem Sender telefoniert habe, erfuhr ich, dass Sie die Nachfolgerin von Mrs Cleary werden. Wissen Sie, warum man sich umentschieden hat? Soweit ich informiert war, hatte Mrs Cleary doch verkündet, Mr Thurnpike nähme ihren Platz ein.«

Bevor Ruby etwas erwidern konnte, sagte Siobhan merklich gereizt: »Fergal stand nie wirklich als Annes Nachfolger zur Debatte. Mr Stroke war von Anfang an überzeugt davon, dass eine Frau die Moderation von Teatime übernehmen sollte. Das hat er zumindest bei unserem letzten Meeting erklärt.«

Inspector O'Malley berührte rasch den Touchscreen seines Smartphones. »Sehr interessant«, murmelte er.

»Aber weshalb hat Anne das dann behauptet?«, fragte Mae neugierig. Als Ruby sie verständnislos ansah, erklärte sie: »Mir gegenüber und vor Mr Thurnpike hat sie ihn als ihren Nachfolger vorgestellt.«

»Vermutlich fand sie das einfach lustig.« Ruby seufzte. »So war sie nun mal.«

Mit einem Schnauben wandte sich Siobhan an sie. »Du denkst wie immer viel zu nett über diese alte Schreck-schraube.«

Ruby erwiderte nichts darauf, und auch die anderen schwiegen.

Mae nutzte die Gelegenheit und trank einen Schluck von ihrem Tee. »Wirklich hervorragend!«, lobte sie, während sie das Glas abstellte und sich ein wenig vorbeugte. Die Illusion von ein wenig großmütterlicher Zuneigung zu verbreiten, konnte sicher nicht schaden. Sie tätschelte Rubys Handrücken. »Die ganze Angelegenheit muss sehr belastend für Sie sein, nicht wahr, Ruby? Sie mochten Anne wirklich.«

»Aber ja, das wissen Sie doch, Mae«, entgegnete Ruby und blinzelte gegen die Tränen an. Dann holte sie ein Taschentuch hervor und tupfte sich die Augen.

»Wusste denn Mr Thurnpike, dass er Annes Platz in der Sendung nicht einnehmen würde? Oder nahm er ihre Äußerungen ernst?«

»Er war bei dem Meeting genauso überrascht wie wir alle«, erklärte Ruby und knetete das Taschentuch in ihrer Hand. Sie wirkte ein wenig nervös.

Mae fiel auf, dass Siobhan vor sich hin starrte, es aber offenbar vermied, Ruby anzusehen. Sie vermutete, dass es irgendetwas gab, das die beiden Frauen tunlichst verschweigen wollten.

Sie wandte sich an Inspector O'Malley: »Hatten Sie nicht noch einen Termin?«

Er nickte vorsichtig. »Ja, aber ...«

»Ach, machen Sie sich um mich keine Sorgen!«, unterbrach ihn Mae. »Ich weiß mich schon zu beschäftigen.« Fragend sah sie zu den beiden Frauen. »Wäre es denn für Sie in Ordnung, wenn ich noch ein wenig hierbliebe? Wir könnten Tee trinken und plaudern.«

Ruby und Siobhan schauten sich an, dann sagte Siobhan: »Aber natürlich können Sie bleiben.«

Mae strahlte sie an.

Inspector O'Malley stand auf. »Gut, dann würde ich Sie in etwa einer Stunde wieder abholen.«

»Alles klar«, sagte Mae. »Am besten, Sie schicken mir kurz vorher eine SMS, dann weiß ich, wann ich mich fertig machen muss.«

Mae war froh, dass Inspector O'Malley so rasch begriffen hatte, was sie wollte, und auf ihre kleine Notlüge eingegangen war. Ihm war vermutlich klar, dass sie auf diese Weise mehr von den Frauen erfahren würde, wenigstens wollte sie das glauben. Ihr Instinkt sagte ihr, dass Ruby und Siobhan etwas verheimlichten, und ganz sicher würden sie ihm das nicht so leicht verraten wie ihr. Bei Brandon wäre das vielleicht anders gewesen. Ihr Enkel hatte dieses besondere Talent, dass sich ihm die Menschen gern anvertrauten. Es konnte gut sein, dass er es sogar von ihr geerbt hatte.

Entspannt lehnte sie sich zurück und lächelte die beiden Frauen an. »So ist es doch gleich viel netter, ohne die Garda im Nacken«, meinte sie leichthin.

Siobhan musterte sie misstrauisch. »Verzeihen Sie mir, Mae, aber ich frage mich schon die ganze Zeit, weshalb Sie plötzlich mit der Garda zusammenarbeiten.«

Mae räusperte sich. »Ich will ehrlich sein: Nach Annes Tod stand ich zunächst ganz oben auf Inspector O'Malleys Liste der Tatverdächtigen. Doch inzwischen weiß er, dass ich ihm bei seinen Ermittlungen helfen kann. Die Leute bei uns in der Gegend reden nicht gern mit Fremden, vor allem nicht mit jemandem aus der Großstadt. Dadurch ist es etwas schwierig für ihn zu ermitteln. Und so kam es, dass er mich gebeten hat, ihn zu unterstützen.«

»Dann sind Sie also als eine Art Detektivin hier?«, brachte Siobhan das Ganze auf den Punkt.

»Vielleicht könnte man das so sagen«, erwiderte Mae vorsichtig. »Detektivin« klang so nach Schnüffeln, Aushorchen und Verräterin – das gefiel ihr nicht. Keinesfalls wollte sie den Frauen den Eindruck vermitteln, sie könnten ihr nicht vertrauen. So beschloss sie, ganz direkt vorzugehen. »Ich habe das Gefühl, Sie verschweigen etwas. Sie beide.« Als sie sah, dass Siobhan protestieren wollte, hob sie beschwörend die Hände. »Bitte glauben Sie mir, ich will Ihnen nichts Böses! Mich interessiert nur, dass der wahre Täter gefasst wird. Sie müssen wissen, dass man gestern Mrs Nelson verhaftet hat. Sie haben sie kennengelernt. Können Sie sich vorstellen, dass sie fähig ist, ein Verbrechen zu begehen? Ich nicht. Und deshalb will ich ihre Unschuld beweisen.«

Ruby spielte nervös mit ihrem Teelöffel herum, sah kurz zu Siobhan und dann zurück zu Mae. »Es ist nichts, was für den Fall wichtig ist«, sagte sie unsicher.

Jetzt war Mae noch neugieriger, doch sie zwang sich, sich zurückzuhalten.

»Hältst du es wirklich für klug, nun alles auszuplaudern?«, fragte Siobhan Ruby. »Wir haben es doch bisher so gut verheimlichen können.«

Plötzlich ergab alles einen Sinn für Mae. »Sie sind ein Paar«, platzte sie heraus. »Ein Liebespaar.«

Ruby riss die Augen auf und nickte schüchtern.

»Ja«, antwortete Siobhan grimmig, und als Rubys Hand die ihre suchte, nahm sie sie und streichelte sie beruhigend.

»Weiß irgendjemand davon?«

»Nur Mr Stroke«, sagte Ruby leise.

»Ihm ist es egal, solange wir diskret sind«, erklärte Siobhan. »Die Zuschauer von Ireland Channel sind eher konservativ, also halten wir unsere Beziehung geheim, und alle sind zufrieden.«

Mae nickte. »Ich verstehe. Dann hatte Anne keine Ahnung – und auch Fergal Thurnpike nicht?«

»Um Gottes willen, nein!«, rief Ruby.

»Sie kannten Anne, ich muss Ihnen dazu nichts sagen, vermute ich«, begann Siobhan. »Und Fergal hat Ruby von Anfang an angebaggert. Der würde sich die Gelegenheit nicht entgehen lassen, uns auffliegen zu lassen, wenn er davon wüsste. Das wäre seine Chance, doch noch Annes Nachfolger zu werden.«

»Sind Sie da nicht ein wenig zu misstrauisch?«, fragte Mae. »Wir leben immerhin im einundzwanzigsten Jahrhundert.«

Ruby schüttelte besorgt den Kopf. »Wir wollen nichts riskieren, nicht jetzt, wo ich meinem Traumjob so nahe bin.«

»Ich stimme Ruby zu«, sagte Siobhan. »Für mich sehe ich nicht unbedingt die Gefahr einer Kündigung, da ich ja hinter den Kulissen agiere. Aber bei ihr könnte ein Zuschauerprotest die Karriere bei Ireland Channel rasch beenden.«

Mae hob beschwichtigend die Hand. »Machen Sie sich keine Sorgen! Natürlich müssen wir Inspector O'Malley das mitteilen, aber ansonsten werde ich das Ganze diskret behandeln. Ihre Beziehung ist ganz allein Ihre Angelegenheit. Und ich bin mir sicher, dass auch er niemandem gegenüber etwas verlauten lassen wird, wenn es nicht unbedingt sein muss.« Sie räusperte sich. »Könnte ich noch etwas Tee haben? Die Sorte ist wirklich hervorragend.«

Ruby stand auf, um die Kanne zu holen und Maes Glas nachzufüllen. »Glauben Sie denn, dass man den Schuldigen finden wird? Denjenigen, der Anne auf dem Gewissen hat und es auch bei Fergal versucht hat?«, erkundigte sie sich beunruhigt.

»Das will ich doch hoffen. Es ist mir wirklich ein dringendes Anliegen, die Unschuld meiner Freundin Clarissa zu beweisen«, erwiderte Mae und gab Zucker in ihren Tee. »Aber noch mal unter uns: Kennen Sie wirklich niemanden, der es auf Mr Thurnpike abgesehen haben könnte?«

Ruby schüttelte den Kopf. »Wie ich vorhin schon sagte: Wir arbeiten zwar zusammen, doch wir haben nie über Privates gesprochen. Eigentlich wissen wir nicht viel über ihn«, erklärte sie.

»Aber er ist ehrgeizig, und ich traue ihm durchaus zu, alles zu tun, um seine Ziele zu erreichen. Vielleicht hat er dadurch jemanden gegen sich aufgebracht«, fügte Siobhan hastig hinzu.

Ein wenig zu hastig, wie Mae fand. Hatte sie etwa eine neue Verdächtige ausgemacht? Sie überlegte: Ruby und

Siobhan könnten Anne ermordet haben, weil diese von ihrer Beziehung erfahren hatte und Ruby möglicherweise beruflich schaden wollte. Und hatte Fergal Thurnpike irgendetwas davon mitbekommen, weshalb sie auch ihn beseitigen wollten? Oder war ihm zumindest endlich aufgegangen, dass Ruby deshalb nie auf seine Avancen einging, weil sie Frauen lieber mochte? So sympathisch Mae die beiden Frauen auch waren, sie konnte nicht ausschließen, dass sie gemeinsam – oder auch nur eine von ihnen – Anne umgebracht und es bei Fergal Thurnpike versucht hatten, damit sie nicht bloßgestellt wurden. Sie musste da noch einmal nachhaken.

»Und Sie sind sich wirklich sicher, dass er nichts von Ihnen beiden weiß?«

»Bestimmt nicht«, sagte Ruby überzeugt. »Er flirtet seit dem ersten Tag aufs Heftigste mit mir, obwohl ich ihn immer abblitzen lasse. Allerdings ...« Sie schwieg einen Moment.

Mae erinnerte sich daran, dass er am Tag nach dem Mord an Anne, als sie ihn kurz in der Pension getroffen hatte, nicht mehr zum Flirten aufgelegt gewesen war. Aber das war ihr unter den Umständen nur allzu verständlich erschienen.

»Seit Annes Tod hat er keinen Versuch mehr unternommen«, gab nun auch Ruby zu.

»Dann hat ihn ihr Tod so sehr mitgenommen? Die beiden schienen sich ja gut zu verstehen«, sagte Mae und trank noch einen Schluck Tee.

»Ja, ihm schien viel an Anne zu liegen«, bestätigte Ruby verhalten.

Mae sah sie prüfend an. »Wie meinen Sie das, Ruby?«

»Genau so, wie ich es gesagt habe.«

»Und wie hat er reagiert, als er erfuhr, dass er nicht

der Hauptmoderator werden würde?«, erkundigte sich Mae.

»Wie schon gesagt: Er war nicht weniger überrascht als wir alle.«

Nachdenklich schaute Mae in ihren Tee. Hier kam sie offenbar nicht weiter. Sie sprachen noch ein wenig über dies und das, aber Mae erfuhr nichts mehr, was für den Fall nützlich gewesen wäre. Und dann kam auch schon die SMS, in der Inspector O'Malley schrieb, er stehe vor der Tür, um sie abzuholen.

Auf der Rückfahrt nach Badger's Burrow machten Inspector O'Malley und Mae einen kleinen Zwischenstopp in einem gemütlichen Pub in der Nähe von Moyvore. Die bunt zusammengewürfelte Einrichtung und das Aussehen der Gäste ließen darauf schließen, dass es sich um eine Lokalität handelte, die eher von Einheimischen besucht wurde. Ein Jammer, wie Mae fand, nachdem sie das Irish Stew gekostet hatte. Das Fleisch darin war unglaublich zart. Als der Wirt an den Tisch kam und fragte, wie es schmecke, lobte sie das Essen.

Der Wirt strahlte. »Werd's der Küche weiterleiten.« Er wollte sich gerade abwenden, stutzte aber. »Sind Sie nicht Mae Pennywether?«

»Ja, stimmt«, antwortete Mae und überlegte kurz, woher sie den Mann kennen könnte, doch ihr fiel nichts ein. »Hatten wir schon mal das Vergnügen?«

»Nicht dass ich wüsste. Aber die Cousine meiner Frau ist oft im Tae agus Ceapaire. Sie liebt diese kleinen Muffins mit dem flüssigen Schokokern.« Der Wirt lachte.

»Und woher kennen Sie mich nun?«, fragte Mae verwundert.

»Ach so, ja, meine Pat hat Ihr Buch daheim liegen, ist

so 'ne Art Bibel für sie«, erzählte der Wirt stolz. »Und da ist ja Ihr Foto auf der Rückseite.« Plötzlich schlug er sich mit der flachen Hand gegen die Stirn und tastete dann seine Taschen ab. Er fand einen Zettel, entfaltete ihn und versuchte, ihn auf der Tischplatte glatt zu streichen. Anschließend schaute er sich um.

Am Nachbartisch saß ein Gast mit dem Rücken zu ihm, der sich einen Kuli hinters Ohr geklemmt hatte.

Der Wirt nahm den Stift und reichte ihn Mae. »Bitte geben Sie mir ein Autogramm! Meine Pat glaubt mir sonst nie, dass Sie hier waren.«

Schmunzelnd signierte Mae den Zettel.

»Vielen Dank!«, sagte der Wirt. »Meine Pat wird sich vielleicht freuen! Ihre Cousine sehen Sie ja vermutlich öfter mal im Tae agus Ceapaire.«

Mae hatte keine Ahnung, wer die Frau sein sollte, nickte aber dennoch.

»Sie war übrigens ziemlich erschrocken, als sie das von Fergal Thurnpike gehört hat«, erzählte der Wirt munter weiter. »Er ist nämlich schon lange Patient ihres Chefs, Doktor Murphy, wissen Sie?«

»Ach ja? Doktor Murphy aus Longford?« fragte Mae erstaunt.

Der Mann war Zahnarzt, uralt und halb blind. Soweit Mae wusste, war er schon lange in Rente, doch er war noch immer der mit Abstand bekannteste Arzt des gesamten Countys.

»Doktor Murphy aus Mullingar«, korrigierte der Wirt.

»Wie nett«, murmelte Mae.

Kapitel 10

»Tee erleuchtet den Verstand, schärft die Sinne,
verleiht Leichtigkeit und Energie
und vertreibt Langeweile und Verdruss.«
Chinesische Weisheit

Am nächsten Vormittag machte sich Mae noch einmal auf den Weg zu Rory. Sie erwischte ihn, als er gerade dabei war, das Haus zu verlassen. Auf dem Rücken trug er einen Rucksack, und über dem Arm hing ein flacher Korb. Er winkte Mae zu, schloss die Tür und wollte losgehen.

»Warte bitte, Rory!«

Stirnrunzelnd schaute er sie an. »Mae, altes Mädchen, was kann ich für dich tun? Willst du mit zur Kartoffellese?«

»Klar, aber nur, damit wir zwei uns in Ruhe unterhalten können«, erwiderte Mae und hakte sich an seinem freien Arm ein.

»Ach, meine Schöne, mit dir würde ich mich lieber bei

einem Guinness unterhalten wollen, irgendwo, wo uns keiner stört.«

»Du bist ein Schwätzer, Rory Davis«, entgegnete Mae.

»Oh, ich mag ansonsten mit der Zunge eines Barden sprechen, aber in deiner Gegenwart fehlen mir buchstäblich die Worte, liebste Mae!«

»Das wird ja immer doller mit dir, reiß dich zusammen!«, sagte Mae streng und schmunzelte doch, weil es sie amüsierte.

Rory, der mit den struppig abstehenden Haarbüscheln über seinen Ohren Ähnlichkeit mit einem Waldkauz hatte, verstand es nun mal, die Leute aufzuheitern. Er nahm nichts und niemanden ernst und war doch immer zur Stelle, wenn man Hilfe brauchte.

»Na dann«, sagte er nun zwinkernd. »Ich seh schon, du brauchst heute keinen Gigolo, sondern einen Zuhörer. Bedrückt dich irgendetwas?«

Mae seufzte. »Lass uns einfach ein bisschen laufen, und wenn wir draußen am Kartoffelfeld sind, plaudern wir, ja?«

Sie folgten dem Pfad, der zur Kirche führte, gingen über den Weg hinter dem Pfarrhof aus dem Ort hinaus und erreichten schließlich das abgeerntete Kartoffelfeld eines örtlichen Farmers. Ächzend setzte Rory den Rucksack ab und begann, liegen gebliebene Kartoffeln aufzusammeln.

»Hab das schon als Kind getan. Da werden wahrlich Erinnerungen wach!«, erklärte er und ließ zwei kleine erdverschmutzte Kugeln in den Korb rollen.

Einen halben Meter entfernt fand Mae eine etwas größere Kartoffel und warf sie vorsichtig in den Korb.

Rory hob den Kopf und sah Mae forschend an. »Jetzt erzähl schon! Was willst du mit mir bereden?«

»Ich hab gehört, du bist letztens im Pub auf Anne und

ihre Leute getroffen. An dem Abend, bevor sie ermordet wurde«, sagte Mae.

Rory schnalzte mit der Zunge. »Oh ja, Anne Cleary, was für ein Rasseweib! Höllisches Temperament, vermute ich, aber ich mag so was.«

Offenbar hatte der alte Schwerenöter eine Schwäche für biestige Krawallnudeln. Bei diesem Gedanken fiel Mae auf, dass sie schon seit einer ganzen Weile nicht mehr an Anne als Mensch gedacht hatte. Nicht einmal die Wut über den fiesen Verrat damals schwelte noch in ihr. Stattdessen war Anne inzwischen nur mehr ein Name, ein Fall, den es zu lösen galt. Mae grübelte. Ob es Polizisten ebenso erging? Mussten sie so werden, um effizient zu arbeiten und sich nicht allzu persönlich in einem Fall zu engagieren? Außerdem erschreckte sie ihre Erkenntnis. So wenig sie Anne auch hatte leiden können, der Gedanke, zu vergessen, dass sie ein Mensch mit Gefühlen und Träumen gewesen war, gefiel ihr nicht. Das Leben war einfach zu kostbar und zu kurz, um es als unbedeutend anzusehen. Sie riss sich zusammen und schaute sich um. Rory war inzwischen schon ein ganzes Stück weitergegangen.

Sie lief ihm nach und rief: »Hast du mit ihnen geredet?«

Rory schwieg und sammelte weiter. Erst als Mae ihn erreicht hatte, antwortete er: »Das wäre keine gute Idee gewesen, die feinen Pinkel hatten sich nämlich gezofft.«

Überrascht sah Mae ihn an. Dann erinnerte sie sich, dass sie an dem Abend etwas Ähnliches beobachtet hatte, während die vier draußen vor dem Pub standen. Aber wieso hatten Ruby und Siobhan nichts davon erwähnt? Vorsichtshalber fragte sie noch einmal nach.

»Sie haben also richtig gestritten?«

»Na ja, die kleine Niedliche war sichtlich angesäuert,

und ihre Freundin mit dem Pferdeschwanz kochte vor Wut, aber wirklich gestritten haben nur der Schnösel und Anne Cleary.«

»Hast du auch mitbekommen, worum es ging?«

»Anne hat dem Typen offenbar einen Dämpfer verpasst. Ging wohl um den Job, aber Genaueres kann ich dir leider nicht sagen.«

Maes Herz pochte aufgeregt, unerfreulicherweise mit dem gewohnt dumpfen Schmerz. Wenn das nicht besser wurde, musste sie sich wohl doch mal von einem Arzt untersuchen lassen.

Sie versuchte, den Schmerz zu ignorieren, und fragte: »Und wie hat er reagiert?«

»Wütend war er, hat sich aber schnell wieder einge-kriegt.« Rory schaute sie interessiert an. »Dann ist es also wahr, du gibst die Agatha Christie von Badger's Burrow?«

»Wer sagt das? Und außerdem war Agatha Christie die Autorin. Die Detektivin hieß Miss Marple.«

»Hm«, brummte Rory und wandte sich wieder den Kartoffeln zu.

Er konnte mehr als zufrieden sein mit der Ausbeute. Sie waren noch nicht einmal die Hälfte des Feldes abgelaufen, und der Korb war bereits voll.

Rory warf einen Blick darauf und sagte: »Lass uns die mal in den Rucksack packen!«

Schweigend gingen sie die paar Meter bis zum Rucksack.

»Ich weiß, dass Miss Marple die Detektivin ist, nicht Agatha Christie«, erklärte Rory schließlich. »Wer auch immer das in Umlauf gebracht hat, ist kein belesener Mensch – und die, die's nachplappern, ebenso wenig. Aber so sind die Leute nun mal. Einer erzählt was, und sofort macht es die Runde. So wie jetzt alle behaupten, dass du Detektivin spielen würdest.«

Mae seufzte. Sie wusste nicht, was sie davon halten sollte. Einerseits hatte sie nie vorgehabt, sich als Detektivin zu profilieren. Sie wollte den wahren Täter finden, um sich selbst von dem Verdacht reinzuwaschen, eine Mörderin zu sein, und auch Clarissa davor zu bewahren, fälschlicherweise wegen eines Verbrechens verurteilt zu werden, das sie nie begangen hatte. Andererseits machte sie sich nun Sorgen, wie lange die Leute noch offen und frei mit ihr plaudern würden, wenn sie befürchteten, Mae würde für die Garda spionieren. Noch einmal seufzte sie.

»Willst du darüber reden?«, fragte Rory.

Mae schüttelte den Kopf. »Ich will nur helfen, den Mörder dingfest zu machen.«

»Hast recht. Es fällt auf uns alle zurück, wenn wir die Garda nicht unterstützen und dulden, dass in unserer Gegend Verbrechen geschehen, und vielleicht sogar noch den Täter decken. Das ist jetzt schon der zweite Mord nach vielen Jahren, in denen das Schlimmste hier die Plünderung der Felder von Farmer Mahoney war.« Rory grinste und hob eine erdverklumpte Kartoffel hoch, als wäre sie ein Diamant. Dann säuberte er die Knolle und legte sie in den Korb. »Beteiligst du dich an einem weiteren Raubzug durch die Gemeinde?«

»Wo geht's denn noch hin?«, erkundigte sich Mae.

»In den Wald. Ich will Eicheln für den Kaffee sammeln«, erklärte Rory, »und Efeu zum Wäschewaschen.«

»Einfallsreich bist du schon«, sagte Mae.

Rory zuckte mit den Schultern. »Not macht erfinderisch, nicht wahr? Und wir Iren sind ziemlich erfinderisch.« Er zwinkerte ihr zu.

Andrew arbeitete gern mit verschiedenen Methoden, um bei einem Fall den Überblick zu behalten. So hatte er eine große Tafel, die er »Mordfallbrett« nannte. Darauf hielt er alle wichtigen Informationen, Fakten und Spuren fest, um sie auf einen Blick überprüfen zu können. Außerdem verwendete er ein Notizbuch, in dem er alles, aber auch wirklich alles notierte, was mit einem Fall zu tun hatte: Aussagen, Gedanken, Eindrücke – jede Kleinigkeit. Das Tippen auf seinem Smartphone dagegen sollte nur verschleiern, dass er die Gespräche mitschnitt. Diese Angewohnheit war rechtlich nicht ganz einwandfrei, kam ihm aber bei seiner Ermittlungsarbeit zugute. Auf diese Weise hatte er nie mit kryptischen Botschaften zu kämpfen, weil die Autokorrektur seine Notizen eigenmächtig geändert hatte, und seine Schrift musste er ebenfalls nicht versuchen zu entziffern.

Grundsätzlich hatte er sich angewöhnt, nichts unbeachtet zu lassen. Und so ergänzte er auch die Information über die Beziehung zwischen Ms Keegan und Ms Mowbray auf seinem »Mordfallbrett«. Dann entfernte er sich ein paar Schritte, um einen Gesamteindruck zu bekommen. Beim Lesen der Stichpunkte über Fergal Thurnpike erinnerte er sich an das, was der Wirt am Vortag gesagt hatte: dass Mr Thurnpike Patient eines gewissen Doktor Murphy aus Mullingar war. Mehr aus Gewohnheit ging Andrew zur Tafel und notierte den Namen des Arztes. Um die Informationen zu komplettieren, suchte er auch noch dessen Fachbereich heraus: Doktor Jackson Murphy war Kardiologe. Auch das schrieb Andrew auf.

Dann sah er auf die Uhr und erschrak. Er musste sich sputen, wenn er Mr Thurnpike heute noch eine Stippvisite im Krankenhaus abstatten wollte, ehe die Besuchszeit wieder vorüber war. Schon am Vortag hatte er sie verpasst. Also griff er nach seiner Jacke und verließ das Büro.

Das Krankenhaus war nicht allzu weit entfernt, und

so nutzte Andrew die Gelegenheit und lief dorthin. Der Fußmarsch tat ihm gut, nachdem er den halben Tag im Büro verbracht hatte. Im Schwesternzimmer erkundigte er sich, wo Mr Thurnpike untergebracht war, und ging dann direkt dorthin. Als er eintrat, sah er, dass der Mann nicht in seinem Bett lag, sondern auf einem Stuhl am Fenster saß und in einer Zeitschrift las.

»Lassen Sie mich in Ruhe!«, raunzte er, ohne aufzublicken.

»Sobald Sie mir ein paar Fragen beantwortet haben«, erwiderte Andrew unbeeindruckt.

Mr Thurnpike schaute sich um und nickte ihm überrascht zu. »Ach, Sie sind das, Inspector. Mich terrorisiert heute schon den ganzen Tag eine Krankenschwester mit Spritzen und Blutdruckmessen. Ich glaube fast, man testet Medikamente an mir. Was kann ich für Sie tun?« Er legte seinen Lesestoff auf den Fenstersims und wollte sich erheben.

»Bitte bleiben Sie sitzen!«, sagte Andrew.

Mit hochgezogenen Augenbrauen drehte Mr Thurnpike seinen Stuhl um, sodass er Andrew nun zugewandt war, und lehnte sich zurück. Er war leger gekleidet: Poloshirt, Stoffhose und Slipper.

»Also, Sie sind doch sicher wegen des Vorfalls im Tearoom hier, nicht wahr? Aber bevor wir darüber sprechen: Könnten Sie in Ihrer Eigenschaft als Freund und Helfer nicht vielleicht ein gutes Wörtchen für mich einlegen, damit ich heute noch entlassen werde?«

Andrew war sich nicht sicher, ob er scherzte oder das ernst meinte. »Ich bin Polizist, Mr Thurnpike, kein Arzt. Aber wenn es Ihnen ein solch großes Anliegen ist, werde ich beim Hinausgehen gern das Personal hereinschicken, damit Sie das besprechen können.«

Mr Thurnpike winkte ab. »Zwecklos, das habe ich schon versucht. Also gut, sprechen wir über vorgestern! Was wollen Sie wissen?«

»Nun, das können Sie sich sicher denken. Ich versuche herauszufinden, wer es auf Sie abgesehen hat. Haben Sie Feinde?«

Mr Thurnpike schüttelte den Kopf und faltete die Hände in seinem Schoß. »Nicht dass ich wüsste. Ich bin nur ein Moderator, kein Enthüllungsjournalist oder Ähnliches. Und meine Liebschaften sind immer einvernehmlich und ausschließlich mit ungebundenen, volljährigen Frauen.«

Wie gewohnt ließ Andrew die Recorder-App seines Smartphones laufen, tat aber so, als tippe er eifrig mit. »In Ordnung, Mr Thurnpike. Können Sie sich noch daran erinnern, was am Mittwochvormittag im Tae agus Ceapaire passiert ist?«

»Ich war gegen zehn Uhr mit Mrs Pennywether verabredet. Es ging noch mal um ihr Interview. Da ich etwas zu früh da war und noch nicht gefrühstückt hatte, bestellte ich mir ein Stück Quiche und einen Tee.«

»Interessant«, unterbrach Andrew ihn. »Hätte irgendjemand Gelegenheit gehabt, Ihnen etwas in den Tee oder ins Essen zu mischen? Ist jemand zu Ihnen gekommen und hat Sie angesprochen? Oder haben Sie den Tisch mal verlassen?«

»Das muss ich alles verneinen«, erklärte Mr Thurnpike. »Bis Mrs Pennywether sich zu mir setzte, hatte ich nur Kontakt mit Mrs Nelson, die mir die Quiche und den Tee gebracht hatte.«

»Ich verstehe«, murmelte Andrew. »Und was geschah dann?«

»Mrs Pennywether nahm ebenfalls einen Tee und dazu ein Stück Kuchen, ich ein weiteres Stück Quiche und einen

Espresso, und wir plauderten kurz. Auf einmal wurde mir ganz eigenartig, ich konnte nur noch verschwommen sehen. Das Nächste, woran ich mich erinnere, ist dieses Krankenzimmer hier.« Mr Thurnpike seufzte.

»Sehr mysteriös«, sagte Andrew. »Denken Sie bitte noch einmal zurück: Könnte es vielleicht sein, dass Sie etwas gesehen oder gehört haben, was den Mörder von Mrs Cleary glauben lässt, Sie könnten ihn identifizieren?«

Mr Thurnpike schien nachzudenken. »Nein«, sagte er schließlich. »Mir fällt nichts ein, was ich gesehen oder gehört habe und das mit dem Mord in Verbindung stehen könnte.«

»Dann berichten Sie mir doch bitte noch einmal ganz genau, was bei Ihrem ersten Besuch in Ballymahon geschah – von dem Moment, in dem Sie ankamen, bis zu Ihrer Abreise.«

Mr Thurnpike rollte mit den Augen. »Ist das wirklich nötig?«

»Wäre ich ein humorvoller Mensch, würde ich behaupten, dass es mir einfach Freude macht, meine Mitmenschen mit den ständig gleichen Fragen zu quälen. Aber da ich meine Arbeit viel zu ernst nehme, um darüber Witze zu machen, muss ich Ihnen sagen: Ja, es ist nötig.«

Seufzend begann Mr Thurnpike mit seinem Bericht. Am Ende wirkte er leicht genervt, doch Andrew war noch nicht fertig.

»Ich hätte da noch ein paar Fragen zu Ihrem Verhältnis zu Mrs Cleary.«

»Mein Verhältnis?«, fragte Mr Thurnpike argwöhnisch. »Was erlauben Sie sich? Ich hatte keine wie auch immer geartete erotische Beziehung zu Anne, falls Sie mir das unterstellen wollen.«

Beschwichtigend hob Andrew die Hand. »Das habe ich nun wirklich nicht sagen wollen. Aber mir wurde zugetragen, dass Mrs Cleary und Sie einander so nahestanden, dass sie Sie als ihren Nachfolger vorgestellt hat.« Mr Thurnpike brauchte ja nicht zu wissen, dass Andrew bereits über Mrs Clearys gemeinen Scherz informiert war.

»Ja, das tat sie. Inzwischen hat sich leider herausgestellt, dass das gelogen war«, erklärte Mr Thurnpike und wirkte dabei völlig emotionslos.

»War das denn fachlich motiviert oder hatten Sie sie irgendwie verärgert?«

»Woher soll ich das wissen?« Mr Thurnpike seufzte. »Anne und ich waren befreundet, immerhin war ich über zehn Jahre lang ihr Co-Moderator. Wir waren ein gutes Team. Vor der Kamera wussten wir genau, was wir wann sagen konnten. Wir verstanden uns bestens, und das hat auch das Publikum gemerkt. Dann kam Ruby dazu und brachte frischen Wind in die Sendung, es hätte nicht besser laufen können. Ruby ins Team aufzunehmen war die beste Entscheidung von Ireland Channel seit Langem.«

In diesem Moment klopfte es an der Tür, dann trat Mrs Pennywether ein.

Mae stutzte kurz, als sie Inspector O'Malley entdeckte. »Sie auch hier?« Sie zwang sich zu einem Lächeln, ging auf Fergal Thurnpike zu und schüttelte ihm die Hand. »Ich hab Ihnen eine Kleinigkeit mitgebracht«, erklärte sie und präsentierte ihm die in Cellophan verpackte Tasse, in der eine Teepackung steckte.

Er schien nicht besonders begeistert zu sein. Mae zuckte mit den Schultern und stellte ihr Geschenk auf das Fensterbrett, wo bereits ein Boulevardmagazin lag.

»Mrs Pennywether, was führt Sie hierher?«, fragte Inspector O'Malley.

»Ich wollte einfach sehen, wie es Mr Thurnpike geht«, antwortete Mae fröhlich.

»Also gut, ich bin hier gleich fertig, dann können Sie ganz ungestört plaudern.«

»Aber nicht doch, Inspector!«, sagte Mae schnell. »Es trifft sich ganz gut, dass Sie auch hier sind. Mir sind nämlich noch ein paar Fragen eingefallen, die ich mit Mr Thurnpike klären wollte und die für Ihre Ermittlungen bestimmt interessant sind.«

Inspector O'Malley seufzte, doch Mae beachtete ihn nicht weiter.

»Wie gut verstehen Sie sich eigentlich mit Ihren Kollegen, Mr Thurnpike?«

Er musterte sie pikiert und wandte sich dann an den Inspector. »Muss ich mich von dieser Person ausfragen lassen? Soweit ich weiß, ist sie keine Polizistin.«

»Mrs Pennywether unterstützt mich ein wenig«, erklärte Inspector O'Malley.

»Aber sie war doch zu Anfang die Hauptverdächtige in Bezug auf Anne, oder? Und sie war anwesend, als ich vergiftet wurde. Finden Sie nicht, dass die Garda auf keinen Fall mit so jemandem zusammenarbeiten sollte?«

Inspector O'Malleys linkes Augenlid zuckte kaum merklich. Mae hoffte, dass es nur ihr auffiel. Sie ahnte, was in ihm vorging. Wenn herauskam, dass er sie zu Befragungen mitgenommen hatte, wäre eine Suspendierung vermutlich das Geringste seiner Probleme.

»Das lassen Sie mal meine Sorge sein!«, sagte er kühl. »Beantworten Sie bitte Mrs Pennywethers Frage: Wie ist Ihr Verhältnis zu Ihren Kollegen?«

Fergal Thurnpike verzog das Gesicht. »Wir verstehen uns alle bestens. Freunde sind wir zwar nicht, und wir gehen für gewöhnlich auch nicht gemeinsam aus, aber es gibt keinen Grund zu klagen.«

Mae räusperte sich. »Und was ist mit Rivalitäten zwischen Ihnen und Ruby? Schließlich wird sie Ihnen nun vor die Nase gesetzt, und Sie sind weiterhin nur der Co-Moderator in der Show. So, wie es aussieht, befürwortete sogar Anne Ruby als ihre Nachfolgerin.«

»Na hören Sie mal!«, fauchte Fergal Thurnpike sie an. »Sie haben doch selbst gehört, dass Anne mich als ihren Nachfolger vorgestellt hat. Das war ihre Meinung, und die hätte sie nicht geändert. Wäre sie in der Nacht nicht gestorben, hätte sie mich der Sendeleitung ausdrücklich empfohlen. Schließlich ist es ja wohl kaum angemessen«, er machte eine theatralische Pause, »eine Lesbe zur Hauptmoderatorin zu benennen. Vor allem nicht für eine Vorabendshow, bei der Kinder zugucken könnten.«

Mae stutzte. Wie konnte das sein? Ruby und Siobhan hatten alles unternommen, um ihre Beziehung geheim zu halten, und sie waren überzeugt davon, dass im Sender nur Mr Stroke eingeweiht war. Sie musste in Erfahrung bringen, was Fergal Thurnpike tatsächlich wusste.

»Wen meinen Sie?«, fragte sie unschuldig.

Fergal Thurnpike warf ihr einen angewiderten Blick zu. »Ruby Keegan und ihre Freundin Siobhan Mowbray natürlich.«

»Seit wann wissen Sie davon?«, mischte sich Inspector O'Malley nun ein.

»Schwer zu sagen«, erwiderte Fergal Thurnpike. »Auf jeden Fall seit einer ganzen Weile. War ja nicht schwer zu erraten. Wenn eine Frau so gar nicht auf Flirts reagiert, dann kann nur das dahinterstecken.«

»Aber nur weil eine Frau nicht an Ihnen interessiert ist, heißt das ja noch lange nicht, dass sie lesbisch sein muss!«, sagte Mae empört.

»Also gut, ich habe gesehen, wie die beiden sich geküsst haben. Die Art des Kusses ließ keinen Zweifel zu.«

Inspector O'Malley seufzte. »Wusste Mrs Cleary ebenfalls von der Beziehung?«

»Ich denke nicht. Über so etwas haben wir nie geredet und da Ruby und Siobhan sich normalerweise zurückhielten, kam das Thema auch nie auf«, erklärte Fergal Thurnpike. »Aber ganz sicher bin ich mir natürlich nicht.«

Mit wachsender Beunruhigung hatte Mae ihm zugehört. Nun überlegte sie, ob nicht vielleicht tatsächlich Ruby oder Siobhan oder beide zusammen Anne ermordet hatten, weil diese hinter ihre Beziehung gekommen war und ihnen hatte schaden wollen. Fergal Thurnpike sollte als Mitwisser dann ebenfalls beseitigt werden. Möglicherweise hatte es Anne nur als Erste getroffen, weil sie als Hauptmoderatorin einen deutlich größeren Einfluss im Sender gehabt hatte als er.

»Haben Sie denn schon etwas wegen des Mordes an ihr herausgefunden?«, fragte Fergal Thurnpike gerade.

»Wir verfolgen ein paar Spuren«, antwortete der Inspector ausweichend. »Sollten wir herausfinden, dass ihr Tod mit dem Anschlag auf Sie in Verbindung steht, erfahren Sie es natürlich sofort.«

Fergal Thurnpike schnaubte verächtlich. »Das will ich auch hoffen! Wer weiß, ob der Täter nicht noch einmal zuschlagen wird, um zu beenden, was er angefangen hat.«

»Ich kann jemanden vor Ihrem Zimmer Wache halten lassen, wenn Sie das beruhigt«, schlug Inspector O'Malley vor.

Fergal Thurnpike sah ihn überrascht an. »Nein, nein«, sagte er dann schnell. »Hier im Krankenhaus wird man es wohl nicht versuchen.«

»Gut, dann sind wir so weit fertig. Falls sich noch weitere Fragen ergeben, melden wir uns bei Ihnen.«

Es klopfte an der Tür, und eine matronenhafte Krankenschwester stürmte in den Raum. Sie war so groß wie der Inspector, aber doppelt so breit.

»Die Besuchszeit ist vorbei«, schimpfte sie, lachte dann heiser und fragte: »Oder wollen Sie das andere Bett in Beschlag nehmen?«

Mae grinste. Diese Frau war bestimmt die Richtige, um mit Fergal Thurnpike fertigzuwerden.

»Mr Thurnpike braucht jetzt Ruhe. Was auch immer Sie wollen, wird bis morgen warten müssen«, erklärte die Krankenschwester harsch.

»Keine Sorge, wir wollten ohnehin gerade gehen«, entgegnete Inspector O'Malley.

Mae schwieg, bis sie das Krankenhaus verlassen hatten. »Etwas an der ganzen Sache ist unstimmig!«, platzte sie schließlich heraus.

»Ja«, erwiderte der Inspector. »Ich habe Ihnen nicht mitgeteilt, dass ich heute herkommen werde. Warum also sind Sie hier?«

»Aus demselben Grund wie Sie, Inspector: Ich will den Mörder finden. Und jetzt konzentrieren wir uns bitte wieder auf unseren Fall«, sagte Mae ungeduldig. »Mir kommt das komisch vor. Mr Thurnpike sagte doch, er habe schon seit einer Weile gewusst, dass Ruby lesbisch ist. Warum hat er dann heftig mit ihr geflirtet, als sie hier ankamen? Und noch etwas bereitet mir Kopfzerbrechen: Ist den beiden Frauen bekannt, dass er über ihre Beziehung

Bescheid weiß, und wenn ja, wie weit würden sie gehen, um ihr Geheimnis zu wahren?«

»Das habe ich mich auch schon gefragt. Wollten sie Mr Thurnpike aus dem Weg räumen, damit er sie nicht mehr outen kann? Und was ist mit Mrs Cleary? Wurde sie aus demselben Grund ermordet?«

»Hm«, machte Mae. »Damit haben wir zwei neue Verdächtige.«

»Damit«, korrigierte Inspector O'Malley sie schulmeisterlich, »können wir immer noch keinen der Verdächtigen von unserer Liste streichen. Ich stimme Ihnen insofern zu, dass Ms Mowbray und/oder Ms Keegan in Bezug auf Mr Thurnpike ein Motiv haben, falls sie herausgefunden haben, dass er über ihre Beziehung Bescheid weiß.«

In diesem Moment entdeckte Mae einen Hund, der an einem Mülleimer festgebunden war. Er hatte Ähnlichkeit mit einem Mops, war jedoch größer und hatte aufgestellte Ohren. Seine hervorquellenden Augen gaben ihm ein ebenso skurriles wie rührendes Aussehen. Mit einem Aufschrei ging Mae auf ihn zu und ließ den Inspector einfach stehen.

»Na du?«, sagte sie, und der Hund wedelte freundlich mit dem Schwanz.

Er trug ein braunes Lederhalsband, an dem nur ein einfaches Hanfseil hing. Als sie sich nach ihm bückte und ihn streichelte, schmiegte er sich regelrecht an sie.

»Du bist ja ein Hübscher! Boston Terrier, nicht wahr?«

»Ich glaube kaum, dass er Ihnen antworten wird.« Inspector O'Malley war ihr offenbar gefolgt.

Mae kraulte den Terrier hinter den Ohren. »So ein netter Hund!«, erklärte sie und erhob sich.

Sofort begann der Hund zu winseln. Sie sah zu ihm

hinunter. Er wirkte so unsagbar traurig, dass es ihr fast das Herz brach. Schon als Kind hatte sie immer mit den Nachbarshunden gespielt, und als ihr Mann Dorian gestorben war, hatte sie darüber nachgedacht, sich einen kleinen Kläffer anzuschaffen. Aber irgendwie war ihr immer etwas dazwischengekommen.

»Der kleine Kerl saß schon da, als ich kam«, überlegte sie laut und ging neben ihm in die Hocke.

Er wedelte wieder mit dem Schwanz und legte seine Vorderpfoten auf ihren Knien ab, während er seltsam röchelnde Geräusche von sich gab.

»Du Armer, man hat dich ausgesetzt, was?« Mae kraulte sein kurzes Fell, und er ließ es mit sichtlichem Entzücken geschehen. Nach einer Weile hob sie den Kopf und sah sich um.

»Was suchen Sie, Mrs Pennywether?«, fragte Inspector O'Malley.

»Jemanden, der gesehen haben könnte, von wem der Hund hier festgebunden wurde«, erklärte sie.

»Fragen Sie doch den Gärtner!«, schlug der Inspector vor und deutete mit dem Kinn auf einen Mann, der auf der gegenüberliegenden Straßenseite stand und mit einem Rasenmäher beschäftigt war.

Mae nickte. Vermutlich gehörte der Hund sogar dem Gärtner. Sie schob die Pfoten des Terriers von ihren Beinen und erhob sich ächzend. Dann überquerte sie die Straße und blieb vor dem Mann stehen. Der tat zunächst so, als beachte er sie nicht, doch als sie sich nicht von der Stelle bewegte, hob er den Kopf und sah sie aus wässrigen blauen Augen an.

»Ma'am?«

Mae zeigte hinter sich in Richtung des Hundes. »Ist das Ihrer?«

»Nein. Der war schon heute Morgen hier, als ich angefangen hab zu arbeiten.«

»Und wann war das?«, wollte Mae wissen.

»So gegen neun. Soweit ich das mitbekommen habe, ist seitdem niemand hier gewesen und hat sich um den Hund gekümmert«, erklärte der Gärtner.

»Dann nehme ich ihn mit. Falls der Besitzer auftauchen und ihn vermissen sollte, kann er sich in der Garda Station nach Inspector O'Malley erkundigen. Der weiß, wo er mich findet.« Mae wandte sich abrupt um, ohne eine Antwort abzuwarten, und kehrte zu Inspector O'Malley und dem Hund zurück. »Er kommt mit mir!«, verkündete sie.

Der Inspector zog die Augenbrauen hoch. »Sie können doch nicht einfach diesen Hund stehlen!«, protestierte er.

»Dann schauen Sie mir mal genau zu!« Sie machte den Strick los, wickelte ihn sich um die Hand und beugte sich zu dem Hund. »So, mein pelziger Freund, wir gehen jetzt heim! Du wohnst ab sofort bei mir.« Damit lief sie los.

Inspector O'Malley folgte ihr. »Wo steht Ihr Auto?«, fragte er.

Mae erstarrte. Das hatte sie ganz vergessen: Ihr Wagen war nicht angesprungen, also hatte sie den Bus genommen. Sie wusste gar nicht, ob sie ihren neuen Freund darin mitnehmen durfte.

»Ich bin mit dem Bus gekommen«, sagte sie kleinlaut.

»Ach so!« Der Inspector starrte auf den Hund. »Halten Sie es für eine gute Idee, mit einem fremden Tier Bus zu fahren?«

»Um zu laufen, ist es ein wenig weit«, meinte Mae und überlegte bereits, ob sie vielleicht Rabia bitten konnte, sie zu fahren.

Allerdings hatte die erst in ein paar Stunden Feierabend.

»Kommen Sie mit, ich fahre Sie zurück nach Badger's

Burrow!«, sagte Inspector O'Malley. »Wir müssen nur zuerst zur Garda Station, dort steht mein Wagen.«

»Sind Sie sich sicher?«, fragte Mae.

Der Hund bellte, und es klang freundlich. Offenbar schien er sich schon mit den neuen Menschen in seinem Leben anzufreunden.

»Natürlich bin ich mir sicher«, entgegnete der Inspector. »Und jetzt kommen Sie, ich hab nicht den ganzen Tag Zeit.«

»Wir setzen den Hund am besten in den Kofferraum«, schlug Inspector O'Malley vor, als sie bei seinem Wagen ankamen. »Ich nehme auch die Abdeckung runter, so bekommt er ausreichend Luft.«

Mae beachtete ihn nicht weiter und öffnete die hintere Autotür. Sofort sprang der Hund auf die Rücksitzbank und machte es sich bequem. Inspector O'Malley seufzte, aber das störte Mae nicht. Ihr neuer Freund sah so knuffig aus, wie er da lag mit dem Kopf auf den Vorderbeinen, die Ohren gespitzt und die Augen mit hingebungsvoller Liebe auf Mae gerichtet. Dabei wurde ihr ganz warm ums Herz. Sie riss sich von seinem Anblick los und nahm auf dem Beifahrersitz Platz.

Der Inspector stieg ebenfalls ein. Er fuhr los, und als sie Longford hinter sich gelassen hatten, warf er einen Blick in den Rückspiegel.

»So etwas Hässliches wie diesen Hund hab ich noch nie gesehen«, verkündete er.

Von der Rücksitzbank her ertönte ein Fiepen.

Mae drehte sich um. »Hör nicht auf ihn!«, sagte sie beruhigend. »Wir brauchen noch einen Namen für dich, nicht wahr?« Der Hund sah sie mit verständigen Augen an, und Mae war wirklich froh, dass ihr der Zufall so unverhofft einen Hund geschickt hatte. Sie überlegte, wie er heißen könnte. »Boston!«, rief sie plötzlich aus.

»Wie bitte?«, fragte der Inspector irritiert.

»Ich nenne ihn Boston«, erklärte Mae.

»In Ordnung«, sagte der Inspector. »Der Name ist so gut wie jeder andere auch.« Erneut riskierte er einen Blick auf den Hund. »Aber hängen Sie Ihr Herz nicht allzu sehr an das kleine Biest, sein Besitzer könnte jederzeit auftauchen und ihn zurückfordern!«

»Darum kümmere ich mich, wenn es so weit ist«, erwiderte Mae schroff. Sie lächelte den Hund aufmunternd an.

Wer auch immer ihn vor dem Krankenhaus festgebunden hatte, hatte ihn loswerden wollen. Schließlich hatte er ihn ohne Wasser und Futter zurückgelassen und den ganzen Tag über nicht mehr nach ihm gesehen.

»Bis dahin bleibst du bei mir, Boston, nicht wahr?« Sie hätte schwören können, dass der Hund nickte.

»Vielen Dank fürs Heimfahren!« Mae lächelte den Inspector an, bevor sie ausstieg.

»Nichts zu danken, und vergessen Sie Ihr Flohtaxi nicht!«

»Bestimmt nicht!« Sie öffnete die hintere Autotür, woraufhin Boston fröhlich kläffend auf den Gehweg sprang.

Der Inspector fuhr davon. Schmunzelnd sah Mae ihm hinterher und ging dann zu ihrem Haus. Boston folgte ihr. An der Eingangstür klebte eine Nachricht von Weeds, dem etwas zwielichtigen Neffen von Eoghan. Er teilte ihr mit, dass ihr Auto wieder ordnungsgemäß lief und sie ihm einen Kanister Motoröl und ein bis drei Pint Guinness schuldete.

Mae öffnete die Tür, und Boston betrat noch vor ihr das

Haus. Er tat so, als gehöre es ihm und als lebe er bereits ewig hier. Mit majestätisch gerecktem Haupt marschierte er durch den Flur in die Küche, wo er sich mehrmals um die eigene Achse drehte und sich dann vor der Hintertür niederließ. Mae holte ihm eine Schale und stellte ihm Wasser hin. Er trank gierig. In der Zwischenzeit nahm sie den Rest ihres Mittagessens – Hühnerbrust mit Reis und Karotten-Erbsen-Gemüse – aus dem Kühlschrank, schnitt das Fleisch in kleine Stücke und stellte Boston den Teller vor die Nase. Er stürzte sich darauf, als wäre er kurz vorm Verhungern. Vermutlich war er das sogar. Mae über-legte, ob sie später zu Bertie in den Corner Shop gehen und Hundefutter besorgen sollte. Doch in Anbetracht der Tatsache, dass sie künftig zwei Esser im Haus waren, ent-schied sie, dass es besser war, ein wenig auf ihr Geld zu achten. Also würde sie ins Auto steigen und in den näch-sten Supermarkt fahren. Aber erst mal brauchte sie einen Tee.

Nachdem Mae ihren Tee getrunken hatte, vergewisserte sie sich, dass in der Küche nichts Essbares herumstand, über das Boston sich hermachen konnte. Außerdem kon-trollierte sie, ob Fenster und Türen geschlossen waren, sodass sie den Hund für einen Moment allein lassen konnte. Sie lief nach oben, um sich rasch umzuziehen. Zwar waren der Gipsyrock und das weiße Herrenhemd hübsch anzusehen, aber einkaufen ging sie dann doch lie-ber in einer bequemen Jeans.

Als sie in die Küche zurückkehrte, fand sie ihre Tisch-decke auf dem Boden vor. Die Obstschale war unter den Tisch gerollt, und verstreut lagen ein paar traurige Reste ihres Obstes herum. Boston hatte offenbar alles in sich hineingefressen, was der Korb zu bieten gehabt hatte. Mae seufzte. Daran hatte sie einfach nicht gedacht, als sie die Küche verlassen hatte. Boston selbst saß aufrecht da und sah sie aufmerksam an.

»Das ist jetzt nicht dein Ernst!«, sagte sie zu ihm und stieß ein paar Flüche aus. Dann machte sie sich daran, die Bescherung aufzuräumen, während Boston ihr auf Schritt und Tritt nachlief. »Lass das!« Sie starrte ihn böse an.

Er bellte fröhlich, ganz so, als verstehe er Maes Verärgerung nicht.

Sie richtete sich auf und stemmte die Hände in die Hüften. »Mein Freund, wenn du nicht draußen angeleint und in eine winzige Hundehütte verbannt werden willst, rate ich dir, dich zu benehmen!«, tadelte sie ihn streng.

Boston sah sie mit großen Augen an.

Maes Herz wurde weich, doch sie zwang sich zu einer ernsten Miene und einer energischen Stimme. »Komm mit, wir fahren!«

Mae hatte sich ein paar Tiefkühlgerichte und Konserven in den Einkaufswagen gepackt und schlenderte nun zur Obst- und Gemüseabteilung. Wenn ihr neuer Mitbewohner öfter seine veganen Anwandlungen hatte, war es sicher sinnvoll, sich diesbezüglich ausreichend einzudecken, vor allem da sie selbst gern mal in einen Apfel biss, um die negativen Auswirkungen ihrer Fast-Food-Esserei auszugleichen.

Gewohnheitsmäßig sah sie im Gang mit den Tees vorbei, stellte aber nur fest, dass dort alles beim Alten war: Es gab die üblichen Teebeutel aus Abacáfasern, diese unsäglichen Pyramidenbeutel, die aus Plastik bestanden, wie Mae hatte herausfinden müssen, und lose Tees, die einzige Variante billiger Supermarkttees, die sie gelten lassen konnte. Insgesamt entdeckte sie aber nichts, was sie zu kaufen reizte, und so ging sie weiter zum Gemüse. Beim Brokkoli stieß sie fast mit Inspector O'Malley zusammen.

»So schnell sieht man sich wieder«, sagte er trocken und blickte auf den Sack Hundefutter, den Mae eingeladen hatte. »Sie wollen dieses Tier also allen Ernstes behalten?«

»Nein, eigentlich esse ich das Zeug selbst ganz gern«, erwiderte Mae.

Inspector O'Malley schmunzelte, dann wurde er wieder ernst. »Ich möchte morgen noch mal mit Ms Keegan und Ms Mowbray sprechen. Das Ganze passt irgendwie nicht zusammen: Mr Thurnpike behauptet, schon seit Längerem zu wissen, dass die Damen ein Paar sind. Die wiederum sagen, keiner außer dem Chef des Senders habe es auch nur geahnt. Und dann sind da noch ein paar Fragen, die ich nur zu gern geklärt hätte.«

Mae musterte ihn nachdenklich. »Heißt das, Sie halten Clarissa inzwischen für unschuldig?«

»Das heißt lediglich, dass Ihre Freundin Mrs Cleary ermordet haben könnte, und danach haben sich Ms Keegan und Ms Mowbray vielleicht gedacht, sie könnten Mr Thurnpike aus dem Weg räumen, was aber fehlschlug, weil sie sich mit der Dosierung des Gifts nicht so gut auskannten.«

Mae seufzte. Sie hatte gehofft, dass Clarissa aufgrund der neuen Verdachtsmomente gegen die beiden Frauen entlastet wäre, aber so einfach war das natürlich nicht.

»Liebe Mrs Pennywether, Sie wissen doch ganz genau, was gegen Mrs Nelson vorliegt. Aber wenn ich wirklich glauben würde, dass die Beweise ausreichend wären, hätte ich den Fall bereits abgeschlossen«, erklärte der Inspector. Wollte er sie damit etwa beruhigen?

»Also gut«, sagte Mae, »wann wollten Sie denn morgen losfahren? Ich würde Sie gern wieder begleiten.«

»Das dachte ich mir schon. Irgendwann am Vormittag, aber wann genau, kann ich jetzt noch nicht sagen. Am besten rufe ich Sie an, kurz bevor ich Sie abhole, in Ordnung?«

Mae nickte. Dann verabschiedeten sie sich und gingen ihrer Wege. Als Mae an der Kasse stand, sah sie den Inspector noch einmal. Er packte seine Einkäufe ein und verließ den Supermarkt. Mae folgte ihm kurz darauf. Auf dem Weg zu ihrem Wagen überlegte sie, ob Boston bereits dazu übergegangen war, die Polsterung zu fressen, denn als sie ihn verlassen hatte, hatte er angefangen, sie abzulecken. Er war schon irgendwie ein verrückter Hund, aber sie mochte das. Es passte besser zu ihr als ein spießbürgerlicher Langweiler.

Bevor sie das Auto aufsperrte, blickte sie vorsichtig ins Innere. Erleichtert sah sie, dass Boston sich damit zufriedengegeben hatte, eine größere Stelle auf der Rücksitzbank anzusabbern. Sie lud ihre Einkäufe in den Kofferraum und nahm Boston mit, als sie den Einkaufswagen zurückbrachte. Da er so unruhig wirkte, unternahm sie noch einen kleinen Spaziergang mit ihm.

Während sie durch die Straßen liefen, ließ sie ihre Gedanken schweifen. Wenn sie gewusst hätte, was es alles nach sich ziehen würde, hätte sie sich schlicht geweigert, das Interview mit Anne zu machen. Stattdessen hätte sie ihrer Freundin Loreena den schon lange fälligen Besuch in Augsburg abstatten können. Die junge Deutsche war im Vorjahr nach Badger's Burrow gekommen, um den Whiskey-Trail zu bereisen und nach ihren Familienmitgliedern zu suchen. Für den Besuch in Deutschland hatte sie ihr ausgiebige Whiskey-Tastings versprochen sowie Stippvisiten in ein paar Destillerien, was Mae für ein Unding hielt. Schließlich feierte man in Irland auch kein Oktoberfest.

Aber sie wollte nicht voreingenommen sein und sich ihr Urteil erst bilden, nachdem sie ein paar deutsche Whiskeys gekostet hatte.

Plötzlich fiel ihr ein, dass sie ja Tiefkühlkost gekauft hatte, die jetzt in ihrem Wagen lag. Hastig zerrte sie Boston zurück zum Supermarktparkplatz, setzte ihn ins Auto und stieg selbst ein.

Mae hatte kaum ihre Einkäufe verstaut, als es an der Hintertür klopfte. Sie öffnete, und Rabia trat ein.

»Hallo Liebes, was führt dich denn hierher?«, fragte Mae.

»Ich wollte nur mal nach dem Rechten sehen. Du meldest dich ja nicht, wenn man versucht, dich anzurufen.«

Boston kam in die Küche geflitzt. Er lief schnurstracks zu Rabia und begann an ihr zu schnüffeln.

»Wer bist du denn?«, fragte sie den Hund, hielt ihm die Hand hin, damit er auch daran schnuppern konnte, und kraulte ihn schließlich zwischen den Ohren. »Hast du einen neuen Gast, Mammy?«

»Nein, den Burschen hier hat jemand ausgesetzt, also hab ich ihn mitgenommen.«

»Oh«, machte Rabia und sah Mae forschend an. »Kommst du uns am Sonntag besuchen? Zum Abendessen? Die Kinder würden sich bestimmt freuen.«

Beim Gedanken an ihre Enkelinnen wurde Mae ganz warm ums Herz. Nur weil sie nicht die typische Großmutter war, hieß das ja nicht, dass sie sie nicht liebte. Aber da war immer noch der Mord, den es aufzuklären galt.

»Ich sag mal ja, verspreche aber nichts. Du weißt ja, ich helfe dem Inspector bei der Lösung des Falles.«

Rabia ließ sich auf einen Stuhl plumpsen, und das

Korbgeflecht ächzte. »Du hörst also tatsächlich nicht auf, Detektivin zu spielen?«

»Natürlich nicht! Es geht um Clarissas Unschuld. Außerdem fühle ich mich deutlich wohler, wenn ein Mörder weniger frei herumläuft.«

Rabia seufzte.

»Wollen wir uns ein Gläschen gönnen?«, fragte Mae.

Zwar bereitete es ihr nicht so viel Vergnügen, mit Rabia Whiskey zu trinken, wie mit Brandon oder Loreena, aber das war ihr im Moment egal. Nicht jeder konnte so einen geschulten Gaumen haben wie die beiden, die die unterschiedlichsten Nuancen herausschmeckten.

»Ich hätte lieber eine Tasse Tee«, erwiderte Rabia. »Diesen koreanischen Schwarztee von letztens vielleicht?« Hoffnungsvoll sah sie ihre Mutter an.

Mae schmunzelte. Sie würde einen Genmaicha-Tee aufbrühen, einen japanischen Sencha mit gepoppten Reiskörnern, enorm köstlich. Rabia würde ihn lieben.

Eine Weile saßen sie in einträchtiger Schweigsamkeit beisammen und tranken Tee, dann sagte Rabia: »Apropos Clarissa: Ich habe heute mit ihr gesprochen.«

Mae horchte auf. »Wie geht's ihr denn? Als ich mit ihr reden wollte, hat sie sich geweigert. Anscheinend ist sie wütend auf mich«, erzählte sie bedrückt.

»Sie ist verwirrt und besorgt – und ja, auch wütend«, bestätigte Rabia. »Aber ich glaube nicht, dass sie auf dich im Speziellen zornig ist. Sie beteuert ihre Unschuld und will freigelassen werden.«

Mae nickte. Das war nur allzu verständlich. Sie musste wirklich alles daransetzen, damit der wahre Mörder endlich gefasst wurde.

Kapitel 11

Mae und Boston warteten vor dem Haus, als Inspector O'Malley vorfuhr.

Er verzog das Gesicht, als er den Hund erblickte. »Ich gehe nicht davon aus, dass sein Besitzer jeden Moment erscheinen wird, um ihn abzuholen.«

»Nein, natürlich nicht. Woher sollte dieser Tierquäler wissen, wo sich Boston aufhält, wenn Sie es ihm nicht gesagt haben?«, erwiderte Mae heiter.

An diesem Morgen hatte sich Boston ausgiebig Bewegung verschafft, indem er wie irrsinnig durch das Erdgeschoss gerast war, um irgendwelche unsichtbaren Kaninchen zu jagen. So wie er nun dreinsah, war er todmüde und würde sicher während der gesamten Autofahrt schlafen. Das war für sie alle angenehmer, denn Mae wollte nicht herausfinden, ob sich Inspector O'Malley dazu hinreißen ließe, dem armen Hund etwas anzutun, falls er irgendetwas anstellte, was ihm missfiel.

»Wir nehmen den Hund mit«, erklärte sie. »Ich befürchte, er wird verrückt, wenn er ein paar Stunden allein im Haus bleiben muss.« Mit Schrecken dachte sie daran, wie er vor seiner imaginären Kaninchenjagd ein Sofakissen zerlegt hatte.

Widerwillig öffnete Inspector O'Malley die hintere Tür seines Dienstwagens für Boston. »Vermutlich werde ich verrückt, wenn ich längere Zeit mit diesem Hund im Auto sitzen muss«, brummelte er.

»Wir könnten unterwegs mal anhalten und eine kleine Gassirunde für Sie einlegen, Inspector«, schlug Mae vor, was ihr einen finsteren Blick einbrachte.

Sie fuhren bereits auf der M4 Richtung Dublin, als Inspector O'Malley kurz vor der Abfahrt nach Kinnegad das Schweigen brach. »Fergal Thurnpike wurde heute Morgen aus dem Krankenhaus entlassen.«

»Sehr schön, dann geht es ihm offenbar wieder gut. Denken Sie, dass der Mörder einen neuen Versuch starten wird?«

»Ich bin mir nicht sicher, ich stecke ja nicht in seinem Kopf«, erwiderte der Inspector.

Mae starrte nachdenklich durch die Windschutzscheibe. »Vielleicht können Ruby und Siobhan uns noch etwas Interessantes mitteilen.« Oder sich verplappern, falls sie selbst die Täterinnen sind, fügte sie in Gedanken hinzu. Aber das sprach sie lieber nicht laut aus. Sie mochte die beiden Frauen und wollte nicht glauben, dass sie zu so einer Hinterhältigkeit fähig wären.

»Wir werden sehen«, sagte der Inspector. »Im Augenblick haben wir jedenfalls mehrere Verdächtige: Ms Mowbray,

Ms Keegan, Mrs Nelson und sogar Mr Thurnpike, zumindest was den Mord an Anne Cleary betrifft.« Er warf Mae einen raschen Seitenblick zu. »Und so ganz sind Sie auch noch nicht aus dem Schneider.«

Mae antwortete nicht darauf.

»Ms Keegan und Ms Mowbray wollen ihre Beziehung unbedingt geheim halten«, fuhr er fort. »Falls sie herausgefunden haben, dass Mr Thurnpike über sie Bescheid weiß, wollten sie ihn vielleicht zum Schweigen bringen. Außerdem könnte es sein, dass Ms Keegan sich dafür rächen wollte, dass nicht sie die neue Moderatorin werden sollte, sondern Mr Thurnpike – wie von Anne Cleary Ihnen gegenüber behauptet. Möglicherweise wusste sie bis vor Kurzem gar nicht, dass das nur ein Scherz war. Mr Thurnpike wiederum könnte mit dem Mord an Anne Cleary versucht haben, sie davon abzuhalten, doch noch ihre Meinung zu ändern, was ihre Nachfolge betrifft. In Mrs Nelsons Fall könnte man Rache als Motiv vermuten. Auch sie hatte gewichtige Gründe, sich an Mrs Cleary zu rächen.«

In diesem Moment begann Boston auf dem Rücksitz zu fiepen. Als Mae sich zu ihm umdrehte, erkannte sie, dass er schlief. Offenbar träumte er. Mae sah wieder nach vorn. Mittlerweile hatten sie Kinnegad erreicht.

»Bei wem schauen wir als Erstes vorbei?«

»Ms Mowbray arbeitet heute von zu Hause aus, und Ms Keegan hat sich krankgemeldet. Ich würde also erst einmal mit Ms Mowbray sprechen.« Inspector O'Malley fuhr zu dem Haus, in dem Siobhan wohnte, und parkte davor.

Er hatte kaum den Schlüssel aus dem Zündschloss gezogen, da stieg Mae auch schon aus und ließ Boston nach draußen. Sie lief ein paar Meter mit ihm die Straße entlang und wartete, ob er ein Geschäft zu verrichten hatte, ehe sie ihn wieder in die andere Richtung führte. Inspector O'Malley stand bereits unter dem Vordach des Hauses und wartete auf sie. Als sie bei ihm ankamen, drückte er den Klingelknopf. Fast sofort knisterte es, und durch die Sprechanlage erklang Siobhans Stimme. Kurz darauf standen der Inspector, Mae und Boston vor Siobhans Wohnung.

Sie öffnete die Tür. »Inspector, Mae, was führt Sie schon wieder zu mir?«

»Es hat sich etwas Neues ergeben«, antwortete der Inspector, »und ich hätte noch ein paar Fragen.«

»Dann kommen Sie am besten erst mal rein!«, sagte Siobhan und ging vor in die Küche.

Es roch nach Kohl und Blutwurst, und in der Spüle stapelte sich Geschirr.

»Ich wollte mir gerade einen Kaffee machen. Darf ich Ihnen auch etwas anbieten?«

Mae lächelte sie an. »Ach, das wäre sehr freundlich von Ihnen, Siobhan. Hätten Sie vielleicht ein Tässchen Tee, wenn es nicht zu viele Umstände macht? Und für meinen Freund Boston ein Schälchen Wasser, bitte?«

»Aber sehr gerne!«, sagte Siobhan freundlich. Sie wandte sich an den Inspector: »Und für Sie?«

Er wirkte etwas unschlüssig. »Danke, keinen Tee.«

»Dann vielleicht auch einen Kaffee?«

»Da sag ich nicht nein.«

Siobhan stellte Boston eine Obstschale mit Wasser hin und bereitete die Getränke zu. Kurz darauf saßen sie an dem kleinen runden Küchentisch, jeder einen Keramikbecher mit dampfender Flüssigkeit vor sich. Boston schlabberte unter dem Fenster Wasser aus der zweckentfremdeten Schale. Inspector O'Malley holte sein Smartphone hervor und tippte wie so oft darauf herum.

Siobhan nahm einen Schluck Kaffee und lehnte sich auf ihrem Stuhl zurück. »Nun, was sind das für Neuigkeiten, von denen Sie vorhin sprachen?«

»Sie betreffen Mr Thurnpike«, begann Inspector O'Malley.

Siobhan schien ein wenig in sich zusammenzusinken, doch ihre Miene blieb unverändert.

»Ich würde gern Ihre Aussage noch einmal durchgehen. Aber sagen Sie, ist Ms Keegan zufällig bei Ihnen?« Inspector O'Malley sah zur Tür, als glaube er, sie würde jeden Moment dort auftauchen. »Mit ihr müsste ich nämlich auch sprechen.«

Fahrig strich sich Siobhan durchs Haar. »Wie kommen Sie darauf? Sie hat ihre eigene Wohnung.«

»Aber Sie sind doch liiert, nicht wahr?«

»Ja«, entgegnete Siobhan trotzig. »Dennoch bin ich nicht ihre Gefängniswärterin. Erwarten Sie etwa, dass ich über jeden Schritt, den Ruby unternimmt, informiert bin? Sie ist eine erwachsene Frau und muss sich bei mir weder abmelden noch um Erlaubnis fragen, wenn sie etwas tun will.«

Inspector O'Malleys Smartphone piepste. Offenbar hatte er eine Nachricht erhalten. Er las sie und runzelte die Stirn, ehe er das Telefon mit dem Bildschirm nach unten auf den Tisch legte.

»Ms Mowbray, verheimlichen Sie mir etwas?«

Verärgert schob Siobhan ihre Tasse von sich. »Wie kommen Sie denn auf diese Idee?«

Der Inspector tippte auf sein Smartphone. »Vermutlich, weil mir ein Kollege gerade mitgeteilt hat, dass sich Ihre Lebensgefährtin mit einer Reisetasche in den Bus nach Belfast gesetzt hat.«

»Sie lassen uns überwachen?« Siobhan sprang auf. »Stehen wir etwa unter Mordverdacht?«

Mae dachte sich, dass es gut wäre, die Wogen ein wenig zu glätten, auch wenn sie selbst verärgert war, weil Inspector O'Malley ihr von der Überwachung der beiden nichts erzählt hatte. »Bitte, Siobhan, setzen Sie sich wieder! Reden Sie mit uns! Weiß Mr Thurnpike vielleicht doch von Ihrer Beziehung zu Ruby?«

Siobhan sah von ihr zu Inspector O'Malley, ehe sie sich auf den Stuhl sinken ließ. »Ich denke nicht. Das hätte er uns doch sicher bei erstbester Gelegenheit unter die Nase gerieben.« Ihre Augen glänzten verdächtig. »Haben Sie Ruby jetzt verhaftet, Inspector?«

»Noch nicht«, erklärte er ungehalten. »Aber Ihre Partnerin hat sich krankgemeldet und fährt dann still und heimlich nach Belfast. Fänden Sie das an meiner Stelle nicht auch verdächtig?«

Kampfbereit starrte Siobhan ihn an. »Sie braucht ein wenig Erholung!«

Sogar Bostons Interesse war nun geweckt. Er kam zu Mae und stellte sich mit gespitzten Ohren neben sie.

Inspector O'Malley faltete die Hände auf dem Tisch. »Ms Mowbray, ich hatte Sie nach Mrs Clearys Tod doch alle gebeten, die Gegend nicht zu verlassen. Somit kann ich Ms Keegans ›Reise‹ nur als Fluchtversuch werten. Sie müssen mir sagen, wo sie absteigen wird und was sie genau vorhat.«

»Den Teufel werde ich tun! Sie können mich nicht zwingen, irgendetwas auszusagen! Mit welchem Recht verdächtigen Sie uns eigentlich?«

Der Inspector ging nicht auf die Frage ein. »Ms Mowbray, ich kann Sie auch in Haft nehmen, wegen Beihilfe zur Flucht zum Beispiel«, drohte er stattdessen.

Siobhan verschränkte die Arme vor der Brust. »Tun

Sie, was auch immer Sie für richtig halten!« Störrisch reckte sie das Kinn vor.

Inspector O'Malley seufzte. »So kommen wir doch nicht weiter, Ms Mowbray! Beantworten Sie bitte meine Frage! Haben Mrs Cleary und/oder Mr Thurnpike etwas von Ihrer Beziehung gewusst?«

Doch Siobhan sagte nichts. Sie wirkte verstockt und zornig, aber auch sehr beunruhigt. Mae befürchtete, dass ihr Besuch nicht gut für Siobhan enden würde, wenn sich nicht bald etwas änderte. Sie beschloss, dass es an der Zeit war, einzuschreiten. Sicher erfuhr sie mehr von Siobhan als der Inspector. Sie räusperte sich laut.

»Inspector O'Malley, wären Sie so freundlich und würden mit Boston vor die Tür gehen? Er muss mal pinkeln.«

Seine Miene war preisverdächtig, und später würde Mae darüber lachen, doch im Moment war ihr nicht danach zumute. Es passte ihm ganz und gar nicht, das war klar zu erkennen, aber er widersprach auch nicht.

Mae bückte sich zu Boston hinunter, knuddelte ihn und nahm sein Gesicht in ihre Hände. »Boston, der Inspector wird jetzt mit dir vor die Tür gehen. Versprich mir, dass du brav bist!«

Sie rechnete es Inspector O'Malley hoch an, dass er keinen bissigen Kommentar von sich gab, sondern sich einfach die Hundeleine geben ließ und dann aufstand. Vielleicht war seine Fügsamkeit auch dem Umstand geschuldet, dass er ahnte, was Mae vorhatte, und hoffte, sie wäre erfolgreicher mit ihrer Befragung als er.

Mae lächelte Siobhan an. »Wir lassen die beiden mal ein bisschen frische Luft schnappen«, behauptete sie munter. »In meinem Alter gibt es Tage, an denen der Weg vom Bett ins Bad und in die Küche schon gefühlt einem Marathonlauf gleichkommt.« Sie lächelte entschuldigend.

»Könnte ich denn noch ein Tässchen von diesem hervorragenden Tee bekommen? Der ist wirklich köstlich.«

Der Inspector zerrte Boston in Richtung Ausgang, und im nächsten Moment wurde die Tür geschlossen. Mae glaubte, ihn im Treppenhaus mit dem Hund schimpfen zu hören. Sie lauschte eine Weile, dann wagte sie es, sich Siobhan zuzuwenden, die ihr gerade Tee nachschenkte.

»Es tut mir leid, dass Inspector O'Malley so grob zu Ihnen war, Liebes. Aber ich mache mir auch große Sorgen um Sie beide. Wie konnten Sie nur zulassen, dass Ruby eine solche Dummheit begeht?«

Siobhan seufzte. »Das alles – der Mord an Anne und dann der Zwischenfall mit Fergal – hat sie sehr aufgeregt. Sie brauchte dringend Abstand und musste mal raus aus dem Alltagstrott«, behauptete sie hartnäckig. »Ich glaube Ihnen, dass Sie sich Sorgen machen, Mae. Aber diesem Inspector vertraue ich nicht. Der will doch nur seinen Fall abschließen. Und dazu muss er einen Mörder vorweisen, ob das nun der wahre Täter ist oder nicht.«

Diese Anschuldigung konnte Mae nicht auf Inspector O'Malley sitzen lassen. Sie hatten zwar keinen guten Start gehabt, aber mittlerweile wusste sie, dass er seinen Job ernst nahm und keine voreiligen Schlüsse zog.

»Das ist nicht wahr, Siobhan. Inspector O'Malley sucht den tatsächlichen Mörder und ermittelt dazu in alle Richtungen.«

Siobhan senkte den Kopf. »Ja, aber auch er wird uns nicht beschützen können«, sagte sie leise.

Mae wurde hellhörig. »Beschützen? Vor wem oder was?«

Verzweifelt sah Siobhan sie an. »Ruby ist unschuldig, und ich auch. Glauben Sie mir, Mae! Wir haben nach Fergals Zusammenbruch lang und ausführlich über alles gesprochen und eine Theorie entwickelt.« Sie schluckte. »Wir glauben, dass es dem Täter gar nicht zwingend darum ging, Anne zu ermorden – oder Fergal. Also jedenfalls nicht als Person. Vielmehr denken wir, dass das Ziel ist, alle Moderatoren der Sendung umzubringen. Jetzt haben wir Angst, dass Ruby die Nächste sein könnte. Deshalb wollte sie auch wegfahren.«

»Aber es wurde noch kein Anschlag auf sie verübt, oder?«, wollte Mae wissen.

Siobhan schüttelte stumm den Kopf. Nachdenklich ließ Mae ihren Blick durch die Küche schweifen. Das schmutzige Geschirr erregte kurz ihre Aufmerksamkeit, aber sie wusste nicht genau, wieso.

»Wann haben Sie und Ruby beschlossen, dass sie untertauchen soll?«, fragte sie schließlich.

»Gestern Abend. Sie hat hier übernachtet und ist noch vor dem Frühstück gegangen«, erklärte Siobhan. »Wir haben ausgemacht, dass sie mir nicht erzählt, wohin sie geht. Sogar ihr Handy hat sie hiergelassen. Sie meinte, sie würde sich melden, wenn sie wüsste, wo sie unterkommt.«

Erneut starrte Mae auf das Geschirr. Dann fiel ihr plötzlich etwas ein: Hatte der Inspector nicht gesagt, dass Anne kurz vor dem Schlafengehen noch Tee und einen Snack zu sich genommen hatte? Darin hatte sich vermutlich das Gift befunden.

»Trinken Sie normalerweise eigentlich spätabends noch eine Tasse Tee?«

Verwirrt sah Siobhan sie an. »Nein, aber Ruby schon, und meist isst sie auch noch ein paar Kekse oder ein Sandwich dazu. Wieso fragen Sie?«

Mae antwortete nicht darauf, ihre Gedanken galoppierten. »Und Anne?«

»Ehrlich gesagt weiß ich das nicht. In der Pension hatte sie nur Tee bestellt. Aber dann hatte sie in der Nacht doch noch Hunger, und weil Mrs Nelson um diese Zeit nicht mehr da war, hat sie einfach ihr Tablett gegen Rubys getauscht. Die hatte sich nämlich zusätzlich ein Sandwich bestellt. Das war so typisch für Anne! Sie hat immer nur an sich gedacht.« Plötzlich weiteten sich Siobhans Augen. »Meinen Sie etwa ...?«

Mae nickte. »Also wäre es auch möglich, dass der Mörder gar nicht Anne umbringen wollte, sondern ...«

»Ruby«, flüsterte Siobhan.

»Gibt es denn einen Grund dafür?«

»Mir fällt beim besten Willen keiner ein«, sagte Siobhan.

Mae erhob sich. »Ich muss das dem Inspector mitteilen. Am besten warte ich unten auf ihn. Vielen Dank für den Tee, und versprechen Sie mir, nichts Unüberlegtes zu tun!« Damit lief sie zur Tür.

Tatsächlich wartete Inspector O'Malley bereits auf Mae, als sie das Haus verließ. Er lehnte am Kotflügel seines Wagens, während Boston einige Schritte entfernt an einem Baum festgebunden war. Mae warf dem Inspector einen strafenden Blick zu, ehe sie Boston losmachte und sich dann ächzend bückte, um ihn ausgiebig zu herzen und zu streicheln. Boston wedelte freudig mit dem Schwanz.

»Scheint, als wären Sie beide schon dicke Freunde«, sagte Inspector O'Malley.

»Ja, das sind wir, nicht wahr, Boston?«, erwiderte Mae, ohne sich nach ihm umzudrehen.

Boston bellte kurz und versuchte ihr über das Gesicht zu lecken. Schließlich richtete Mae sich auf, führte den Hund zum Wagen und ließ ihn auf die Rücksitzbank hüpfen. Dann stieg sie auf der Beifahrerseite ein und wartete, bis

Inspector O'Malley den Motor gestartet und das Auto aus der Siedlung gelenkt hatte, ehe sie ihm in kurzen Worten das Gespräch mit Siobhan umriss.

Der Inspector hielt vor Maes Haus. Sie stieg aus und öffnete die Autotür für Boston. Selbstgefällig trottete er zum Haus hinüber und setzte sich vor die Eingangstür. Er wartete offenbar, dass Mae hinterherkam.

»Wollen Sie noch auf eine Tasse Tee hereinkommen?«, fragte sie den Inspector. »Nach der Sitzerei brauche ich ein Tässchen Yinzhen.«

Irritiert sah der Inspector sie an. »Yinzhen?«

»Gelber Tee«, erklärte Mae. »Eine besondere Sorte, sehr lecker und genau das Richtige, um die Verdauung auf Trab zu bringen. Aber ich kann Ihnen auch einen Schwarztee anbieten. Ich hab etwa fünf verschiedene Sorten im Schrank stehen.«

»Mir reicht eine Sorte, aufgebrüht mit Wasser in einer Tasse«, sagte Inspector O'Malley trocken, schloss das Autofenster und stieg aus.

Mae grinste und zog den Schlüssel aus ihrer Jackentasche. Sie vermutete, dass ihm noch einige Fragen auf der Seele lagen, die der Klärung bedurften.

»Na, dann kommen Sie!«, forderte sie ihn auf, ging zur Haustür und sperrte auf. Den Schlüssel warf sie wie immer auf die Kommode im Flur, neben den Schrumpfkopf.

»Ist der echt?«, fragte der Inspector.

»Na klar!«, antwortete sie und freute sich ein wenig über seinen fassungslosen Blick. »Aber keine Sorge, der wurde nicht ermordet. Und falls doch, dann ist es verjährt. Der Häuptling eines Waorani-Stammes hat ihn mir zum Abschied geschenkt. Es soll der Kopf eines mächtigen Feindes sein, den der Großvater seines Großvaters in ehrenhaftem Zweikampf besiegt hat.«

»Sie waren also tatsächlich bei einem Naturvolk zu Besuch?«, vergewisserte sich Inspector O'Malley.

Mae gefiel seine Art. Für gewöhnlich interessierten sich die Menschen eher für all die gruslichen und schmutzigen Details. Aber manchmal fragte jemand tatsächlich aus echtem Interesse nach ihrem beruflichen Werdegang, so wie er es gerade getan hatte. Das ertrug Mae deutlich besser als sensationslüsterne Neugier.

Sie ging voran in die Küche. »Mein Mann und ich waren eigentlich während unserer gesamten Berufslaufbahn bei den verschiedensten Naturvölkern der Welt zu Gast. Bitte setzen Sie sich!« Sie deutete auf einen der Stühle. »Nicht doch ein Tässchen Yinzhen?«

»Ich bin mir nicht sicher«, antwortete der Inspector und ließ sich nieder.

»Dann gieße ich uns einfach gelben und schwarzen Tee auf«, entschied Mae. Sie stellte Boston etwas zu fressen hin und setzte Wasser auf. »Was sagen Sie denn nun zu meiner neuen Erkenntnis?«, erkundigte sie sich schließlich, während sie ihm und sich den gelben Tee einschenkte. »Sie haben während der Fahrt kaum ein Wort gesprochen.« Dann nahm sie ihm gegenüber Platz.

»Hm«, machte der Inspector. »Wenn Mrs Cleary nicht das eigentliche Opfer sein sollte, frage ich mich, wieso man es auf Ms Keegan und später dann auf Mr Thurnpike abgesehen hatte.«

»Vielleicht hat Siobhan recht, und die potenziellen neuen Hauptmoderatoren der Sendung sollten getötet werden«, überlegte Mae. »Ruby an dem Abend in der Pension und Fergal Thurnpike später im Tearoom. Dass

Anne die Tabletts austauschen würde, konnte der Täter ja nicht ahnen.«

Der Inspector starrte in seinen Tee.

»Falls es wirklich so ist, wären Ruby und Fergal Thurnpike weiterhin in Gefahr«, sagte Mae nach einer Weile.

Inspector O'Malley runzelte die Stirn und lehnte sich zurück. »Aber was für einen Grund sollte es für jemanden geben, die Moderatoren auszuschalten?«

Mae seufzte. »Das weiß ich leider auch nicht. Vielleicht irgendein verrückter Fan, der nicht wollte, dass die Sendung nach Annes Ausscheiden weiterläuft?«

Der Inspector schüttelte den Kopf. »Das klingt irgendwie sehr weit hergeholt. Aber ich kann mich ja mal beim Sender erkundigen, ob es eventuell bereits Drohbriefe mit entsprechenden Forderungen gab.«

»Gut«, sagte Mae. »Und wie geht es jetzt mit Clarissa weiter? Wenn Anne tatsächlich nicht das eigentliche Ziel war, hätte sie auch kein Motiv. Außerdem können Sie sie nicht ewig festhalten.«

Der Inspector zog die Augenbrauen hoch. »Kann ich nicht? Dann sollte ich wohl rasch weitere Beweise finden, die sie belasten oder eben entlasten, nicht wahr?«, spöttelte er.

»Lassen Sie den Zynismus, das steht Ihnen nicht!«

»Schon gut, bitte entschuldigen Sie! Aber was Mrs Nelson betrifft, so fürchte ich, dass wir sie noch eine Weile beherbergen werden. Der Superintendent hat erst heute Morgen den Arrest um weitere achtundvierzig Stunden verlängert. Bisher ist sie die beste Schuldige, die wir haben. Sie hat Fingerhut im Garten, und sie hatte einen Grund, sich an Anne Cleary zu rächen. Dass nicht sie, sondern Ms Keegan das erste Opfer sein sollte, ist ja bisher nur Spekulation.«

»Und was ist mit Fergal Thurnpike?«, warf Mae ein. »Welchen Grund hätte sie, ihn zu töten?«

»Nun ja, er hat in aller Öffentlichkeit ihren Tearoom schlechtgemacht. Ich weiß, das ist nicht das überzeugendste Motiv, aber ich kann es nicht einfach außer Acht lassen. Außerdem hatte sie Zeit und Gelegenheit, um Mord und Mordversuch auszuführen. Beide Taten sind in ihren Räumlichkeiten geschehen. Der Staatsanwalt wird daraus mit Genuss eine Anklage formulieren, wenn wir ihm keinen anderen Täter präsentieren können.«

Mae verspürte wieder ein Stechen in der Brust. Sie wusste, dass er recht hatte. Und deshalb musste sie alles Menschenmögliche unternehmen, um den wahren Täter dingfest zu machen.

Inspector O'Malley sah auf seine Armbanduhr. »Ich muss noch auf dem Revier vorbeischauen.« Er erhob sich. »Vielen Dank für den Tee!«

Als er gegangen war, ließ Mae sich erst einmal auf den Stuhl zurücksinken. Ihr Herz stolperte. Falls das so weiterging, musste sie doch noch den alten Quacksalber Doktor Smith aufsuchen. Aber wenn sie ihn mit seiner roten Fliege nur sah, wollte sie am liebsten davonlaufen. Grummelig rieb sie sich über die Brust, als könnte das den Schmerz beseitigen.

Im Büro wandte Andrew sich seinen Unterlagen zu. Ganz oben lag die Notiz mit der Nummer des Kardiologen, bei dem Fergal Thurnpike Patient war. Beherzt griff Andrew zum Telefon und wählte die Nummer des Arztes. Er hoffte, nach dem Gespräch ein bisschen klarer zu sehen. Eine halbe Stunde später legte er auf und lehnte sich zurück. Fergal Thurnpike nahm tatsächlich ein Medikament ein, das Digitoxin enthielt, eine Form von Digitalis. Somit konnte man auch ihn des Mordes an Anne Cleary beschuldigen. Er hatte die Gelegenheit und ein Mittel gehabt, das bei einer Überdosis den Tod verursachen konnte. Aber wer hätte es dann auf ihn abgesehen? Erneut fragte Andrew sich, ob die beiden Fälle wirklich miteinander in Verbindung standen.

Kapitel 12

»Trinke nicht den letzten Rest Tee,
iss nicht den letzten Bissen
und habe nicht das letzte Wort!«
Armenisches Sprichwort

Mae stürmte in Inspector O'Malleys Büro. Nachdem er sie angerufen hatte, war sie fast sofort ins Auto gesprungen und unter Missachtung sämtlicher Verkehrsschilder nach Longford gerast.

Der Inspector blickte von seinem Schreibtisch auf. »Das ging ja schnell! Setzen Sie sich doch, ich habe etwas mit Ihnen zu besprechen.«

Mae ließ sich auf den Stuhl vor dem Schreibtisch plumpsen und warf Bostons Leine einfach neben sich auf den Boden. »Um Himmels willen, Inspector! Machen Sie es nicht so spannend! Was stand denn nun im endgültigen Laborbericht? Was haben Sie herausgefunden?«

Inspector O'Malley griff in seine Tasche und holte das

unvermeidliche Smartphone heraus. »Zunächst einmal möchte ich Sie darüber informieren, dass Fergal Thurnpike seit gut zwei Jahren Herzpatient ist und«, er strich über den Bildschirm, »regelmäßig Digitoxin schluckt. Dieses Mittel passt haargenau zu Anne Clearys Todesursache, wie der toxikologische Befund bestätigt.«

Maes Herzschlag setzte einen Moment lang aus. »Sie wollen doch nicht etwa andeuten ...« Sie wagte kaum, die Erleichterung zuzulassen, die nun in ihr aufsteigen wollte.

Der Inspector nickte. »Durch diese neue Erkenntnis ist es deutlich wahrscheinlicher, dass Mr Thurnpike Anne Cleary vergiftet hat. Allerdings ist mir sein Motiv noch nicht ganz klar. Und spätestens vor Gericht würde uns sein Verteidiger ohnehin in der Luft zerreißen, wenn Mr Thurnpike die Tat nicht gesteht.«

»Wie meinen Sie das?«, wollte Mae wissen.

»Nun, Mr Thurnpike, selbst Opfer eines Giftanschlags, spricht nur gut über die Tote, und mehr als ein paar Indizien haben wir nicht. Er nimmt zwar das Medikament ein, das offenbar Mrs Clearys Tod verursacht hat, aber viele andere Menschen tun das auch. Verstehen Sie jetzt?«

Mae seufzte.

»Hinzu kommt der Mordversuch an Mr Thurnpike selbst, der mir Kopfzerbrechen bereitet: Wollten ihn die beiden jungen Frauen so zum Schweigen bringen, weil er über ihre Beziehung Bescheid weiß, ohne zu ahnen, dass er der Mörder ihrer Kollegin ist? Oder wurden beide Taten doch von ein und derselben Person begangen?«

Mae überlegte, dann fiel ihr etwas ein. »Was wäre denn, wenn der ›Mordversuch‹ an ihm einfach nur ein Versehen war? Er nimmt dieses Medikament ja selbst, sagten Sie. Vielleicht hat er sich bei der Dosierung vertan, und das

214

Ganze hat gar nichts mit dem Mord an Anne zu tun. Und dann ist da auch noch Siobhans Aussage, die nahelegt, dass eigentlich Ruby das erste Opfer sein sollte.«

Der Inspector schmunzelte. »Deshalb lasse ich sie ja auch überwachen. Ich weiß genau, wo sie steckt.«

Das hatte Mae sich schon gedacht. »Also, was haben Sie geplant?«, verlangte sie nun zu wissen.

»Ich stelle den Verdächtigen eine Falle und hoffe, den tatsächlichen Mörder so aus der Reserve zu locken.«

Mae nickte. »Klingt gut, und wie?«

»Passen Sie auf!« Er wählte eine Nummer. »Schönen guten Abend, Mr Thurnpike. Ich wollte Sie nur darüber informieren, dass sich der Verdacht gegen Mrs Nelson vom Tae agus Ceapaire erhärtet hat, Mrs Cleary vergiftet und es auch bei Ihnen versucht zu haben. Allerdings fehlen uns noch stichhaltige Beweise. Deshalb wird die Spurensicherung morgen früh erneut im Tearoom nach Hinweisen suchen. Ich bin davon überzeugt, dass wir fündig werden. Dann kann der Fall abgeschlossen und dem Staatsanwalt übergeben werden – und Sie müssen nicht mehr um Ihr Leben fürchten.« Auf ähnliche Weise informierte er auch Siobhan. »Jetzt müssen die Kollegen die Verdächtigen nur noch beobachten«, sagte er schließlich zu Mae. »Ich hoffe sehr, dass sich der oder die Verantwortliche dazu hinreißen lässt, sich in den Tearoom zu schleichen, um dort belastendes Material zu verstecken, oder versucht, das Land zu verlassen.«

»Und das war's?«, fragte Mae skeptisch. »Glauben Sie wirklich, der Mörder fällt auf eine derart offensichtliche Falle herein?«

Der Inspector lehnte sich zurück. »Wir haben es hier nicht mit einem kriminellen Superhirn zu tun. Jeder macht mal Fehler.«

Mae klatschte in die Hände. »Dann sollten wir uns im Tearoom auf die Lauer legen«, sagte sie entschlossen.

»Wir?«, erwiderte Inspector O'Malley. »Sie sind ab sofort raus. Ich kann Sie nicht mitnehmen, Sie sind schließlich keine Polizistin. Außerdem ist es viel zu gefährlich. Ich werde nicht riskieren, dass Ihnen am Ende noch etwas zustößt.«

»Das ist nicht Ihr Ernst!«, rief Mae empört. »Sie nehmen doch nicht an, dass ich mich jetzt abschieben lasse?«

»Ich tue sogar mehr als das.« Er griff nach dem Hörer seines Dienstapparates und drückte einen Knopf. »McCarthy? Kommen Sie bitte mal?«

Kurz darauf stand ein uniformierter Garda in der Tür. »Inspector, was kann ich für Sie tun?«, fragte er dienstbeflissen.

»Ich möchte, dass Sie Mrs Pennywether nach Hause begleiten und dann vor ihrem Haus Wache halten. Stellen Sie sicher, dass sie es bis morgen früh nicht mehr verlässt.«

Mae warf ihm einen grimmigen Blick zu. Ihr lagen ein paar Dinge auf der Zunge, die sie ihm gerne mitgeteilt hätte, unter anderem eine Reihe von Schimpfworten, die alles andere als jugendfrei waren. Doch in Anbetracht der Tatsache, dass sie nicht allein waren, verkniff sie sich ihren Ausbruch.

Eine Dreiviertelstunde später tigerte Mae in ihrem Wohnzimmer auf und ab. Wann immer sie aus dem Fenster sah, entdeckte sie den jungen Garda, der treu wie ein Zinnsoldat dastand und ihre Haustür keine Minute aus den Augen ließ. Resigniert wandte sie sich ab und wanderte weiter durch den Raum.

Wenn sich der Mörder auf frischer Tat dabei ertappen

ließe, wie er falsche Indizien platzierte, wäre Clarissa gerettet. Ein Unschuldiger hätte das nicht nötig. Und Mae wäre wirklich zu gern dabei, wenn es so weit war. Außerdem konnte es nicht schaden, eine Zeugin dafür zu haben. Aber der Inspector hatte ihr leider einen gewaltigen Strich durch die Rechnung gemacht. Mit einem Babysitter vor dem Haus war es schwierig, sich davonzuschleichen.

Plötzlich fiel ihr etwas ein. Ob ihre Hintertür ebenfalls beobachtet wurde? Sie ging in die Küche und schaute vorsichtig hinaus. Im winzigen Hinterhof war niemand zu sehen, ebenso in der angrenzenden Gasse.

»So, Inspector O'Malley, jetzt werden Sie mal erleben, wozu eine Mae Pennywether imstande ist!«, murmelte sie triumphierend.

Sie stellte Wassernapf und Futter für Boston in den Flur und schaltete ihm das Radio ein, denn sie hatte festgestellt, dass er den Nachrichtensender ganz gerne mochte. Außerdem glaubte ihre Wache so vielleicht, sie spräche mit Boston oder telefoniere mit jemandem.

Ehe sie die Küchentür hinter sich schloss, knuddelte sie Boston ausgiebig. »Mein Lieber, du bleibst jetzt hier und lenkst den bösen Mann da draußen ab, während Mammy auf Verbrecherjagd geht, ja?«

Boston wedelte freudig mit dem Schwanz. Es schien ganz so, als verstände er sie genau. Vielleicht tat er es ja wirklich. Wer wusste schon, was in einem Hundeschädel vor sich ging?

Eine halbe Stunde später fuhr Mae mit Saoirse Hershleys pinkfarbenem Motorroller in Richtung Ballymahon. Ihre Nachbarin hatte sich zwar ein wenig gewundert, dass Mae über die Hintertür gekommen und sie um den Roller gebeten hatte, doch sie hatte Mae ohne zu zögern die Schlüssel ausgehändigt. Der Roller war eine gute Tarnung. Falls Fergal Thurnpike, Siobhan oder gar Ruby bereits in einem Versteck hockten und alles beobachteten, wüssten sie ebenso wenig wie Inspector O'Malley, dass es Mae war, die damit herumfuhr.

Auf der Landstraße zum Tearoom sah sich Mae immer wieder um. Hoffentlich ging Inspector O'Malleys Plan auf! Der Gedanke, dass der Mörder entkommen könnte und Clarissa für den Rest ihres Lebens unschuldig hinter Gittern bleiben würde, verursachte Mae Sodbrennen. Das durfte einfach nicht passieren! Der Täter hatte bereits einmal gemordet und es ein weiteres Mal versucht, wenn man davon ausging, dass es bei Fergal Thurnpike tatsächlich ein Mordversuch gewesen war. Was, wenn er erneut tötete? Ruby vielleicht oder irgendjemand anderen, der ihm in die Quere kam. Jedes Verbrechen, das er in Zukunft beginge, wäre auch ihre Schuld, ihre und Inspector O'Malleys.

Sie lenkte den Motorroller in einen schmalen Feldweg, der zu den Äckern führte, und stellte ihn auf der Wiese von Clarissas Nachbarn hinter ein paar Obstbäume, sodass man ihn nicht sehen konnte. Vielleicht hätte sie auch an der Straße parken können, aber sie wollte lieber kein Risiko eingehen. Bevor sie losging, holte sie eine kleine Taschenlampe aus der Brusttasche ihrer Jeansjacke, die sie in weiser Voraussicht zusammen mit dem Ersatzschlüssel für Clarissas Haustür eingesteckt hatte. Es war zwar Vollmond, aber man wusste ja nie.

Schon nach wenigen Minuten hatte sie Clarissas Haus von der Rückseite her erreicht. Sicher ließ der Inspector den Eingangsbereich des Tae agus Ceapaire überwachen, aber hier hatte sie niemanden gesehen. Sie kontrollierte ihre Schuhe, damit sie keinen Matsch oder ähnlich verräterische Spuren in den Tearoom trug. Dann hob sie kämpferisch das Kinn. Sie brannte darauf, den Verbrecher auf frischer Tat zu ertappen.

Leise sperrte sie auf, darauf bedacht, keinen Laut zu verursachen. Sie trat ein und tastete sich im Dunkeln vorwärts. Im Gastraum drang das Mondlicht durch die Fenster und ließ die Möbel Schatten werfen. Mae setzte sich auf einen der Stühle an der hinteren Wand, der von einem Mauervorsprung verdeckt war, sodass man sie nur sehen konnte, wenn man mitten im Raum stand. Sie lehnte sich zurück und wartete.

Ihre Gedanken schweiften ab. Eigentlich war es schade, dass die moderne Welt so schlecht mit Dunkelheit und Stille zurechtkam. Beides hielt so viel Angenehmes bereit. War es nicht schön, in der Nacht hinaus auf das weite Land zu blicken, wenn das Grün gedämpft und düster wirkte, während am Himmel die Sterne blinkten wie winzige Strasssteine auf einem eleganten Abendkleid?

Sie rief sich streng zur Ordnung und war plötzlich alarmiert. Im Glas der Vitrine an der Theke spiegelten sich die Umrisse eines Menschen in einem dunklen Kapuzenpulli, der gerade draußen am Fenster vorbeilief. Sofort war alles in Mae angespannt wie eine Bogensehne. Adrenalin pulsierte durch ihre Adern, einen kurzen Moment lang fühlte sie sich wieder jung und leistungsstark. Sie beobachtete den Schatten, der nun an der Tür war, und entschied, sich ein anderes Versteck zu suchen. Gebückt huschte sie hinter die Theke und stöhnte leise, weil ihr Rücken ziepte und ihre Knie knirschten. Nun wurde ihr doch ein wenig flau im Magen. Hoffentlich hatten Inspector O'Malleys Kollegen den Eindringling ebenfalls bemerkt und kamen ihr notfalls zu Hilfe.

Sie konzentrierte sich. Da war ein metallisches Kratzen

an der Tür, dann hörte sie, wie etwas ins Schloss gesteckt und herumgedreht wurde. Die Tür knarrte, und das Glöckchen darüber bimmelte leise. Der Einbrecher hatte den Tearoom betreten. Er hatte die Kapuze tief in die Stirn gezogen, sodass Mae sein Gesicht nicht erkennen konnte. Sie ballte angespannt die Fäuste und fühlte ihren Herzschlag bis in der Kehle. Aus Furcht, der Eindringling könnte sie bemerken, wagte sie nicht einmal ihren Kopf zu drehen.

Der Kapuzenmensch tappte verstohlen durch den Raum. Ganz offensichtlich wusste er genau, wohin er wollte. Er erreichte das Regal, auf dem die Zuckerdosen standen, und hantierte daran herum. Porzellan klirrte, als er die Deckel einiger Dosen abnahm. Dann sah Mae, wie er etwas aus seiner Tasche holte. Er hielt es hoch, und nun erkannte sie, was es war – ein Beutelchen. Er riss kurz daran und ließ den Inhalt in die Zuckerdosen rieseln. Plötzlich flammten draußen Scheinwerfer auf und leuchteten in den Tearoom. Der Unbekannte zuckte zusammen, ließ das Beutelchen fallen und versuchte, es mit dem Fuß unter das Regal zu schieben. Dann wollte er in Richtung Hintertür stürmen.

Maes Herz raste wie wild, und ihr Puls hämmerte in ihren Ohren.

»Halt! Polizei!«, rief eine Stimme, die Mae als Inspector O'Malleys erkannte.

Der Einbrecher erstarrte, ohne sich umzudrehen.

»Mrs Pennywether, schalten Sie das Licht an!«, befahl Inspector O'Malley.

Mae drückte auf den Hauptschalter, der unter der Theke angebracht war, und sofort erstrahlte der Tearoom in hellstem Lampenschein. Inspector O'Malley betrat vorsichtig den Raum, ohne den Eindringling aus den Augen zu lassen. Weitere Polizisten folgten ihm, und auch durch die Hintertür kamen zwei Beamte.

»Drehen Sie sich langsam um!«, forderte Inspector O'Malley nun.

Der Unbekannte gehorchte.

»Fergal Thurnpike!«, rief Mae aus, als sie das Gesicht unter der Kapuze erkannte. »Ich wusste doch, dass Sie es sind!« Zufrieden verschränkte sie die Arme vor der Brust.

Er zog die Augenbrauen hoch. »So? Wussten Sie das?«

Inspector O'Malley winkte seine uniformierten Kollegen heran. »Fergal Thurnpike, ich verhafte Sie wegen des Mordes an Anne Cleary, des Vortäuschens einer Straftat und wegen Einbruchs.«

Fergal Thurnpike wurde abgeführt. Inspector O'Malley und Mae sahen ihm schweigend hinterher, bis er den Raum verlassen hatte.

Erst dann fragte Mae: »Woher wussten Sie, dass ich hier bin?«

»Ich hatte ja befürchtet, dass Sie hier Stellung beziehen wollen, aber nicht gedacht, dass Sie dem Garda vor Ihrer Tür entkommen würden. Wirklich gewitzt, Mrs Penny-wether, wie Sie das geschafft haben! Ich dachte, ich leide an Halluzinationen, als ich Sie ins Haus schleichen sah«, erklärte er.

Mae grinste.

»Sie dürfen trotzdem nicht mit in den Verhörraum«, fügte Inspector O'Malley rasch hinzu.

»Das wollen wir doch mal sehen!«

Kapitel 13

»Der Gewöhnlichkeit gehört die Welt.
Es tangiert mich aber nicht,
solange ich ein Bett
und ein Glas Tee habe.«
Theodor Fontane (1819–1898)

Am nächsten Morgen erschien Mae adrett zurechtge-
macht in bunt bestickter Tunika und Schlaghose auf der
Polizeistation in Longford. Als Erste begegnete ihr Missy,
eine junge Polizistin, die sie schon eine Weile kannte.

»Missy, wie schön, dich zu sehen! Wie geht's dir? Alles
klar? Und was macht deine Mutter? Immer noch Ärger mit
der Arthritis?«

Missy strahlte sie an, und sie plauderten für einen
Moment.

Dann fragte Mae: »Ist Superintendent Pertwee da? Ich
wollte kurz mit ihm sprechen.«

Bereits seit einer halben Stunde saß Andrew mit Fergal Thurnpike im Vernehmungszimmer. Das Aufnahmegerät lief, im Hintergrund stand ein junger Garda. Fergal Thurnpike lümmelte auf dem unbequemen Plastikstuhl und hatte noch nichts Sinnvolles von sich gegeben. Es klopfte an der Tür und Superintendent Pertwee trat ein, gefolgt von einer papageienbunt gekleideten Mrs Pennywether.

Verwundert sah Andrew den Superintendent an. »Sir?«

»Sie kennen Mrs Pennywether bereits?«

Andrew nickte.

»Nun, sie hat von mir die Erlaubnis erhalten, bei dieser Vernehmung als Beobachterin dabei zu sein.«

Andrew fiel ein Stein vom Herzen. Offenbar wusste der Superintendent nichts von seiner geheimen Zusammenarbeit mit Mrs Pennywether. Doch so erleichtert er auch darüber war – es passte ihm nicht so richtig, dass sie es geschafft hatte, auch diesmal ihren Willen durchzusetzen. Andererseits hatte sie ihn unterstützt und zur Aufklärung des Falles beigetragen. Vielleicht sollte er es ihr einfach gönnen, dass sie jetzt dabei war.

»Guten Morgen, die Herren! Lassen Sie sich von mir nicht stören! Ich werde mich hierhin setzen, und Sie werden überhaupt nicht merken, dass ich da bin«, versprach Mrs Pennywether. Sie nickte dem Polizisten zu, der ihr einen Stuhl zurechtschob, und lächelte Andrew freundlich an, als könne sie kein Wässerchen trüben.

»Also gut, dann fahren wir fort. Bitte erzählen Sie weiter, Mr Thurnpike!«, sagte Andrew.

»Was soll ich denn noch großartig berichten? Sie wissen doch bereits alles. Und den Rest erfahren Sie dann aus den Boulevardmagazinen«, erwiderte Fergal Thurnpike ungehalten, verschränkte die Arme vor der Brust und lehnte sich zurück.

Aus dem Augenwinkel sah Andrew, wie Mrs Penny-wether missbilligend den Kopf schüttelte. »Wieso haben Sie Anne Cleary ermordet?«, fragte er nun konkreter.

Gestern Nacht, gleich nachdem man ihn aufs Revier gebracht hatte, war Fergal Thurnpike das erste Mal befragt worden. Er hatte den Mord schließlich zugegeben, nachdem man ihn eine ganze Weile bearbeitet und mit den Beweisen konfrontiert hatte. Nur zu seinem Motiv hatte er noch nichts gesagt.

»Der alten Schachtel hätte ich zwar gern eine Lektion erteilt, aber ihr Tod war ein Unfall«, erklärte er nun. Die Nacht in der Zelle hatte ihn wohl mürbe gemacht.

»Sie haben ihr also ganz versehentlich Digitoxin verabreicht?«, fragte Andrew mit ironischem Unterton.

»Stellen Sie sich nicht dümmer, als Sie sind, Inspector!«, schnaubte Fergal Thurnpike. »Diese Lesbe sollte es treffen! Dieses ... dieses Miststück hat monatelang mit mir geflirtet und mich heißgemacht, steht aber eigentlich auf Frauen. Und obendrein sollte sie auch noch die Moderation der Sendung übernehmen. Einfach unvorstellbar! Das konnte ich doch nicht zulassen!«

»Also haben Sie kuzerhand ihr Sandwich und ihren Tee vergiftet, nicht wahr? So eine Gelegenheit wie an dem Abend in der Pension wäre ja so schnell nicht wiedergekommen.«

»Genau!«, rief Fergal Thurnpike aufgeregt. »Ich wusste, dass Ruby bei der zänkischen Wirtin ein Häppchen zu essen und Tee bestellt hatte. Und dann hab ich auch noch den Fingerhut vor dem Haus entdeckt. Es war wie ein Zeichen, ich musste es einfach tun. Ich hab ein paar Blüten genommen und in die Tasche meines Jacketts gesteckt. Als wir vom Pub zurückkamen, standen zwei Tabletts mit Teekannen auf dem Gang bereit, auf dem einen war außerdem noch ein Sandwich. Ich war als Erster oben, die Frauen brauchten wie immer etwas länger. Also hab ich etwas von dem Fingerhut auf das Sandwich gelegt, damit der Verdacht auf Mrs Nelson fällt. Dann hab ich eine von meinen Tabletten in den Tee gegeben und bin in mein Zimmer gegangen. Ich konnte doch nicht ahnen, dass Anne die Tabletts tauscht. Am nächsten Morgen wollte ich noch mal mit ihr reden wegen der Moderationsnachfolge, aber da war sie bereits tot. Und als der Coroner dann meinte, es sehe nach Gift aus, hab ich ein paar Bemerkungen fallen lassen über Annes Streit mit Mrs Pennywether. Den hatte ja das halbe Dorf mitbekommen. Davon abgesehen war ein Mord nachvollziehbar, die alte Hexe konnte niemand leiden. Und von meinem Herzproblem wusste keiner.«

»Und warum haben Sie den Anschlag auf sich selbst vorgetäuscht?«

»Nachdem Sie und diese Miss Marple für Bauern angefangen hatten rumzuschnüffeln, glaubte ich, Sie wären mir auf der Spur.« Fergal Thurnpike grinste. »Aber als armes zweites Opfer würde mich sicher niemand verdächtigen, dachte ich mir. Vor allem nicht, wenn Ruby Annes Posten bekommt, nachdem die Alte groß rausposaunt hatte, ich wäre ihr Favorit. Das passte doch alles ganz gut. Als Sie den Tearoom nun ein weiteres Mal durchsuchen wollten, hab ich meine Chance gesehen, den Verdacht ein für alle Mal von mir weg und auf Mrs Nelson zu lenken. Etwas pulverisiertes Digitoxin in die Zuckerdosen, und alle Welt hätte geglaubt, die alte Teepanscherin wäre die Mörderin. Der Fingerhut stand ja praktischerweise schon vor ihrem Fenster.«

»Also gut«, sagte Andrew zufrieden. »Dann hätten wir ja jetzt alles.«

»Noch nicht ganz«, mischte sich Mrs Pennywether ein.

Andrew stöhnte. Das war ja klar gewesen.

»Ja, bitte?«, sagte er leicht genervt.

Mrs Pennywether lehnte sich vor. »Mich würde noch interessieren, seit wann Sie tatsächlich wussten, dass Ruby und Siobhan ein Paar sind, Mr Thurnpike.«

Der schnaubte verächtlich. »Seit dem ersten Nachmittag in Ballymahon. Vielleicht erinnern Sie sich noch, dass ich kurz an die frische Luft ging, während Sie sich mit Anne unterhielten. Da hab ich die beiden oben am Fenster stehen sehen. Sie küssten sich – es war widerlich!«

Fergal Thurnpike wurde abgeführt. Inspector O'Malley blieb noch für einen Moment sitzen, dann schob er seinen Stuhl zurück und sah zu Mae. Sie erhoben sich beide, er öffnete die Tür zum Flur und ließ ihr den Vortritt.

»Darf ich Sie noch zu einem Kaffee aus dem Automaten einladen?«

»Gern!«, stimmte sie freudig zu.

Sie mochte den jungen Mann, sie und er waren gar nicht so verschieden. Und er wusste es wahrscheinlich nicht, aber Brandon hatte ihr jedes Mal das scheußlich bittere Getränk ausgegeben, wenn sie ihn auf der Wache besucht hatte. Das Kaffeetrinken hier in der Polizeistation war ihr also eine lieb gewonnene Gewohnheit.

»Was ist eigentlich mit Clarissa? Wann wird sie endlich freigelassen?«, fragte sie, während sie neben dem Inspector herlief.

Er warf ihr einen kurzen Blick zu. »Sie wurde gleich heute Morgen nach dem Frühstück freigelassen und die Kollegen haben sie nach Hause gefahren.«

Erleichtert atmete Mae auf. Ganz bestimmt war Clarissa überglücklich, dass jetzt alles ein gutes Ende gefunden hatte.

Wenig später saßen Mae und der Inspector im Speise-
raum an einem Resopaltisch und tranken Kaffee aus billi-
gen Plastikbechern.

»Haben Sie denn inzwischen schon eine Unterkunft
gefunden?«, fragte Mae beiläufig.

»Nein, ich bin in letzter Zeit nicht wirklich dazu gekommen, mich umzusehen.«

»Was halten Sie davon, zur Untermiete zu wohnen?«

Der Inspector zuckte mit den Schultern. »Ja, warum
eigentlich nicht? Es käme darauf an, bei wem.«

»Reden wir nicht lange drum herum: Wenn Sie wollen,
können Sie bei mir zwei Zimmer mieten«, schlug Mae
vor und lehnte sich zurück. Der Gedanke war ihr in den
letzten Tagen bereits öfter durch den Kopf gegangen. Seit
Brandon weggezogen war, fehlte ihr ein wenig menschli-
che Gesellschaft. Aber sie wollte auch niemanden im Haus
haben, der sich als aufdringlich erwies – eine Gefahr, die
mit Inspector O'Malley nicht gegeben war, wie sie sich
einzuschätzen traute.

»Also, jetzt bin ich überrascht«, sagte er langsam.

Mae hob die Hände. »Sie sind nicht anhänglich und
fallen mir sicher auch sonst nicht auf die Nerven. Aber
Sie können natürlich in Ruhe darüber nachdenken und
mir in ein paar Tagen Bescheid geben«, bot sie ihm an.
»Doch nur damit Sie es wissen: Boston wohnt weiterhin
bei mir, und wenn ich zwischen Ihnen und ihm wählen
muss, zieht sicher nicht er den Kürzeren.«

Inspector O'Malley grinste. »Ich bin einverstanden.«

Mae zog die Augenbrauen hoch. »Das heißt, Sie wollen
bei mir einziehen?«

»Himmel, ja!« Er nickte. Dann griff er nach seinem
Kaffeebecher und leerte ihn.

»Wollen Sie sich die Zimmer denn nicht vorher angucken? Vielleicht will ich Sie ja in meiner Rumpelkammer einquartieren.« Mae zwinkerte ihm zu.

»Nach dem Wohnmobil würde mir sogar die Rumpelkammer gefallen«, sagte er trocken.

»Hm, die hatte ich eigentlich als Strafmaßnahme gedacht für den Fall, dass Sie noch mal versuchen, mich so auszutricksen wie mit dieser vermeintlichen Befragung von Annes Verwandten und Sandkastenfreunden«, erklärte Mae.

Verlegen fuhr sich der Inspector durchs Haar. »Sie haben gewusst, dass das ein Ablenkungsmanöver war?«

»Ich bin ja nicht dumm! Brandon hat Sie sicher dazu überredet, mich von dem Fall abzulenken. Streiten Sie es nicht ab, ich weiß, dass Sie sich aus Dublin kennen! Und als Sie gemerkt haben, dass das nicht klappt, hat er vermutlich vorgeschlagen, mich in die Ermittlungen einzubeziehen.«

»Ganz so war es nicht. Es stimmt, Brandon hat mich gebeten, ein Auge auf Sie zu werfen, damit Sie nichts Dummes anstellen«, gestand der Inspector. »Und spätestens nach dem Vorfall im Corner Shop hat mir mein Bauchgefühl gesagt, dass Sie keine Mörderin sind, schon gar nicht eine, die auf Gift zurückgreift. Das wäre nicht Ihre Art. Sie in die Polizeiarbeit einzubeziehen, war allerdings ganz allein meine Entscheidung, und Sie waren mir auch eine große Hilfe.«

Ein bisschen fühlte Mae sich nun doch geschmeichelt.

In diesem Moment steckte eine junge Polizistin den Kopf zur Tür herein. »Inspector? Ein Anruf für Sie, scheint wichtig zu sein.«

Inspector O'Malley nickte. »In Ordnung, ich komme.« Er schob seinen Stuhl zurück und stand auf. »Sie hören, ich muss wieder los.«

»Gehen Sie ruhig«, sagte Mae, »ich finde allein raus!«
Sie verfolgte, wie er den Plastikbecher zerknüllte und in den Eimer neben der Tür warf, ehe er den Raum verließ. Mit einem zufriedenen Seufzer lehnte sie sich zurück. Sie fragte sich, ob schon irgendjemand Siobhan informiert hatte. Schnell trank sie den letzten Schluck ihres Kaffees und zog ihr Handy aus der Tasche. Normalerweise benutzte sie es kaum, doch der Anlass war wichtig genug.

»Hallo?«, meldete sich Siobhan. Sie klang erschöpft.

»Ich bin's, Mae. Hat man Sie schon informiert, Liebes?«

»Nein, ich weiß nicht, wovon Sie sprechen.«

»Der Mörder von Anne wurde gefasst«, verkündete Mae.

Im nächsten Moment ertönte ein Krachen, so als habe Siobhan etwas fallen lassen. Den folgenden Fluch überhörte Mae geflissentlich.

»Sind Sie sich sicher?«, fragte Siobhan atemlos.

»Ja, ganz und gar«, erwiderte Mae vergnügt.

Siobhan seufzte erleichtert. »Gott sei Dank! Und wer war es?«

»Fergal Thurnpike, er hat alles gestanden. Und Siobhan, vielleicht bringen Sie es Ruby schonend bei: Er wollte tatsächlich sie ermorden. Hätte Anne die Tabletts nicht getauscht ...« Mae hörte, wie Siobhan nach Luft schnappte.

»Aber warum?«

»Wut, Eifersucht, das ist nicht so leicht zu benennen. Was halten Sie davon, wenn wir drei uns treffen und ich Ihnen die ganze Geschichte persönlich erzähle?«, schlug Mae vor. »Haben Sie denn inzwischen etwas von Ruby gehört?«

»Sie wollte heute Mittag wieder anrufen, dann kann ich ihr alles erzählen. Oh, sie wird überglücklich sein, wieder nach Hause zurückkehren zu können.«

Kapitel 14

**»Ein heißes Bad erfrischt den Körper,
ein heißer Tee den Geist.«**
Japanisches Sprichwort

Boston hetzte über die Wiese, als gelte es, einem Monster zu entkommen. Dann stoppte er plötzlich und rannte in die entgegengesetzte Richtung, auf Mae zu. Hatte er sie erreicht, umrundete er sie, Ruby und Siobhan und spielte wieder die Monsterhatz.

Siobhan schüttelte den Kopf. »Dieser Hund ist durchgeknallt.«

»Ja, das ist er«, sagte Mae stolz. Sie liebte Boston heiß und innig. Er war wie sie: unkonventionell und nicht das, was man erwartete.

Ruby stopfte die Hände in die Taschen ihrer Jacke. Ein leichter Wind wehte über die Wiese und trug den Duft von Torf heran. In einiger Entfernung sah man Orlas einsam gelegenes Haus auf der Hügelkuppe.

»Ich kann das immer noch nicht so recht begreifen«, sagte Ruby leise. »Mir war klar, dass Fergal ein Ekel ist, aber Mord?«

»Ein enttäuschter Mann ist gelegentlich zu den schlimmsten Dingen fähig«, erklärte Mae. »Anne war nur ein Zufallsopfer, Ruby, Sie hatten wirklich Glück!«

»War das Glück?«, erwiderte sie bedrückt. »Ich bin dankbar, zu leben, wirklich. Aber dass Anne dafür nun tot ist ... das belastet mich schon.«

Mae seufzte und drückte die Hand der jungen Frau, die nun den Kopf hob und ihr ein bekümmertes Lächeln schenkte. Siobhan legte den Arm um ihre Freundin.

»Manche Dinge können wir nicht ändern. Wir können nur versuchen, unser Leben auf die bestmögliche Weise zu verbringen. Was die anderen tun, liegt nicht in unserer Macht«, sagte Mae.

»Wahre Worte«, stimmte Siobhan ihr zu. »Vielen Dank, Mae, wir stehen tief in Ihrer Schuld!«

»Unsinn«, wehrte Mae ab.

Siobhan streckte ihr die Hand entgegen. »Wir fahren jetzt wohl besser nach Hause.«

Sie verabschiedeten sich voneinander. Nachdem die beiden Frauen gegangen waren, überlegte Mae, ob sie ebenfalls in Richtung Straße laufen sollte oder doch hinauf auf den Hügel zu ihrer Freundin Orla. Kurz entschlossen stapfte sie querfeldein zu Orlas Haus. Sie hatte es noch gar nicht erreicht, da öffnete sich bereits die Eingangstür. Orla trug wieder eine dieser dicken, ausgebeulten Strickjacken, die sie so liebte. Ihr kinnlanges Haar hatte sie hinters Ohr zurückgestrichen.

»Was treibt dich denn hier rauf?«

»Wir waren grad in der Nähe«, entgegnete Mae.

Boston kam um die Ecke geflitzt.

»Dein neuer Hund, was?«

Boston setzte sich auf die Hinterbeine und sah treuherzig zu Orla. Die beiden beäugten sich einen Moment lang.

Dann sagte Orla: »Kommt rein, ihr zwei!«, und als Mae sich an ihr vorbeidrängte: »Siehst ganz schön müde aus, Liebes.«

Mae seufzte. »War alles ein bisschen viel in den letzten Wochen.« Wieder spürte sie diesen Druck in der Brust.

»Hast du schon von der Teeverkostung bei Clarissa gehört?«, fragte Orla, während sie sich auf einen Stuhl am Esstisch sinken ließ.

Mae setzte sich ihr gegenüber und blickte sie fragend an. »Was soll das sein? So was wie eine Whiskeyverkostung oder Weinprobe? Und wann soll das stattfinden?«

Orla lehnte sich zurück und ihr Stuhl knarzte bedenklich. »Ich bin mir nicht sicher, ich habe es nur zufällig mitbekommen, als ich heute Mittag in Ballymahon war. Zwei Frauen haben darüber geredet. Wie es scheint, soll es die nächsten Tage stattfinden, aber Genaueres weiß ich auch nicht.«

Warum wusste Mae das nicht? Sie hatte vorgestern Nachmittag mit Clarissa telefoniert, nachdem sie aus Longford zurückgekommen war. Verwirrt sah sie Orla an. Die beantwortete ihre stumme Frage mit einem Achselzucken.

»Ich hab wirklich nur das aufgeschnappt.«

»Nicht so schlimm, Liebes. Ich ruf Clarissa heute Abend an und frag bei ihr nach.«

»Warum weiß ich nichts von dieser Teeverkostung?«, fragte Mae, kaum dass Clarissa den Hörer abgenommen hatte.

»Da waren die Rauchsignale wieder schneller, als ich dachte. Ich wollte dich morgen früh anrufen, wenn ich mir alles schon besser überlegt habe.«

»Rede, was geht da vor?«, sagte Mae ungeduldig.

»Mir bleiben die Gäste weg, seit Anne bei mir den Löffel abgegeben hat«, erklärte Clarissa. »Und die Zwangsschließung durch die Garda und meine Haft waren auch nicht gerade geschäftsfördernd. Heute Mittag war ich ganz allein im Tearoom. Kannst du dir das vorstellen? Allein! Ich habe Angst, dass das Tae agus Ceapaire pleitegeht. Dagegen muss ich was tun.« Die Verbitterung in Clarissas Stimme war deutlich herauszuhören.

Mae hätte ihr gern ihr Mitgefühl ausgesprochen, aber sie kannte ihre Freundin – das würde sie nur erzürnen.

»Und dann kam mir diese Idee. Als später doch ein paar Gäste hereinkamen, habe ich jedem von ihnen erzählt, dass ich am Samstag eine Teeverkostung abhalten werde.«

»Klingt gut«, sagte Mae. »Du kannst auf mich zählen, ich werde auf jeden Fall kommen.« Sie überlegte kurz. »Außerdem werde ich Rabia und Orla fragen, ob sie ebenfalls bei dir reinschauen. Hast du dir schon Gedanken über die Teesorten gemacht, die du vorstellen möchtest?«

»Ich bin eben am Planen. Zum Beispiel dachte ich an etwas Leichtes, Blumiges, einen Grüntee, dann noch mehrere Schwarzteesorten und natürlich unterschiedliche Zubereitungsarten.« Offenbar hatte sich Clarissa bereits einiges überlegt.

»Mach doch ein Quiz mit ein paar passionierten Teetrinkern!«, schlug Mae vor. »Sie sollen blind verkosten und dann die Sorte erraten.«

»Was für ein toller Einfall! Dafür engagiere ich dich. Ich kenne niemanden, der dafür besser geeignet wäre als du.«

»Das mach ich gern, meine Liebe. Und ich drück dir die Daumen, dass die Gäste recht zahlreich vorbeikommen.«

Clarissa schnaufte. »Ich werde morgen mal zu Bertie in den Corner Shop gehen.«

Mae richtete sich auf und wechselte den Telefonhörer in die andere Hand. »Ja, mach das!«

»Und das alles nur wegen dieses idiotischen Casanovas!«, wetterte Clarissa. »Nicht dass ich ein Problem damit habe, dass er Anne den Garaus gemacht hat, aber er trägt Schuld daran, dass ich nun diese Probleme habe.«

Mae verstand ihren Ärger, doch sie hatte schon immer nach dem Motto gelebt, dass man sich von der Vergangenheit die Gegenwart nicht vermiesen lassen sollte. Deshalb ging sie nicht darauf ein.

Einen Moment lang herrschte Schweigen, dann seufzte Clarissa. »Entschuldige bitte, ich kann einfach kaum noch einen klaren Gedanken fassen. Der Tearoom ist alles, was ich noch habe. Wenn ich ihn aufgeben muss, weil ich nicht ... Dann weiß ich nicht, was aus mir werden soll!«

»Meine Liebe, jetzt sieh doch nicht so schwarz! Der Täter ist gefasst, und deine Gäste kommen wieder. Gib allen noch ein wenig Zeit!«, versuchte Mae ihre Freundin aufzumuntern.

»Hat man dir schon mal gesagt, dass du eine unverbesserliche Optimistin bist, Mae?«

»Meist darf ich mir nur anhören, dass ich verrückt und ausgeflippt bin«, erwiderte Mae.

»Na, das sowieso!«, sagte Clarissa und klang schon ein wenig fröhlicher.

»Soll ich morgen mal bei dir vorbeikommen und dir helfen?«, wollte Mae wissen.

»Sehr gern«, antwortete Clarissa. »Ich dachte schon, du fragst nie.«

Mae grinste. »Also dann bis morgen, Clarissa!«

»Bis morgen!«

Mae legte auf. Boston kam schwanzwedelnd näher, sah zu ihr auf und bellte. Sie bückte sich und streichelte ihn am Kopf. Was war sie froh, dass Clarissa nicht mehr sauer auf sie war.

Kapitel 15

>»Der Tee weckt den guten Geist
und die weisen Gedanken.
Er erfrischt deinen Körper
und beruhigt dein Gemüt.
Bist du niedergeschlagen,
so wird Tee dich ermutigen.«
Shen Nung,
chinesischer Kaiser
(2737–2697 v. Chr.)

Als Mae und Orla das Tae agus Ceapaire betraten, war alles für die Verkostung vorbereitet. Clarissa hatte sich wirklich Mühe gegeben. So hatte sie einen langen Tisch aufgebaut, auf dem verschiedene Teeservice aus unterschiedlichen Ländern ebenso aufgereiht waren wie typische Utensilien, etwa die Besen für die japanische Teezeremonie, ein Samowar für die russische Art der Teezubereitung und ein Caydanlik, der oft in den arabischen Ländern verwendet wurde. Auf dem Tresen standen etliche Teekannen auf Stövchen für die probierfreudigen Besucher bereit.

Clarissa eilte ihnen entgegen. »Mae, Orla, schön, euch zu sehen!«

»Als Dorfchronistin kann ich mir diesen Event doch nicht entgehen lassen«, sagte Orla augenzwinkernd. Sie führte schon seit Jahrzehnten sorgfältig Buch über alles und jeden in Badger's Burrow und der näheren Umgebung. »Ich such mir mal einen Platz. Du wirst ja vermutlich für das Ratespiel, das Clarissa angekündigt hat, vorne sitzen müssen, Mae.«

»Müssen muss ich gar nichts«, erklärte Mae.

Clarissa schmunzelte. »Such dir ein nettes Plätzchen, Orla! Mae wird uns die Ehre erweisen, hier zu sitzen.« Sie zeigte auf einen Tisch, der offenbar für die Teilnehmer des Quiz bereitstand.

»Aber ich kann mich doch sicher noch ein wenig umsehen, bevor es losgeht, oder?«, fragte Mae.

»Natürlich«, antwortete Clarissa.

»Wunderbar!« Mae stopfte die Hände in die Hosentaschen ihrer Jeans. »Ich warte noch auf Inspector O'Malley und Hugh Lawrence.«

»Wer ist Hugh Lawrence?«, wollte Clarissa wissen.

»Lass dich überraschen! Dein Teequiz wird mit ihm richtig professionell ablaufen. Er ist unglaublich versiert, was Tees betrifft«, erklärte Mae.

Sie hatte sich daran erinnert, dass auch Annes Ex-Mann Tee liebte, und ihn spontan zu der Verkostung eingeladen. Er hatte mit Freuden zugesagt, vor allem als er gehört hatte, dass er damit der Frau helfen konnte, in deren Haus Anne gestorben war. Ein bisschen makaber war das schon, aber da Anne so eine Giftschlange gewesen war, konnte sie verstehen, dass Hugh Lawrence auf diese Weise mit ihr abschließen wollte.

Durch die Scheiben sah sie ihn in einem alten Geländewagen vorfahren. »Da kommt er gerade.«

Hugh Lawrence betrat den Tearoom und sah sich kurz um. Als er Mae entdeckte, kam er auf sie zu und begrüßte sie herzlich.

»Mr Lawrence, ich möchte Ihnen die Besitzerin des Tae agus Ceapaire vorstellen, Clarissa Nelson«, machte Mae die beiden miteinander bekannt.

»Freut mich, Sie kennenzulernen!« Hugh Lawrence reichte Clarissa die Hand.

»Mich ebenso«, erwiderte Clarissa höflich. »Mae hat Sie also begeistern können für unser kleines Teequiz? Schön, dass Sie Zeit gefunden haben, herzukommen!«

»Bei so einem Event konnte ich doch nicht wegbleiben! Und ich werde gern Ihre verschiedenen Tees probieren, Mrs Nelson«, sagte Hugh Lawrence und sah sich um. »Ein wirklich wundervolles Ambiente haben Sie hier!«

Für die Verkostung hatte Clarissa diverse Tees ausgesucht: einen Genmaicha-Grüntee, der Mae ein wenig an Puffreis erinnerte, einen aromatisierten Grüntee mit Limonen-schalen, der zwar frisch schmeckte, dem Mae aber nicht wirklich etwas abgewinnen konnte, und einen süßlichen Früchtetee. Auch den mochte sie nicht besonders, aber Geschmäcker waren nun mal verschieden. Sie kosteten noch einen Schwarztee, einen Assam Mangalam. Langsam wurde die Sache interessant und Mae zunehmend neugie-rig. Was hatte Clarissa wohl für die Raterunde zusammen-gestellt?

Dann war es endlich so weit. Unruhig rutschte Mae auf ihrem Platz herum, weil Inspector O'Malley sie ganz nervös machte. Ständig sah er auf seine Uhr, als hätte er noch irgendwelche unaufschiebbaren Termine.

»Die Tees befinden sich in neutralen Kannen und können anhand von Farbe, Geruch und Aroma erraten werden. Ich habe drei Sorten ausgewählt«, verkündete Clarissa in diesem Moment und nahm eine weiße Porzellankanne von der Theke. Sie goss erst Hugh Lawrence, dann Mae eine halbe Tasse ein, schließlich füllte sie die Tassen ganz auf.

Mae beugte sich über ihre und betrachtete die Farbe des Tees. Sie schnupperte und nippte daran, ehe sie einen größeren Schluck nahm und über die Zunge rollen ließ.

»Mild, ein bisschen blumig im Geschmack«, meinte sie und nahm einen weiteren Schluck.

»Halbfermentiert«, warf Hugh Lawrence ein und trank genüsslich. »Ein Oolong.«

Clarissa wandte sich an Mae: »Und was meinst du?«

Mae sah ins Publikum. Orla hatte mittlerweile ihr Strickzeug herausgeholt, doch Mae kannte sie gut genug, um zu wissen, dass sie dennoch zuhörte. Die anderen Anwesenden warteten gespannt auf Maes Antwort.

Erneut trank sie einen Schluck. »Ich kenne dieses Aroma, den mag ich ganz gern: ein Formosa Oolong, vermutlich aus dem nördlichen Hochland Taiwans.« Siegessicher lehnte sie sich zurück, während Clarissa ein kleines Kuvert von der Kanne abriss.

Sie holte einen Zettel heraus und las vor: »Formosa Oolong.«

Das Publikum nickte beeindruckt und klatschte. Clarissa stellte frische Tassen vor Mae und Hugh Lawrence ab und schenkte aus einer weiteren Kanne ein. Der grünstichige Tee konnte schon der Farbe und dem heuähnlichen Geruch nach nur ein Grüntee sein.

Vorsichtig kostete Mae. »Fruchtig, aber mild. Hat ein

grasiges Aroma. Ich würde sagen, das ist ein südkoreanischer Seogwang.«

»Da stimme ich zu, ein Seogwang«, schloss sich Hugh Lawrence an und nickte Mae zu.

»Ich löse das Ganze auf«, erklärte Clarissa: »Ein Grüntee, und ja, es ist ein Seogwang aus Südkorea.«

Nun reichte Clarissa ihnen chinesische Teeschalen. Mae sah sie an und konnte sich des Gedankens nicht erwehren, dass das ein Hinweis auf das Herkunftsland sein sollte. Mit geschlossenen Augen beugte sie sich über den Tee und schnupperte. Eine seltene Sorte, die Clarissa da ausgewählt hatte. Mae blickte zu Hugh Lawrence – er trank bereits.

Sie kostete ebenfalls und strahlte ihre Freundin begeistert an. »Meine Güte, Clarissa, was für eine Überraschung!« Sie hob die Teeschale hoch, als wolle sie ihr zuprosten. »Das ist ein Tee aus China. Riecht rauchig, schmeckt rauchig, es muss ein Lapsang Souchong sein.«

»Auch in diesem Fall muss ich meiner Mitstreiterin zustimmen«, sagte Hugh Lawrence. »Ich schmecke außerdem eine harzige Note heraus, was mir verrät, dass es ein hochwertiger Rauchtee sein muss, der traditionell in Bambuskörben über Fichten- oder Kiefernholz geräuchert wird. Also eindeutig ein Lapsang Souchong!«

»Mit euch beiden macht so ein Quiz keinen Spaß«, beschwerte sich Clarissa augenzwinkernd und erntete dafür Lacher und Beifall der Zuschauer. »Es ist tatsächlich ein Lapsang Souchong, ein Rauchtee aus der chinesischen Provinz Fujian.«

Gegen Ende des Nachmittags kamen einige der Besucher zu Clarissa und beglückwünschten sie zu dem wundervollen Event und den herausragenden Tees. Clarissa strahlte, und Mae freute sich mit ihr. Sie war sich sicher, dass die Gäste nun wieder in Scharen in das Tae agus Ceapaire strömen würden. Dann ging sie zu Inspector O'Malley, der schon wieder auf seine Armbanduhr starrte.

»Um Himmels willen, was ist denn heute mit Ihnen los?«, wollte sie wissen.

»Das Wohnmobil wird abgeholt«, brummte er. »Hätte nicht gedacht, dass ich den alten Kasten vermissen würde. Aber wenn das mit unserem Zusammenleben nicht klappt, bin ich obdachlos.«

»Keine Angst, Inspector, für alle Fälle hab ich noch ein kleines Zelt. Das können Sie sich dann auf unbestimmte Zeit ausleihen.«

Der Blick, mit dem er sie ansah, war wirklich preisverdächtig.

Vier Monate später ...

Der Mann hing da wie der Gekreuzigte.

Fehlt nur noch die Dornenkrone, dachte Mae und schluckte die Übelkeit, die sich ihrer bemächtigen wollte, hinunter. Sie hatte schon lange keinen nackten Mann mehr gesehen, und auch wenn dieser hier tot und nicht mehr taufrisch war, so bot er doch einen interessanten Anblick. Außerdem war sie als ehemalige Wissenschaftlerin neugierig.

Zwei Polizisten liefen auf und ab, als suchten sie etwas, und blickten dann erleichtert zur Straße, auf der sich ein Auto näherte. Mae seufzte und wartete, bis der Wagen nicht weit von ihr zum Stehen kam. Drei Männer stiegen aus. Einen von ihnen kannte sie ziemlich gut.

Als Inspector Browne sie sah, versteinerte sich seine Miene. »Sie schon wieder. Von Ihnen sollte man sich fernhalten. Sie ziehen den Tod magisch an.« Er drehte sich um und wandte sich an die beiden Streifenbeamten: »Haben wir schon etwas? Einen Namen vielleicht?«

Mae rollte die Augen. Der Mann war nackt, und sofern

er die Ausweispapiere nicht in seinem Hinterteil versteckt hatte, war da nichts.

»Ich kenne ihn«, hörte sie sich sagen und hätte sich am liebsten die Zunge abgebissen ...

Glossar

Assam Mangalam ein Schwarztee

Caydanlik Teekocher aus zwei übereinanderstehenden Kannen aus dem arabischen Raum

Chung Hao über Jasminblüten-Wasserbad gedämpfte Teeblätter

Dia dhuit Begrüßung, gälisch für »Gott mit dir«

Dia's muire dhuit! Erwiderung auf Gruß, gälisch für »Gott und Maria mit dir«

Digitalis purpurae Fingerhut (Pflanze)

Formosa Oolong ein teilfermentierter Tee

Garda/An Garda Síochána die irische Polizei

Gelber Tee, Yinzhen/Yunnan sehr schwach fermentierter Tee (bis zu zwanzig Prozent), verwandt mit weißen und grünen Tees

Genmaicha japanischer Tee, Sencha mit gepoppten Reiskörnern

Grüner Tee/Grüntee nicht fermentierter Tee, ist dadurch koffeinärmer und gerbstoffreicher

Irish Stew irischer Eintopf aus Lammfleisch, Kartoffeln, Zwiebeln

Keemun Schwarzteesorte aus der chinesischen Region Qimen, wird ausschließlich für den Export angebaut

Lapsang Souchong ein Rauchtee aus der chinesischen Provinz Fujian

Leinster Hot Pot irischer Eintopf

Limey irische Bezeichnung für Briten; stammt aus der Zeit, als die Briten auf ihren Schiffen Limettensaft gegen Skorbut an die Seemänner verteilten

Matcha zu Pulver zerstoßener Grüntee

Samowar russischer Teekocher (wortwörtlich: Selbstkocher)

Schwarzer Tee/Schwarztee fermentierter Tee

Seogwang ein Grüntee aus Südkorea

Silver Needle Yin Zhen die sogenannte kaiserliche Pflückung, einer der berühmtesten weißen Tees der Welt, selten und teuer

Tae agus Ceapaire irisch-gälisch für »Tee und Sandwich«

Tarry Lapsang Souchong ein besonders großblättriger Tee, ideal für den Samowar

Teeblume sorgfältig handverlesene Blätter des weißen Tees Yin Zhen Silver Needle, in der chinesischen Provinz Hunan hergestellt

Traveller fahrendes Volk

uisce beatha irisch-gälisch für »Wasser des Lebens« (ganz profan: Whiskey)

Weißer Tee ein lediglich zu zwei Prozent anfermentierter Tee

Yin Zhen weißer Tee aus der chinesischen Provinz Fujian, Region Zhenghe

Der 1. Fall der Ermittler des Sebastian Club!

SOPHIE OLIVER

Die **Gentlemen**
vom
Sebastian Club

Ein viktorianischer Krimi

Dryas Verlag, Taschenbuch,
288 Seiten,
ISBN 978-3-940855-75-6

London, 1895: Eine Mord-serie erschüttert die Stadt. Die Opfer gehören verschiedenen Gesellschaftsschichten an und werden scheinbar zufällig ausgewählt. So zufällig, dass die Metropolitan Police nicht an einen Einzeltäter glaubt. Ein Fall für die Ermittler des Sebastian Club, eines vornehmen Londoner Herren-clubs, der sich zum Ziel gesetzt hat, Verbrechen aufzuklären, an denen Scotland Yard scheitert. Die Gentlemen entdecken ein Muster hinter den Gräueltaten: Um an ein wertvolles Juwel zu gelangen, setzt der Täter mittelalterliche Foltermethoden ein. Für die Detektive ist die Sache klar: Der Mörder muss schnellstens zur Strecke gebracht werden. Um jeden Preis. Auch mit Hilfe einer schlauen jungen Frau, die sich als Mann verkleidet, um ermitteln zu dürfen.

 **DRYAS**

Rebecca Michéle

**Die Tote von
Higher Barton**

Dryas Verlag, *Band 1*,
Taschenbuch, 356 Seiten,
ISBN 978-3-940258-14-4

Rebecca Michéle

**Der Tod
schreibt mit**

Dryas Verlag, *Band 2*,
Taschenbuch, 304 Seiten,
ISBN 978-3-940258-19-9

Rebecca Michéle

**Schatten
über Allerby**

Dryas Verlag, *Band 3*
Taschenbuch, 326 Seiten,
ISBN 978-3-940258-23-6

Rebecca Michéle

**Ein tödlicher
Schatz**

Dryas Verlag, *Band 4*,
Taschenbuch, 320 Seiten,
ISBN 978-3-940258-38-0

Rebecca Michéle

**Mord vor
Drehschluss**

Dryas Verlag, *Band 5*,
Taschenbuch, 304 Seiten,
ISBN 978-3-940258-46-5

Alle Fälle
der Miss
Mabel!

Rebecca Michéle

GESTORBEN WIRD FRÜHER

Dryas Verlag, *Band 6*,
Taschenbuch,
332 Seiten,
ISBN 978-3-940258-63-2

Elisabeth Bennett ist tot, gestorben in einem exklusiven Seniorenstift in St. Ives. Deren Freundin glaubt an einen Mord und bittet die ehemalige Krankenschwester Mabel Clarence um Hilfe.

Miss Mabels 6. Fall

Verdächtigt ist der Neffe und Alleinerbe der Toten. Unter falschem Namen mietet Mabel sich in der Seniorenresidenz ein. Welche Rolle spielen die Besitzer und das zum Teil undurchsichtige Pflegepersonal? Und dann ist da noch der vermögende und charmante Sir William, der Mabels Gefühle mächtig durcheinander wirbelt. Als eine Bewohnerin kurz davor ist, Mabel ein Geheimnis zu verraten, wird sie tot aufgefunden.

DRYAS

Der 1. Fall von Capitaine Arnaud

James Holin

TOD IN DEAUVILLE

Ein Normandie-Krimi

Dryas Verlag, Taschenbuch,
280 Seiten,
ISBN 978-3-940258-79-3

Im August herrscht in dem normannischen Badeort Deauville gelöste Stimmung: Das Filmfestival steht bevor, der malerische Küstenort erwartet Promis aus aller Welt. Plötzlich bricht Monsieur Bougival, der Buchhalter des Museums für zeitgenössische Kunst, während einer Vernissage zusammen und stirbt. Capitaine Serano vom Kommissariat Deauville – Frauenschwarm und leidenschaftlicher Surfer – ermittelt. An seine Seite gesellt sich die clevere Églantine de Tournevire. Gemeinsam mit der blaublütigen Rechnungsprüferin merkt Serano schnell: Bougival war nicht nur in einer unglücklichen Ehe gefangen, sondern auch dunklen Machenschaften auf der Spur.

DRYAS